Collection dirigée par Glenn Tavennec

L'AUTEUR

Né en 1962 à Brooklyn, New York, Neal Shusterman est l'auteur de nombreux romans pour jeunes adultes pour lesquels il collectionne les prix et les distinctions, dont le Grand Prix de l'Imaginaire 2020 pour sa trilogie *La Faucheuse.* Il écrit également pour la télévision et le grand écran, il s'est même essayé aux pièces de théâtre et aux scénarios de jeux de rôle. Il est père de quatre enfants, tous aujourd'hui des artistes et écrivains reconnus.

NEAL SHUSTERMAN

ÉCLATS D'ÉTOILE

Livre 1

roman

Traduit de l'anglais (États-Unis)
par Cécile Ardilly

Titre original : SCORPION SHARDS, THE STAR SHARDS CHRONICLES, BOOK 1

ISBN 978-2-221-21841-9 ISSN 2258-2932
(édition originale : ISBN : 978-1-442-451-14-8, published by arrangement with Simon & Schuster Books for Young Readers, an imprint of Simon & Schuster Children's Publishing Division, New York)
Loi n° 49-956 du 16 juillet 1949 sur les publications destinées à la jeunesse.
Dépôt légal : février 2021
Éditions Robert Laffont – 92, avenue de France, 75013 Paris

Pour Anne McD.,
un éclat d'étoile du plus haut rang

Et pour Mike et Christine,
qui brillent à présent
comme un soleil à deux visages

Première partie

LA LIE DE L'AMÉRIQUE

1

Le Destructeur

Un fracas retentissant.

Une explosion monstrueuse qui résonna à travers le restaurant tout entier. Le dôme de verre venait de voler en éclats. Quelques instants plus tard, un second bruit à glacer le sang, un bruit apocalyptique. Un coup de tonnerre. L'éclat assourdissant du verre qui se brise, suivi de près par un craquement de bois à l'agonie. Une cacophonie d'aigus et de graves, accompagnée du râle dissonant d'une myriade de cordes rompues, une plainte rappelant le son d'un… piano qui explose !

Le directeur du restaurant n'en croyait pas ses yeux. Il resta planté là, bouche bée, la mâchoire décrochée, tentant de comprendre ce qui avait pu se passer.

Un dernier tintement se fit entendre, provoqué par l'ultime débris de cristal tombé du toit du restaurant, le Garden Court, qui faisait la fierté du Palace Hotel ; c'était le plus beau restaurant de tout San Francisco… jusqu'à ce jour. Car aujourd'hui, le dôme était en miettes, et les bris de verre s'étaient fichés dans les luxueux fauteuils victoriens comme autant de poignards, signant leur arrêt de mort.

Et dans l'allée centrale, c'était bel et bien un piano – du moins, ce qu'il en subsistait – qui gisait au sol, telle l'épave d'un navire.

Alors comme ça, Dieu a décidé de nous jeter des pianos sur la tête aujourd'hui ? songea le directeur. *J'aurais mieux fait de me faire porter pâle.*

Fort heureusement, le restaurant était fermé, le brunch du dimanche ne débutant qu'à huit heures. Employés et clients matinaux s'étaient cependant rassemblés pour examiner la scène d'un regard hébété.

Il s'agissait forcément du piano du nouveau lounge, le Cityview, situé sur le rooftop. Mais comment se faisait-il qu'il ait traversé le dôme et se soit écrasé dix-sept étages plus bas ?

— Faut-il que j'informe la sécurité ? s'enquit un serveur.

Le directeur ne lui répondit pas, sachant pertinemment que la sécurité avait déjà eu vent du problème.

Il était entré et sorti en un éclair.

Dillon Cole rejoignit la rue en un battement de cils pour disparaître dans la brume matinale. Les rues n'étaient pas très animées, mais assez pour que Dillon se fonde parmi les visages anonymes. Il se fraya un chemin au milieu des piétons, effleurant des épaules au passage, laissant dans son sillage une traînée de chaos. À son contact, les âmes se brouillaient, s'égaraient et n'avaient plus aucun repère ; une femme s'arrêta net, ne sachant plus où elle se rendait ; un homme perdit le fil de ses pensées au beau milieu d'une conversation ; une jeune fille oublia un instant qui elle était et ce qu'elle faisait là… mais une fois Dillon à bonne distance, tout redevenait normal. Ces gens ne sauraient jamais que c'était le contact de Dillon qui avait provoqué ce moment de confusion.

En revanche, Dillon en avait conscience. Peut-être était-il fou de croire qu'il possédait ce pouvoir. Si ça se trouve, il finirait à l'asile. En tout cas, il faisait largement le nécessaire pour qu'on l'y envoie.

Comme le coup du piano. Malgré tout le remue-ménage causé, le tour avait été plutôt facile à réaliser. Un vrai jeu d'enfant. Il n'avait eu aucun mal à accéder au rooftop. Le dimanche matin, le lounge était désert. Le piano à queue étant monté sur des roulettes, ç'avait été du gâteau de le pousser sur la terrasse. Entre-temps, sa rage avait décuplé, ainsi que le désir féroce et brûlant d'accomplir cet acte destructeur – un désir qui lui bouffait les entrailles, telle une faim incontrôlable.

Un appétit destructeur.

L'adrénaline avait parcouru ses veines, lui insufflant une force incroyable, tandis qu'il soulevait le piano sur le rebord du toit. L'appétit destructeur l'accaparait tout entier, s'immisçant jusque dans le tréfonds de son âme pour la marquer au fer rouge. Il avait hissé la lourde bête sur le parapet. Le piano avait chancelé un instant, oscillant entre plusieurs avenirs possibles, avant de basculer dans le vide, entraînant la balustrade dans sa chute.

Une seconde. Deux secondes. Trois secondes.

L'impact avait retenti dans un bruit assourdissant de cristal lorsque la majestueuse coupole en verre, dix-sept étages en dessous, avait volé en éclats… ce qui avait immédiatement calmé l'appétit destructeur. La pression s'était libérée par une valve invisible. Soulagé, Dillon avait inspiré à fond et, sans prendre le temps de contempler son œuvre, il s'en était allé.

Vêtu de l'uniforme de porteur qu'il avait chipé dans le placard de la réserve, Dillon avait pris l'ascenseur jusqu'à la réception et quitté l'hôtel ni vu ni connu ; pourquoi se serait-on méfié de lui, d'ailleurs ? Il avait quinze ans mais on lui en aurait donné deux de plus. Il était charmant, propre sur lui ; un rouquin qu'on aurait facilement pris pour un apprenti groom. Du coup, il s'était éclipsé sans que personne le remarque et, une fois dans la rue, il avait ôté sa veste d'uniforme et s'était volatilisé.

L'hôtel était maintenant loin derrière. Face à lui apparut une bouche de métro noyée de brouillard. On eût dit l'entrée d'une grotte. Pour Dillon, ce fut une vision merveilleusement accueillante.

Il s'engouffra dedans et dévala l'escalier. Une fois en bas, il entendit le train à l'approche et se sut tiré d'affaire. Il jeta la veste d'uniforme dans une poubelle et se précipita vers la rame. *Ouf !* Il ne s'était pas fait prendre. Il ne se faisait jamais prendre.

Le métro marqua l'arrêt, Dillon monta à bord, prit place sur un siège, et la rame redémarra aussitôt, l'entraînant loin de l'hôtel. Alors seulement, il se détendit. Assez pour que l'inquiétude l'envahisse.

Pitié, implora-t-il. *Qu'il n'y ait pas de blessés. Qu'il n'y ait pas de blessés !* D'accord, le restaurant était fermé, mais qui sait ? Un serveur aurait pu être en train de dresser les tables… Une femme de ménage de passer l'aspirateur… Dillon faisait souvent gaffe – il pouvait toujours prévoir au détail près la manière dont ses petites catastrophes allaient se dérouler. Et jusque-là, il n'avait jamais causé de blessure grave… mais il commençait à faire des bourdes – l'appétit destructeur le rendait négligent. Lorsque la faim montait en lui, elle le dévorait tout entier et l'empêchait de se poser les bonnes questions. Mais une fois l'irréparable commis, quand son esprit oscillait dans le vide comme le piano sur le toit avant la chute, il s'apercevait de la gravité de ses actes.

Des gens auraient pu y passer ! Et je ne le saurai pas avant d'avoir vu les infos. Le poids qui pesait désormais sur sa conscience était insupportable... mais pas autant que l'appétit, qui finissait toujours par revenir, et noyait tout le reste. Inexorablement, il en redeviendrait l'esclave. Or le seul moyen d'y échapper, c'était de détruire un truc. N'importe quoi. Tout. Plus c'était gros, meilleur c'était. Plus ça faisait de bruit, plus il prenait son pied. Et une fois la chose faite, la pression retombait. La faim était rassasiée, et le soulagement qui en découlait était à la fois riche et doux comme un gros carré de chocolat qui fond dans la bouche.

Sauf que ces derniers temps, l'appétit destructeur s'était aggravé. Il ne se contentait plus d'apparaître une fois par semaine. Il se manifestait presque tous les jours. La faim montait, exerçait sur lui une pression, exigeait qu'on la nourrisse. D'ailleurs, il sentait déjà l'appétit revenir. *Si vite ?!* Impossible ! Le piano n'avait-il pas suffi ? C'était l'acte le plus sensationnel, le pire qu'il ait commis. Que fallait-il qu'il fasse de plus pour se libérer de ce terrible besoin de destruction ?

Sa voisine de siège l'observait d'un œil maternel inquiet – une expression qu'il n'avait pas vue depuis une année entière – depuis qu'il errait seul à travers le pays. La femme posa son regard sur ses mains qui tremblaient.

— Tout va bien ? demanda-t-elle.

— Oui, ça va.

Elle lui toucha la main pour le réconforter.

— Non ! s'exclama Dillon.

Trop tard. Elle l'avait effleuré. Son visage se vida de son sang et elle retira sa main.

— Ex… excuse-moi, bafouilla-t-elle, confuse, avant d'aller s'asseoir à l'opposé de la voiture, où elle s'efforça de retrouver ses esprits.

— De quoi as-tu peur, Deanna ?

— De tout. De tout. C'est bien simple.

Deanna Chang agrippa les accoudoirs du fauteuil de ses mains pâles, de peur d'être projetée dans le vide. Les murs de la pièce étaient peints d'un jaune hideux qui s'écaillait çà et là, comme des lambeaux de chair, révélant une sous-couche rouge sang. Une odeur de moisi corrompait l'air. Les visages représentés sur les portraits ternis par les années semblaient se pencher vers elle, l'oreille tendue, le souffle lourd.

— Deanna, je ne peux pas t'aider si tu n'es pas plus précise.

De l'autre côté du bureau antique, le médecin remua sur son siège, mal à l'aise. *Je le rends nerveux*, songea Deanna. *Pourquoi est-ce que je rends même les psychiatres nerveux ?*

— Vous ne pouvez pas m'aider, OK ? rétorqua Deanna. C'est bien ça le problème.

Il tapota son crayon sur le bureau. La gomme se délogea de l'extrémité, tomba par terre et roula sur le sol maculé de taches.

Je déteste cet endroit, songea Deanna. *Je déteste cette pièce, je déteste cet homme, et je déteste mes parents qui me forcent à venir ici. Cet homme me pose les mêmes questions que les autres psys avant lui, et je me tape les mêmes réponses, et rien ne change. Jamais.*

Un gémissement de femme résonna à l'extérieur, et Deanna sursauta. Elle n'aurait su dire s'il s'agissait d'un rire ou d'un cri.

— J'ai peur, reprit Deanna. J'ai peur de mourir.

— Bien. C'est un début.

Deanna se frotta les bras ; ils étaient frêles et blancs. Sous son postérieur et dans son dos, les ressorts du fauteuil menaçaient de transpercer le tissu usé de la matelassure.

— Au début, j'avais juste peur de sortir seule de chez moi. Résultat, mes parents ont décidé de déménager dans un quartier plus sûr. J'ai cru que ça allait m'aider à me sentir mieux. Malheureusement, ça n'a rien changé. J'ai commencé à imaginer toutes les choses atroces qui pouvaient m'arriver. (Elle se pencha en avant.) C'était il y a deux ans. Aujourd'hui, je me vois mourir. Tous les jours. Je vois mon corps écrabouillé sous les ruines de notre maison, si elle venait à s'écrouler. Je vois un homme avec un couteau caché dans un placard, dans la cave ou dans le grenier en pleine nuit. Je vois une voiture sans chauffeur qui monte sur le trottoir et me renverse…

— Tu crois que les gens veulent te tuer ?

— Pas seulement les gens. Les choses. Tout.

Le psy griffonna quelques mots sur son calepin avec son crayon à papier sans gomme. Quelque part dans l'immeuble, un chauffage se mit en marche, laissant échapper une lugubre complainte.

— Et tu penses que toutes ces choses atroces pourraient t'arriver ?

— Non ! protesta Deanna. Je *vois* ces choses m'arriver. Elles se produisent, je les sens – je les vois – c'est RÉEL ! (Deanna se redressa et essuya son front en nage.) Et puis, je cligne des yeux, et ça…

— Et ça disparaît ?

— Parfois… À d'autres moments, la vision reste jusqu'à ce que je crie.

Le psy relâcha son nœud de cravate et plaça un doigt sous son col. Il toussota.

— Il fait chaud, se justifia-t-il.

— Je ne me sens pas en sécurité à l'extérieur. Je ne me sens pas en sécurité à l'intérieur. Je ne me sens pas en sécurité ici – imaginons que ce lustre à la noix, suspendu juste au-dessus de moi, se dévisse lentement, attendant le moment propice pour tomber et me fendre le crâne en deux ?

Le psy porta les yeux sur le plafonnier, qui avait effectivement l'air un peu dévissé. Il bascula en arrière, déboutonna carrément son col et prit une profonde inspiration, comme si l'air venait à manquer. Deanna comprit qu'il commençait à avoir peur, comme tous les gens à son contact. Sa crainte, elle la ressentait autant que la sienne.

— Je pense que je vais me noyer, reprit Deanna. Ou bien m'étouffer. J'ai toujours l'impression d'étouffer. Vous avez déjà éprouvé ça ?

— En quelques occasions, répondit le médecin d'une voix d'outre-tombe.

Il s'était ratatiné dans son fauteuil.

Deanna esquissa un sourire. Étrangement, les craintes du psy atténuaient un peu les siennes.

— Je vous file la chair de poule, hein ?

— Ta mère se fait beaucoup de souci pour toi.

— Ma mère peut aller se faire voir. Si elle croit que *vous*, vous pouvez m'aider !

— Ce n'est pas une attitude saine.

— Vous savez quoi ? Eh bien moi, je pense que vous allez me rendre encore plus barge que je ne l'étais avant de mettre les pieds ici. Vous pouvez m'assurer du contraire ? Vous pouvez m'assurer que tout ça, c'est dans ma tête ? À cent pour cent ? Hein ?

Deanna attendit une réponse.

S'il le lui garantissait, elle le croirait. S'il lui jurait ses grands dieux qu'il pouvait chasser la noirceur qui enveloppait son existence, elle le croirait. De tout son cœur, elle aurait préféré se savoir folle. Ç'aurait été tellement plus simple.

Toutefois, le psy consulta la montre à son poignet et lâcha un profond soupir de soulagement.

— La séance est terminée ?

— J'en ai bien peur.

— Bénissez-moi, mon père, parce ce que j'ai péché.

— Racontez-moi vos péchés, mon enfant.

De l'autre côté du confessionnal, le prêtre avait accompagné sa réponse d'un soupir. Il avait dû reconnaître la voix tremblante de Dillon, déjà venu se confesser à maintes reprises.

— J'ai fait des choses horribles, expliqua Dillon, pris d'une bouffée de claustrophobie.

— C'est-à-dire ?

— Hier, j'ai trafiqué le matériel dans la salle de contrôle des tramways, c'est pour ça qu'ils ne fonctionnaient plus. Ce matin, j'ai éclaté la verrière du Garden Court.

— Doux Jésus, répliqua le prêtre dans un murmure glacé. Je ne peux pas t'accorder l'absolution pour ces méfaits, Dillon.

Dillon se raidit, se sentant soudain très à l'étroit dans le minuscule isoloir.

— Pitié, personne n'a été blessé – d'après les infos. *Pitié !*

— Dillon, il faut que tu te rendes à la police.

— Vous ne comprenez pas, mon père. C'est impossible. Ça ne me stopperait pas. Je trouverais un moyen de m'échapper et de détruire autre chose – de faire encore plus de dégâts. Ce n'est pas comme si j'avais envie de faire tout ça – mais *il le faut.* Je n'ai pas le choix !

— Écoute-moi, reprit le prêtre. Tu ne vas... pas *bien.* Tu es un garçon très malade et il faut que tu te fasses aider.

— Vous ne pensez pas que mes parents ont déjà tenté ? fulmina Dillon. Ce genre d'aide ne marche pas sur moi. Ça aggrave mon cas.

— Désolé... Je ne peux pas t'absoudre.

Terrifié, Dillon se mura dans le silence. Il ne pouvait se résoudre à s'en aller sans avoir été absous. D'autant que ces actes, il les commettait contre son gré. Il agrippa la petite croix qui pendait à son cou et la serra fort. L'argent s'imprima dans sa paume.

— Mais je ne suis pas coupable ! insista Dillon. Je n'ai pas le choix – je suis *infecté* ! Je suis *maudit* !

— Eh bien, ta pénitence sera d'aller te confesser à la police.

— Ce n'est pas leur boulot de m'absoudre ! s'écria Dillon. C'est *le vôtre* ! Vous êtes censé effacer mes péchés, et vous ne pouvez pas me juger ! Vous ne pouvez pas !

Le prêtre répondit par un silence.

— Très bien. Si vous refusez de m'absoudre, je trouverai un prêtre qui le fera.

Dillon poussa brutalement la porte en merisier du confessionnal. Elle heurta le mur et vola en éclats. Une femme présente dans l'église poussa un cri de surprise. Porté par sa rage, Dillon passa devant elle sans même lui accorder un regard ; il sortit du bâtiment comme une furie. L'appétit destructeur montait à nouveau en lui ; or il ignorait combien de temps il allait pouvoir le contenir. Il eut envie de balancer des briques sur les vitraux de l'église, toutefois ce n'était pas à Dieu qu'il en voulait. À moins que… ?

Une semaine plus tôt, dans un moment de faiblesse, il avait révélé son nom au prêtre. Aujourd'hui, ça risquait de le mener à sa perte. L'homme d'Église allait-il trahir le secret du confessionnal et livrer Dillon aux autorités ?

Mieux valait prévenir que guérir. Il devrait s'en aller le soir même, partir à la recherche d'un autre endroit où causer des dégâts en toute impunité. Il était venu de l'Arizona sans se faire prendre, et il lui restait encore beaucoup de lieux à visiter. Dillon se sentait totalement délaissé par la vie. Et il voyait dans cet abandon total une sorte de liberté. Du moins voulait-il s'en convaincre. C'était facile de poursuivre sa route lorsque chaque nouvelle ville s'avérait aussi solitaire que la précédente.

Lorsque, parmi la foule, tous les visages étaient anonymes et indifférents à son sort.

Il fallait néanmoins qu'il se nourrisse une dernière fois – une toute dernière fois – avant de s'en aller. Il faudrait que ce soit une œuvre dévastatrice d'une grandeur inégalée. Un acte qui rassasierait l'appétit destructeur de manière à le mettre en sourdine un bon moment.

Papa, maman, vous êtes fiers de moi ? songea-t-il avec amertume. *Vous êtes fiers de votre petit garçon, à présent ?*

Dieu merci, ils étaient morts ! Pourvu qu'ils reposent en paix, suffisamment loin de ce monde, pour ignorer toutes les atrocités que leur fiston avait commises.

Non loin de là, Deanna Chang remontait un trottoir escarpé, tâchant d'oublier sa séance avec le psy. Elle évitait le regard de ceux qu'elle croisait – tous la dévisageaient d'un air méfiant, du moins était-ce son impression – elle n'en était jamais sûre. Intimidée, elle baissa les yeux, histoire de voir si ses chaussettes étaient assorties ou si sa tunique était tachée à cause d'un soudain saignement de nez. Dehors, sa claustrophobie s'était muée en une angoisse plus forte, laissant place à l'agoraphobie – la peur du monde extérieur. Non seulement ses craintes étaient anormales, mais elles étaient contre-nature, et ça la rendait dingue. Elle avait eu une enfance agréable et remplie d'amour – elle n'avait connu aucun traumatisme – et pourtant, à l'âge de douze ans, les peurs avaient grandi en elle, virant à l'obsession, pour devenir des visions. Aujourd'hui, à quinze ans, le monde qui l'entourait regorgeait de lames de rasoir et de poison, et ce dans chaque regard, dans chaque bruit, et à chaque instant du jour. La peur lui coupait le souffle. Elle était si puissante qu'elle se propageait tout autour d'elle et enveloppait ses proches ; ses parents, ses anciens amis… jusqu'aux parfaits inconnus qui s'aventuraient trop près d'elle. Sa peur était aussi contagieuse qu'un fou rire et aussi toxique que des vapeurs de cyanure.

À l'angle de la rue, la peur s'empara d'elle avec une telle force qu'elle la tétanisa sur place ; elle sut qu'elle était sur le point d'avoir une nouvelle vision de sa propre mort. Même si ça n'était que dans sa tête, ça n'en était pas moins réel. La douleur et la terreur étaient bien présentes, et elle les ressentait jusque dans sa chair.

Sa peur se concrétisa brutalement. Tout autour d'elle, une vive agitation, une cacophonie assourdissante. Elle cligna des yeux une première fois, une deuxième fois, une troisième fois, pour chasser la vision épouvantable qui s'offrait à elle. Mais cette dernière persista. La voiture sans chauffeur bondit sur le trottoir et l'avala.

Dillon contempla la scène depuis le sommet de la colline, empli d'un sentiment d'horreur surpassant presque l'appétit destructeur qui lui rongeait les entrailles. Sous ses yeux, l'action se déroulait comme un plan au ralenti.

Le camion remorquait six Cadillac flambant neuves, en route vers un quelconque concessionnaire. Quelques minutes plus tôt, Dillon avait traversé la rue en dehors des clous. Il avait identifié la chaîne qui maintenait la dernière voiture fixée au pont inférieur de la remorque et il avait forcé les cadenas à l'aide d'une fourchette cassée. Un autre que lui aurait passé la journée à comprendre comment trafiquer ces serrures. Mais pas Dillon. Pour lui, chaînes, cordes et cadenas étaient un jeu d'enfant. À ce tour, il était encore plus habile que Houdini.

Il avait évidemment anticipé de A à Z la réaction en chaîne de l'événement, tel un génie résolvant une équation. La voiture glisserait de la remorque ; derrière, le chauffeur du bus donnerait un coup de volant à droite ; le bus grimperait d'un bond sur le trottoir ; les véhicules se mettraient à zigzaguer dans tous les sens pour éviter la trajectoire de la Cadillac en roue libre ; beaucoup d'ailes seraient embouties – certaines voitures seraient carrément détruites... mais peu de personnes seraient amochées.

Un maximum de dégâts ; un minimum de blessés. Tel était le schéma que Dillon avait conçu dans son esprit anormalement vif. Ce qu'il n'avait pas anticipé en revanche, c'est que le chauffeur du bus était gaucher.

Dillon gravit la colline et observa le spectacle, tandis que le camion grimpait à son tour le flanc escarpé du coteau ; comme prévu, la voiture fixée à l'extrémité de la remorque s'échappa et se mit à dévaler la colline. Les klaxons retentirent aussitôt, les pneus crissèrent et la Cadillac fugitive fonça droit vers le bus...

... mais le chauffeur du bus braqua à gauche et non à droite – précipitant son véhicule *sur les voitures arrivant en sens inverse.*

Ce simple détail modifia toute la donne. Dillon vit se dessiner un nouveau schéma et, cette fois, le sang allait couler.

Sous son regard horrifié, les véhicules quittèrent la voie les uns après les autres pour percuter lampadaires et vitrines de magasins. Les piétons s'écartèrent. Pour la plupart. Mais certains n'en eurent pas le temps.

La Cadillac sans conducteur traversa un carrefour en direction d'un angle de rue. Un homme bondit de côté pour l'éviter, laissant une jeune fille en plein sur la trajectoire de la voiture – une Asiatique du même âge que Dillon, qui demeura figée par la surprise. Dillon voulut l'avertir d'un cri, mais c'était trop tard. La Cadillac bondit sur le trottoir, et la fille disparut, comme engloutie par une baleine.

Pour Dillon Benjamin Cole, ce fut un supplice… et pourtant, le nœud qui lui comprimait les entrailles se détendit brutalement. L'appétit destructeur s'était évanoui, rassasié par le cauchemar qui s'offrait à lui: le bus enfoncé dans la devanture d'une librairie ; la borne d'incendie explosée aspergeant la Mercedes décapotable ; et la fille engloutie par la Cadillac. Chaque muscle de son corps se dénoua ; une vague de soulagement emplit ses sens – il en perçut l'odeur et le goût, pareils à un plat raffiné. Une puissante sensation de bien-être le submergea, d'une douceur indéniable.

Et Dillon s'en voulut atrocement. Il éprouva une haine indicible pour sa propre personne. Une haine qui surpassait de loin celle de Dieu à son égard.

L'hôpital était un lieu froid, un lieu rempli de promesses non tenues et de prières non exaucées. Tout du moins, c'était l'image qu'en avait Dillon depuis qu'il avait assisté à la lente agonie de ses parents dans une clinique, un peu plus d'un an auparavant. Les médecins ne surent jamais ce qui les avait tués, mais Dillon, lui, le savait. Ils avaient pris leur fils dans les bras à trop de reprises… et leur esprit y avait succombé. La folie tuait au même titre que de nombreuses autres maladies, Dillon le savait. Dillon avait observé ses parents perdre lentement la tête, jusqu'à ce que leurs paroles ne soient que charabia et leurs actions dangereuses. Vers la fin, Dillon s'imaginait leur esprit semblable à la neige sur un écran de télévision. Réduit à cet état primaire, le corps préfère s'éteindre et mourir.

Dillon pénétra dans la chambre d'hôpital, un bouquet de fleurs à la main. C'est à peine s'il reconnut la jeune fille, qu'il n'avait qu'aperçue de loin, juste avant que la Cadillac ne la renverse, puis, à la suite de l'accident, lorsqu'on l'avait hissée dans l'ambulance à la hâte pour l'emmener d'urgence à l'hôpital. Comment pouvait-il s'attendre à reconnaître un visage qu'il n'avait qu'entrevu ? Pourtant, ce visage risquait de le hanter jusqu'à la fin de ses jours. Raison pour laquelle il avait décidé de rendre visite à la fille.

Elle s'appelait Deanna, seule info qu'on avait bien voulu révéler à Dillon. Elle était à moitié asiatique et enfant unique. À l'accueil, l'infirmière lui avait demandé s'il était un membre de la famille, et Dillon s'était fait passer pour un cousin. Une fois dans la chambre, il avait rencontré la mère, à qui il avait dit être un camarade de classe de Deanna. Il s'était assis à côté de la femme, avait bavardé un peu avec elle, inventant des anecdotes sur le collège et les profs dont il ignorait tout ; puis la mère s'était levée pour passer un coup de fil, laissant Dillon au chevet de sa fille. Deanna.

Deanna flottait dans le néant, où ne résonnaient à ses oreilles que les battements de son propre cœur. Elle ouvrit la bouche pour hurler, mais aucun son n'en sortit. Elle se sentait loin, au fond d'un océan, elle n'arrivait pas à respirer du tout. Elle s'efforçait en vain de remonter vers la lumière, à la surface. Son crâne tambourinait, sa poitrine se comprimait jusqu'à ce que, finalement, elle resurgisse brutalement à la lumière...

... d'une chambre. Une chambre d'hôpital. Oui, oui, évidemment. La scène lui revint. La Voiture de la Mort. Comme elle l'avait terrifiée ! Elle l'avait déjà vue avant, dans ses visions. Sauf que cette fois, elle avait été réelle. Elle avait voulu la tuer. Et c'est ce qui aurait dû se passer... sauf qu'elle n'était pas morte. (Elle remua les orteils.) Même pas paralysée ! Elle bougea le bras droit et une atroce douleur lui transperça le poignet, lui arrachant un cri.

— Tout va bien, la rassura-t-on.

C'était une voix d'homme. Non... de garçon. Elle tourna prudemment la tête vers lui, et ses yeux s'accommodèrent peu à peu. Il avait son âge – la quinzaine –, des cheveux roux et des yeux d'un noir abyssal. Ces yeux la terrorisèrent. Ils la fascinèrent. Un regard très expressif, aurait dit sa mère.

— Tu as une entorse au poignet. Tu as sans doute aussi une commotion cérébrale, mais tu peux quand même t'estimer heureuse vu ce qui est arrivé.

— Qui es-tu ? demanda-t-elle.

— Personne d'important, répliqua-t-il. Je m'appelle Dillon.

Elle ne parvenait toujours pas à détourner son regard du sien, qui lui apprit tout ce qu'elle avait besoin de savoir. Ses yeux débordaient de culpabilité, et elle sut que, d'une certaine manière, c'était à cause de lui qu'elle se retrouvait dans un lit d'hôpital. C'était lui qui avait lâché sur elle la Voiture de la Mort.

— Espèce de salopard, marmonna-t-elle.

Elle éprouvait pourtant un étrange soulagement. Cette fois-ci, sa vision était avérée… et pourtant, elle n'était pas morte. Dans un sens, c'était réconfortant.

Troublé, Dillon s'écarta du lit.

— Je ne voulais pas te faire de mal, bafouilla-t-il. Je ne voulais blesser personne… C'est juste que…

Il s'interrompit. Comment pouvait-il espérer qu'elle le comprenne ?

— Non, dis-moi, insista-t-elle en lui prenant la main.

Dillon lâcha un cri de surprise et voulut se dégager ; mais bien qu'elle fût encore groggy, elle le tenait fermement… et il fut surpris de constater qu'à son contact, l'esprit de Deanna ne se brouillait pas. Elle n'eut aucun mouvement de recul.

Comment était-ce possible ? Tous ceux qu'il touchait étaient affectés. *Tous sans exception.*

— Ta main est chaude, fit-elle remarquer avant de le dévisager d'un air curieux. Tu n'as pas peur ! Je ne te fais pas peur !

— Non, rétorqua-t-il.

Elle sourit, les yeux toujours rivés aux siens et, à cet instant, une lumière aveuglante brilla à travers les stores entrouverts – un éclair vert qui se réduisit bientôt à une lueur rougeoyante dans le ciel sombre.

Autour d'eux, le monde cessa d'exister. Baignés de cette étrange lumière, ils flottaient ensemble dans une chambre d'hôpital, comme en apesanteur dans l'espace.

C'est le moment le plus important de ma vie, songea Deanna. Et elle sut immédiatement pourquoi.

— Tu es comme moi ! murmura-t-elle. Tu es exactement comme moi !

Dillon acquiesça d'un hochement de tête, les yeux emplis de larmes. À cet instant, il se sentait plus proche de Deanna que de quiconque. *J'ai failli la tuer. Comme ç'aurait été horrible si elle était morte et qu'on ne s'était jamais rencontrés.* L'étrange lumière entoura d'un doux halo irisé la chevelure noire de jais de Deanna. Il s'en émerveilla, éprouvant pour elle un brusque élan d'amour. Une adoration qui surpassait les mots. Il n'y avait plus que ses aveux qui pourraient faire sens à présent.

— Je détruis tout ce que je touche, dit-il.

— Pas moi, répondit Deanna.

— Je suis un monstre, reprit Dillon.

— Pas à mes yeux, répliqua-t-elle.

Pour la première fois, Dillon eut l'impression qu'on lui accordait le pardon. Puis Deanna fondit en larmes et se confessa à son tour.

— J'ai peur, avoua-t-elle.

— De quoi ?

— De cet endroit. De ma vie. De tout ce qui est dedans et dehors. Je suis terrifiée.

Dillon s'empara de sa main et la serra fort.

— Alors je vais te protéger. Je veillerai à ce que rien ni personne ne te fasse jamais de mal.

Deanna sourit à travers ses larmes ; elle comprit que ce garçon qui avait bien failli la tuer avait désormais l'intention de la défendre de tout son cœur. Doucement, il prit la main de Deanna, la leva, et la contempla d'un regard intense, fasciné par ce miracle qui les avait réunis. Elle lui accorda alors sa confiance tout entière, une confiance inconditionnelle.

— Non, répliqua-t-elle. On se protégera l'un l'autre.

2

Stone chope la gale

Le même soir, un ciel ténébreux constellé d'un million d'étoiles surplombait l'Alabama. Elles n'émettaient pas une lumière assez vive pour éclairer la terre et, la lune n'étant pas encore levée dans cette partie du globe, le sol était encore plus sombre que les cieux.

Winston Marcus Pell était allongé dans sa chambre ; il remuait les doigts sans pouvoir les distinguer. Certes, il avait la peau foncée, mais quand bien même elle aurait été jaune fluo, il n'aurait entraperçu qu'une pâle forme à l'endroit de sa main tant il faisait sombre.

Une nuit aussi noire était soit de bon augure, soit un très mauvais présage, selon les superstitions auxquelles on se raccrochait. Winston ne croyait pas à toutes ces conneries. Les superstitions, ce n'était pas pour les instruits comme lui. Les superstitions, c'était pour les pauvres gens encore coincés dans la Black Belt[1] à cultiver la terre ingrate. Des gens un peu crédules.

Alors pourquoi Winston avait-il autant la trouille quand il faisait noir comme ce soir ?

---

1. La « ceinture noire », région des États-Unis appelée ainsi car y vit un pourcentage élevé d'Afro-Américains.

Le vent soufflait par rafales, faisant trembler les fenêtres dans leurs huisseries et arrachant les feuilles des arbres bien avant leur heure. Abandonnées par la brise, ces feuilles d'automne se réfugiaient le long de leur grande et vieille maison dont elles balayaient la façade, telles des souris en fuite. Une fois la bourrasque passée, un silence sidéral régna. Quelque chose clochait. Winston en eut la certitude. Quelque chose ne tournait vraiment pas rond.

Il n'y a aucun monstre dehors. Ce n'étaient rien que des histoires, des légendes que les vieillards racontaient aux gamins pour les empêcher de s'aventurer seuls dans la nuit. Pourtant, ce silence était étrange… quelque chose ne tournait vraiment pas rond !

Les criquets s'étaient tus !

C'était ça !

Un frisson le parcourut. Si seulement il pouvait se faire encore plus petit sous sa couette, et disparaître ! D'ordinaire, les criquets chantaient toute la nuit dans la campagne – même en octobre. Lorsqu'ils avaient quitté Birmingham pour venir s'installer ici, Winston n'avait pas dormi pendant des semaines à cause des criquets.

Pourquoi ne chantaient-ils pas ce soir ?

Winston se maudit d'être si trouillard. Bon sang, il avait quinze ans ! Malgré son apparence, il avait quinze ans *dans sa tête.* OK, de stupides criquets avaient décidé de ne pas chanter cette nuit. Et alors ? Pourquoi s'inquiéter ?

Oui, mais ce n'était pas n'importe quelle nuit. Il faisait très très noir. Et c'était flippant.

Winston savait très bien pourquoi il avait la trouille. Outre les superstitions locales, il savait que l'univers regorgeait de phénomènes inexplicables.

Comme ce truc bizarre qui lui arrivait depuis bientôt trois ans. Évidemment, plus personne n'y faisait allusion en sa présence. Sauf Thaddy, qui était juste trop con pour tenir sa langue.

Winston serra les poings. Si seulement il pouvait casser la gueule à quelqu'un ! Bon, d'accord, ça lui fichait la frousse que les criquets se soient tus... Mais si jamais une créature rôdait autour de chez lui, il était cap de la dégommer, peu importe sa taille. Il lui éclaterait la tronche et la laisserait crever face contre terre.

Une rafale de vent déchira le silence, puis un gémissement sourd résonna dans la pièce voisine, suivi de petits pas rapides.

Thaddy jaillit, terrifié, dans la chambre de Winston. Il se cogna le mollet contre le cadre du lit, et poussa un cri de douleur.

— Tais-toi ! ordonna Winston. Tu vas réveiller maman !

— Il y a un monstre dans le jardin, Stone, geignit Thaddy. Je l'ai vu ! Il était à ma fenêtre et il allait m'arracher le ventre, j'te jure. (Thaddy sécha ses larmes.) Je crois que c'était le croque-mitaine.

Thaddy voulut sauter sur le lit de Winston mais il se ravisa et, à la place, il saisit la couverture de son frère, la tira à lui, s'en enveloppa et se lova par terre.

— Si tu tiens à garder tes dents de devant, t'as plutôt intérêt à me rendre ma couette.

Mais Thaddy demeura immobile.

— Il est dehors, Stone, je l'ai vu. Il bavait contre ma fenêtre, je te jure. Faut qu'on aille chercher le fusil.

— On n'en a pas, crétin !

Winston glissa hors du lit et posa les pieds par terre. Dans le silence, le plancher grinça.

— Où sont passés les criquets ? demanda Thaddy.

— Ferme-la, sinon je te paralyserai les lèvres jusqu'au matin.

— Non ! Je vais être sage. Promis. Plus un mot.

Comme si un carillon avait juré de ne pas émettre un seul son en pleine tempête.

Winston jeta un coup d'œil par sa fenêtre. Les nuits de lune, il distinguait leur jardin et même le champ du voisin. Ce soir, c'est à peine s'il devinait la clôture – et au-delà de celle-ci, le coton ondulait comme des créatures étranges parmi les ombres. Des tigres et de gros alligators bien gras.

— Je le sens tout près, dehors, marmonna Thaddy. Il pue le cadavre ; on dirait qu'il sort de sa tombe.

— Arrête d'imaginer des choses horribles, répliqua Winston.

Il huma l'air. L'odeur n'était pas si forte que ça. Son petit frère avait pourtant raison : il y avait bel et bien *une créature* dehors. Sa présence était palpable.

Winston saisit la batte de base-ball planquée sous son lit et se dirigea vers la chambre de Thaddy. Son petit frère lui emboîta le pas.

— C'est le croque-mitaine, j'en suis sûr ! gémit Thaddy.

— Ça n'existe pas, c'est rien qu'une légende débile ! rétorqua Winston pour se rassurer lui-même.

Thaddy lui fit alors remarquer une chose dérangeante. Le pire, c'est qu'il disait vrai.

— Tu es plus petit aujourd'hui, Stone. À mon avis, t'as tellement rapetissé que tu pourras même pas mettre une raclée à ce monstre.

Winston décocha un regard noir à Thaddy ; il brandit l'index tout près de la bouche de son petit frère pour lui ficher la frousse. Malgré l'obscurité, Thaddy distingua le doigt qui effleurait presque ses lèvres.

— Non ! Non ! Je me tais. Promis !

Le petit Thaddy avait dix ans, cinq ans de moins que Winston. Ce dernier mesurait pourtant cinq centimètres de moins que son petit frère.

En réalité, Winston avait la stature d'un enfant de huit ans.

Ça n'avait pas toujours été le cas. Winston avait poussé comme du chiendent jusqu'à l'âge de douze ans. Puis, tandis que ses amis avaient poursuivi leur croissance, Winston avait cessé la sienne…

Et il avait commencé à rapetisser.

D'après ses calculs, s'il continuait sur cette lancée, à dix-huit ans il aurait de nouveau la taille d'un môme prêt à entrer à la crèche.

— Moi, j'aimerais bien rétrécir ! avait un jour gémi Thaddy, devenu trop grand pour son vélo préféré.

Mais voyant son grand frère perdre en taille de mois en mois, d'année en année, il s'était ravisé. Et il n'avait plus jamais exprimé ce souhait.

La porte de la chambre de Thaddy était entrouverte. Winston la poussa complètement. Elle tourna sur ses gonds dans un grincement aigu révélant… une fenêtre ouverte. Si une créature rôdait effectivement autour de chez eux, il se pouvait qu'elle se soit introduite à l'intérieur ! Et elle pouvait se trouver n'importe où !

— Thaddy, tu avais laissé la fenêtre ouverte ?

Ce dernier bredouilla.

— Réfléchis ! Ta fenêtre était ouverte ou fermée ?

Thaddy ne se rappelait pas.

Une branche noueuse pendait devant la fenêtre. Tortueuse, elle semblait vouloir se faufiler à l'intérieur. Dans l'arbre, un morceau de tissu voletait, agité par la brise.

— C'est mon tee-shirt, expliqua Thaddy. Je l'ai jeté sur le monstre. Peut-être que je lui ai fichu la trouille, peut-être.

Winston resta planté sur le seuil pendant une éternité, craignant de se hasarder dans la pièce. Il plissa les yeux et scruta l'arbre dont il devinait à peine la silhouette. À force de le fixer, il eut l'impression d'y distinguer un visage. Un vieux visage déformé. Celui d'un lutin. Un lutin avec une grosse tête en forme de citrouille. Il les épiait par le carreau ! Non, c'était son imagination qui lui jouait des tours.

— C'est rien que l'arbre, conclut Winston. Tu t'es encore fait des films, espèce de crétin.

— Mais c'est quoi alors cette odeur, Stone ?

— J'en sais rien, peut-être un opossum crevé qui pourrit juste sous ta fenêtre, comme l'année dernière.

En réalité, l'odeur ne le dérangeait pas, contrairement à Thaddy.

Son petit frère se contenta de cette explication et se remit au lit. Winston le borda en veillant à ne toucher que la couverture.

— Merci Stone, souffla Thaddy. Désolé d'avoir dit que tu étais trop petit et tout, tout à l'heure. Je trouve ça super que tu sois petit.

— Putain ! Arrête de parler de ça !

Winston détestait qu'on aborde le sujet.

Le premier signe inquiétant s'était manifesté trois ans plus tôt. Non seulement il était devenu évident qu'il avait cessé de grandir, mais un autre élément tout aussi préoccupant s'était déclenché. Son toucher provoquait des picotements. Ses parents avaient évoqué un problème d'électricité statique. Ils en avaient fait peu de cas. Puis ils avaient emmené Winston chez le médecin pour le faire vacciner contre la grippe. Le docteur avait remarqué qu'il avait perdu un centimètre depuis l'année précédente. De nouveau, il en avait fait peu de cas. C'était sûrement une erreur. Quelques mois plus tard, ils comprirent que ce n'était pas une erreur. Winston avait perdu plus de deux centimètres. Quatre médecins plus tard, on ne savait toujours pas quoi en penser, et aucun desdits docteurs n'avait voulu admettre l'étrange effet que Winston produisait sur les gens qu'il touchait. On évoqua une carence en vitamines. Une curiosité génétique. Un certain docteur Guthry avait voulu nommer cette étrangeté le « syndrome de Guthry » et avait même tenté d'envoyer Winston à la clinique Mayo où on l'aurait étudié comme un rat de laboratoire.

À la suite de quoi, la famille avait cessé de consulter les médecins.

C'étaient les vieilles folles du quartier, deux sœurs, qui étaient à l'origine de l'expression « grandir à l'envers ». Elles traitaient Winston de fils de sorcière, ce qui avait rendu son père furieux. M. Pell était un ancien homme de science – un pharmacien – mais surtout un érudit. C'était un homme instruit entouré d'amis instruits ; il avait quitté la ville pour s'installer à la campagne afin de donner l'exemple et d'aider la petite bourgade où il avait grandi. Ces deux vieilles folles représentaient tout ce qu'il avait haï dans son enfance, celle d'un Noir issu d'une famille pauvre du Sud profond.

Lorsque son père était décédé d'une crise cardiaque, les deux sœurs avaient lancé la rumeur selon laquelle Winston en était la cause. D'après elles, il avait envoûté le cœur de son père, de la même manière qu'il avait empoisonné le petit potager familial, où les légumes ne mesuraient pas plus que la taille d'un doigt. Et Winston ne pouvait pas s'empêcher de penser que ces vieilles mégères édentées disaient vrai.

Certes, on ne croyait pas vraiment qu'il avait tué son père. Mais l'idée perdurait. D'autant qu'à cette époque, il suffisait qu'il touche le bras d'une personne pour l'engourdir et y produire une sensation de fourmillements. Peu de temps après, la famille avait cessé d'aller à l'église, les baptistes voyant Dieu ou le diable partout. Ce n'était pas super réconfortant de se retrouver au centre de l'attention tous les dimanches. N'empêche, Winston se demandait souvent : s'il était capable d'envoûter les légumes, d'engourdir la chair et de grandir à l'envers, était-ce de la science ou de la magie ? L'œuvre de Dieu ou de Satan ?

Winston finit de border Thaddy, rentrant bien la couverture sous le matelas, comme l'aimait son petit frère.

— Ferme la fenêtre, Stone. Ça évitera que ça sente l'opossum pourri dans la chambre.

Winston s'approcha de la fenêtre et se souvint du tee-shirt de Thaddy, encore accroché dans l'arbre, hors de sa portée. Il se pencha dans la nuit pour l'atteindre… et le monstre, niché dans l'arbre, juste à côté de la fenêtre, siffla comme un python.

Winston poussa un cri de terreur.

La créature hideuse se tenait à moins d'un mètre de son visage. Elle allait le tuer. Elle allait lui arracher les yeux et puis les tripes, comme l'avait prédit Thaddy ! Pourquoi fallait-il que son petit frère ait raison cette fois-ci ?

La créature s'enfonça dans le feuillage, et les branches ployèrent sous son poids, tandis que la chose se précipitait au pied de l'arbre.

— C'est le croque-mitaine ! hurla Thaddy, mort de trouille. C'est le croque-mitaine !

Et il appela sa mère à l'aide.

Winston tomba à la renverse dans la chambre. Une lumière s'alluma au rez-de-chaussée.

— Thaddy, tout va bien ? Qu'est-ce qui se passe là-haut ?

Winston descendit les escaliers, la batte de base-ball à la main. Thaddy ne le lâcha pas d'une semelle. Il continua de pleurnicher au sujet du croque-mitaine.

— La ferme ! Il n'existe pas, il n'a jamais existé, et il n'existera jamais !

— Alors c'était quoi ?

— Je ne sais pas, mais certainement pas le croque-mitaine. C'était une personne, pas une chose.

Winston en était à présent certain ; le visage de la bête avait un aspect très humain. Il était possible qu'elle se soit échappée d'un zoo, voire d'un asile.

— Et peut-être que c'est un alien, peut-être, reprit Thaddy. C'était trop LAID !

— Qu'est-ce qui était laid ? cria leur mère.

Ils passèrent devant sa chambre du rez-de-chaussée. Elle s'extirpait tant bien que mal de son lit pour se hisser dans son fauteuil roulant.

— Ne t'en fais pas, maman. Je vais jeter un coup d'œil.

— Ne sors pas, Winston ! Si c'est un cambrioleur, on appellera le shérif !

Mais rien ni personne n'aurait pu l'arrêter. Il avait tout d'abord été terrifié, mais la terreur s'était transformée en colère. Il avait envie de se battre, et personne ne se mettait en travers du chemin de Stone Pell lorsqu'il avait la rage au ventre.

Les gamins de la ville savaient qu'on ne cherchait pas la bagarre avec ce taré de Stone à moins de vouloir finir K-O. en moins de temps qu'il n'en faut pour le dire – parce que lorsque Winston vous touchait, il ne se contentait pas de vous engourdir. Ses coups paralysaient. Un bras, puis l'autre, suivis du menton et du ventre, et, en un éclair, on se retrouvait au sol, le corps mou et immobilisé pendant des heures – parfois même jusqu'au lendemain matin. Voire plus.

Aussi, Winston n'avait plus personne contre qui se battre, ce qui le rendait fou. Surtout que ces derniers temps, il n'avait qu'une envie : se bagarrer.

Winston et Thaddy traversèrent le potager envoûté de leur mère, enjambèrent la clôture, et suivirent la créature jusque dans le pré bordant le champ de coton.

La lune montait dans le ciel, illuminant les fleurs de coton qui brillaient comme de la neige. La lumière était suffisante ; ils distinguaient la créature, qui se déplaçait d'un pas très lourd derrière l'arbre-pieuvre, un chêne séculaire pourvu d'une dizaine de branches idéales pour l'escalade. Lorsque la chose voulut grimper à l'arbre, Winston donna un coup de batte dans sa direction. Il la manqua ; mais elle dérapa sur la mousse espagnole qui tapissait le tronc et elle tomba par terre. Thaddy la tâta du pied avant d'aller se réfugier derrière le chêne.

— Paralyse-la, Stone ! hurla Thaddy. Paralyse-la une bonne fois pour toutes !

Winston jeta la batte par terre et coinça la créature contre un buisson épineux. Il se mit en garde, prêt à se livrer à un combat à mains nues.

La créature était moins imposante que prévu, mais tout de même plus grosse que lui. Winston se jeta dessus et la laboura de coups de poing. Elle se débattit, pendant que Winston s'agrippait à ses bras. Finalement, elle parvint à se libérer et ils basculèrent tous deux dans le champ de coton, de l'autre côté de la clôture. Malgré ses multiples tentatives, il ne réussit pas à la paralyser. Ils luttèrent et firent des roulés-boulés dans le coton. Jusqu'à ce que la chose prenne la parole.

— Arrête ! hurla-t-elle d'une voix rocailleuse (quoique pas malveillante pour une créature sortie tout droit d'un cauchemar). Sinon je vais vraiment devoir te tabasser sérieusement !

Elle repoussa violemment Winston, qui atterrit contre la barrière dans un bruit sourd.

Pendant ce temps, Thaddy se grattait le bras, celui qui avait été en contact avec la bête.

— Comment ça se fait que tu sois pas encore paralysée ? s'étonna Winston. T'es quoi, putain ?

— Je suis un monstre. Un monstre, comme toi.

Winston observa minutieusement son visage grêlé et couvert de cratères, comme celui de la lune, criblé de lésions desséchées et de furoncles en pleine éclosion. À croire qu'on l'avait trempée dans un bain de déchets nucléaires. C'est à ça que devait ressembler la lèpre…

— Je crois que c'est une fille, fit remarquer Thaddy, étonnamment observateur pour une fois.

Une fille ? Winston examina le visage grotesque. Déjà que c'était compliqué pour lui de lui attribuer une couleur de peau, alors un sexe… ! Les cheveux blonds et raides indiquaient que la créature était blanche, mais vu qu'ils étaient courts et emmêlés, Winston n'aurait su lui donner un genre.

— Tu es un garçon ou une fille ?

— Une fille, s'agaça la créature.

Thaddy se frottait frénétiquement le bras.

— Qu'est-ce que tu lui as fait ?

La créature-fille sourit.

— Il n'aurait pas dû me toucher. J'ai dû lui filer la gale.

Thaddy contempla Winston, puis la fille au visage de pizza. Il afficha une expression horrifiée, comme pour dire : « Ça existe pour de vrai la gale ? » Puis il pivota sur ses talons et se précipita vers la maison en appelant sa maman à l'aide.

— Il va avoir une éruption cutanée sur le bras, avertit la fille. Voire une grosse fièvre pendant environ une semaine. Mais ça va passer… Il n'aurait pas dû me toucher.

— Winston ? l'appela sa mère depuis le porche. Qu'est-ce qui se passe ?

— Juste une fille, maman, répondit Winston. Thaddy est tombé dans de l'herbe à puce – tu devrais t'occuper de lui.

C'était beaucoup plus simple que de lui dire la vérité.

Une fois sa mère rentrée, la créature-fille se présenta. Elle s'appelait Tory ; c'était le diminutif de Victoria.

— Qu'est-ce que tu as ? s'enquit Winston.

— De l'acné. Tu n'as jamais vu de l'acné de ta vie ?

Winston l'étudia de plus près. Si ça, c'était de l'acné, c'était une acné qui était partie en vrille. Sous cette peau huileuse couverte de boutons se cachait un être humain, bien enfoui. Quand bien même on aurait réparti ces pustules sur une dizaine de visages, chacun d'entre eux aurait été défiguré.

— Tu es vachement moche, remarqua Winston.

— Putain ! Quel sens de l'observation, Super-Souris ! Il s'avère que je sais qui tu es. Je t'épie depuis que j'ai emménagé ici avec ma tante, le mois dernier. T'es vraiment un nain sorcier ? Un avorton diabolique ?

— Va te faire foutre ! hurla Winston en se jetant sur elle.

Et tant pis si c'était une fille ! Personne n'avait le droit de le traiter de noms pareils !

Ils roulèrent par terre et se battirent, et même si Winston n'avait pas franchement le dessus, ça lui fit un bien fou. C'était merveilleux de pouvoir enfin se battre à armes égales contre un adversaire de taille.

— Espèce de face purulente d'opossum putréfié ! hurla Winston.

— Espèce de troll vaudou à tête d'épingle !

— Espèce de fosse septique suintante !

— Espèce de chiard en couches !

— Face dégoulinante !

— Tête de gnome !

— Fille-éléphant !

Tory lui assena un violent coup de poing dans le nez. Winston chancela, puis s'effondra près de la clôture.

— Comment ça se fait que je n'arrive pas à te paralyser ? s'étonna-t-il d'une voix faible.

— Je ne sais pas. Comment ça se fait que tu ne tombes pas malade quand je te touche ?

Ils s'observèrent comme deux boxeurs sur un ring.

— Désolée de t'avoir frappé si fort, s'excusa Tory. Je ne supporte pas qu'on me traite de fille-éléphant, c'est un point sensible. C'est comme ça qu'on m'appelait quand je vivais en Floride.

— Tu habitais où ? Dans les Everglades ? ironisa Winston. T'es une créature des marécages ?

Tory répondit par un silence. Malgré la pénombre, Winston vit ses yeux s'emplir de larmes.

— Bon, reprit Winston. On fait une trêve ?

— OK, accepta Tory en séchant ses larmes avant qu'elles ne coulent sur ses joues.

Les larmes lui piqueraient sûrement le visage, songea Winston.

— Ça t'arrive souvent de regarder chez les gens pendant la nuit, et de leur foutre la trouille comme ça ? lança-t-il en essuyant son nez sanguinolent.

— Le soleil, c'est pas bon pour ma peau, répliqua Tory. Elle est trop sensible. Du coup, je ne sors que la nuit. De cette manière, on ne me voit pas. Ça m'arrange.

— Tu as… mal au visage ?

— Tout le temps. (Elle se pencha vers lui et chuchota :) C'est vrai que tu grandis à l'envers ?

— Qu'est-ce que ça peut te faire ?

— Je suis venue te trouver à cause des rumeurs qui courent sur toi. Je voulais que tu me touches le visage… que tu l'anesthésies pour que je ne le sente plus ; peut-être que ça ne me ferait plus mal ensuite.

Winston secoua la tête.

— Mais tu ne te paralyses pas à mon contact, contrairement aux autres… Pourquoi ?

À cet instant, leur visage fut éclairé par une lumière venue du ciel, une lumière plus vive que la lune croissante. Tout autour d'eux, le coton prit une teinte verte, puis rose. Winston crut que c'était le gyrophare du shérif qui produisait cet effet, mais la couleur était différente – et bien trop intense.

Ils se levèrent pour observer le phénomène avec plus d'attention. Il s'agissait d'une boule de lumière irrégulière, mesurant environ le quart de la lune, d'un éclat aveuglant.

Winston recula de quelques pas et s'appuya sur un poteau pour ne pas perdre l'équilibre. La lumière avait déclenché un phénomène étrange en lui, et il crut qu'il allait s'évanouir. D'un seul coup, son cerveau bouillonnait ; un émerveillement, une perplexité totale le submergèrent brutalement, comme s'il avait dormi toute sa vie et qu'il venait tout juste de s'éveiller. Mais parmi ce déferlement d'émotions, une pensée prédominait : l'idée que cette lumière dans le ciel, quelle qu'elle soit, lui était destinée.

— C'est incroyable, murmura Tory. Je n'ai jamais… éprouvé un sentiment pareil.

Winston posa son regard sur Tory et comprit à son souffle saccadé et à ses yeux émerveillés qu'elle était frappée par les mêmes émotions que lui. Elle avait compris, elle aussi : cette étrange lumière dans le ciel les avait non seulement éblouis mais, par-dessus tout, elle avait embrasé leur âme.

Ce qui le rendit furieux !

Quelle que fût cette lumière, elle était pour lui, et pour lui seul. Il refusait d'avoir à partager une chose si unique avec la fille hideuse qui se tenait à ses côtés. Ça voulait dire que leur rencontre de ce soir n'était pas un hasard – ils étaient attirés l'un vers l'autre – liés l'un à l'autre comme des âmes sœurs. Or c'était une pensée tout à fait insupportable.

— Je… te connais, hein ? demanda Tory. On a le même âge, toi et moi !

Son enthousiasme fit frémir Winston.

— On a beau être tous les deux des monstres, grogna Winston, je n'ai rien en commun avec toi ! On n'a rien en commun, t'entends ?

À cet instant, Winston remarqua le bruit. Un bourdonnement qui résonnait tout autour d'eux depuis l'apparition de la lumière dans le ciel. Son volume avait augmenté peu à peu et rugissait à présent dans les buissons comme une alerte aérienne. Ce son leur était adressé à tous les deux. C'était un signe indéniable. Le cri de la Nature, un hurlement lui indiquant que ce laideron, cette fille, était davantage son sang que sa propre famille. Qu'ils avaient plus de points communs que quiconque.

— Qu'est-ce que c'est ? demanda Tory en se bouchant les oreilles.

Winston voulut aussi étouffer le son, mais c'était impossible.

— Des criquets, répondit-il. Des millions de criquets.

3

Le Planétoïde, la pleine lune et la constellation du Scorpion

Un peu plus tôt en cette même journée d'octobre, à un millier de kilomètres au nord-est de là, la péninsule qu'on a baptisée South Fork, à l'est de l'île de Long Island, était baignée d'une brume de chaleur plutôt anormale pour la saison. Dense et menaçante, elle avait l'aspect d'une cataracte grise sur les cartes météo ; un œil aveugle entouré d'un ciel froid et clair. Sous ce linceul brumeux se dressait le lycée de Hampton Bays où tout avait été normal jusqu'à la troisième heure de cours, moment où la course-poursuite avait débuté pour Lourdes Hidalgo.

Tout avait commencé dans le labo de sciences ; la chasse s'était ensuite étendue à l'ensemble de l'école, alors que Lourdes tentait d'échapper aux professeurs lancés à ses trousses. Elle les avait semés en se réfugiant dans un placard à balais. Sa ruse lui avait fait gagner du temps. Peut-être réussirait-elle à quitter le bâtiment avant qu'on la rattrape ?

Elle descendit l'escalier sud d'un pas pesant et maladroit ; le métal résonnait sous ses pas comme les tintements sourds d'une vieille cloche séculaire. Les boulons grinçaient et les marches étaient comme du carton-pâte prêt à s'effondrer sous son poids colossal.

Mais Lourdes avait l'habitude. L'habitude que les chaises s'affaissent quand elle s'asseyait. L'habitude que ses hanches frôlent le cadre de la porte lorsqu'elle franchissait un seuil, comme si la pièce tout entière était un pantalon trop étroit qu'elle essayait d'enfiler. En revanche, elle ne s'était jamais faite aux moqueries cruelles de ses camarades de classe.

Lourdes descendait les marches deux à deux pour échapper aux profs, au conseiller d'orientation et à la principale. Après tout, Ralphy Sherman avait bien mérité le sale tour que Lourdes lui avait joué. Elle réfréna ses larmes et les scrupules qui la guettaient.

Dans le labo de sciences, Ralphy avait fait circuler des mensonges au sujet de Lourdes. *Vous avez entendu ? On a proposé dix mille dollars à Lourdes pour qu'elle intègre le cirque ! Hé ! Vous êtes au courant que Lourdes fait don de sa graisse à l'usine de bougies de Southampton ? Vous savez ce qu'on a retrouvé dans le nombril de Lourdes ? Des pièces de monnaie et une télécommande !* Lourdes avait essayé de prendre sur elle. Elle avait tenu sa langue et serré les dents, mais trop, c'était trop.

Elle avait ensuite voulu lui rendre la pareille ; qu'il souffre autant qu'elle ; qu'ils souffrent tous autant qu'elle. Alors, elle avait plaqué Ralphy contre un mur, avait enserré son torse et senti ses côtes se briser sous son étreinte. Ralphy avait voulu crier, mais aucun son n'était sorti de sa bouche. Son visage avait changé de couleur, passant du cramoisi au violet, puis au bleu. Entre-temps, l'enseignant s'était rendu compte de l'incident et s'était précipité vers eux. Lourdes s'était aussitôt écartée de Ralphy et il avait dégouliné par terre, tel un sac tout flasque. Lourdes s'était alors enfuie à toutes jambes.

Elle maudit les marches qui résonnaient sous les pas lourds de ses semelles orthopédiques.

Au dernier palier avant le rez-de-chaussée, Lourdes tomba nez à nez avec Mme Conroy, la principale de Hampton Bays.

— Arrête-toi, Lourdes !

La principale s'était campée quelques marches en dessous de Lourdes. Accoutumée à donner des ordres, elle avait un ton de voix autoritaire, assez autoritaire pour stopper la jeune fille massivement obèse dans sa lancée. Lourdes vacilla légèrement et les marches grincèrent comme les gonds mal huilés d'une porte rouillée. Cette année, personne ne lui manifestait la moindre compassion, pas même Mme Conroy. À croire que l'empathie se limitait à un certain tour de taille, et que, une fois cette limite dépassée, il était légitime qu'on devienne la cible de toutes les formes de cruauté.

— Lourdes, dans mon bureau ! ordonna Mme Conroy. Nous allons appeler tes parents. C'est très grave ce que tu as fait, tu comprends ?

— Oui, je comprends parfaitement, répliqua Lourdes. Je suis grosse, pas stupide !

Sa voix était épaisse, comme enveloppée de plusieurs couches d'ouate humide. Lorsque Lourdes parlait, c'était comme si elle hurlait de l'intérieur du ventre d'une baleine.

— Je ne l'ai pas tué, quand même ? s'enquit-elle.

— Non, répondit Mme Conroy. Mais tu aurais pu.

Lourdes éprouva un mélange de déception et de soulagement.

— Ça commence à bien faire, pesta Mme Conroy. Tu as causé suffisamment de dégâts dans ce lycée !

— Ça veut dire que je suis renvoyée ?

— Nous en parlerons dans mon bureau.

— Dans tes rêves ! rétorqua Lourdes.

Elle se remit en mouvement, descendant lentement vers la principale. Une marche après l'autre.

Boum ! résonna le métal au contact de ses gros pieds enflés.

Boum ! D'un pas, Lourdes s'était placée devant la lumière qui éclairait la cage d'escalier. Elle fit écran de son corps et le visage de Conroy se perdit dans l'ombre.

— Je te préviens, Lourdes...

Boum !

À mesure que Lourdes approchait, Mme Conroy semblait moins grande, moins puissante. Après tout, ce n'était qu'un petit brin de femme...

Boum !

— Lourdes, je ne te laisserai pas passer !

— Essayez de m'arrêter dans ce cas.

Boum !

Une nouvelle marche.

Lourdes se rapprocha encore de la petite femme chétive. Conroy s'agrippa machinalement à la rampe, éprouvant le magnétisme de Lourdes – sa pesanteur : une véritable force de gravité émanait d'elle. Lorsqu'elle se trouvait dans une pièce, c'était difficile de ne pas pencher dans sa direction. Si un courant d'air s'engouffrait par une fenêtre et éparpillait des feuilles, elles se collaient toutes à Lourdes, qui devait, pour s'en débarrasser, les chasser de la main. Si on jetait un avion en papier dans sa direction, il tournait autour d'elle avant de revenir au lanceur comme un boomerang ; et si on le lançait bien, il continuait à voler en orbite autour d'elle jusqu'à ce qu'il atterrisse. Ses camarades de classe la surnommaient le Planétoïde, et elle les détestait tous.

— Si jamais tu me touches, Lourdes…

Boum !

Dernière marche. Lourdes se planta devant Conroy ; les cheveux mi-longs de la principale tombèrent sur son visage jusqu'à atteindre la lycéenne. Le ventre énorme de Lourdes plaqua la directrice contre le mur ; elles se regardèrent droit dans les yeux. Le regard de la principale trahissait de la crainte. De la crainte et du dégoût.

— Ce n'est pas ma faute si je suis comme ça, se défendit Lourdes.

Le corps de la principale s'affaissa sur lui-même au simple contact de l'adolescente.

— Ta place n'est pas ici, marmonna-t-elle.

Elle avait du mal à respirer.

Lourdes comprit qu'elle ne faisait pas uniquement allusion au lycée. « Ici », pour Lourdes, c'était ce monde. Elle écarta Conroy comme on chasse une mouche, et la femme reprit aussitôt son souffle. À croire qu'elle venait d'échapper à l'attraction dévastatrice d'un trou noir.

Conroy se cramponna à la rampe pour ne pas s'effondrer. Elle hurla contre Lourdes, mais cette dernière ne l'écoutait plus. Elle finit de descendre les marches et disparut dans le corridor.

Le couloir du rez-de-chaussée accueillait principalement les classes d'anglais et d'histoire. La sortie la plus proche se trouvait sur la gauche. Malheureusement, l'agent de sécurité du lycée et le conseiller d'orientation se tenaient en plein sur sa trajectoire. Ils lui bloquaient l'issue. À l'autre extrémité du couloir se dressait la principale, flanquée d'une légion d'enseignants. De part et d'autre, ses ennemis se rapprochèrent lentement, la nasse se refermant sur elle.

Soit elle fonçait dans le tas en espérant que son élan les dégommerait comme des quilles de bowling, soit elle se réfugiait dans une classe vide. Vu qu'ils étaient trop nombreux, elle opta pour la salle. Une fois dedans, elle serait coincée, mais au moins, elle aurait toute une panoplie d'objets à leur jeter à la figure s'ils essayaient de la débusquer. Si c'était Lourdes Hidalgo contre le monde entier, alors le monde entier devrait souffrir de ce qu'il infligeait à Lourdes Hidalgo.

Elle poussa la porte, pénétra dans la salle et aperçut Mlle Benson, la nouvelle prof d'anglais, en compagnie de Michael Lipranski, à l'avant de la salle.

Lourdes n'était pas préparée au spectacle qui s'offrait à elle. Ses yeux s'écarquillèrent et sa mâchoire se décrocha : Michael Lipranski était en train d'emballer la prof d'anglais.

Cette scène suffit à distraire Lourdes un instant de trop. Ses poursuivants jaillirent dans la salle, la prenant au dépourvu. Ils étaient trop nombreux à vouloir à tout prix la maîtriser. Même sa force de gravité ne pouvait rien pour elle. Elle dut finalement rendre les armes. Sa seule consolation fut que Michael Lipranski s'était lui aussi fait prendre la main dans le sac, et qu'il était autant dans le pétrin qu'elle. Peut-être même davantage.

Michael Lipranski était un improbable bourreau des cœurs. D'accord, c'était un brun plutôt séduisant, mais il avait un côté dérangeant, sale, et un tantinet visqueux. Son corps était un peu trop fin, ses cheveux un peu trop longs et toujours gras. Quand il vous regardait, vous aviez l'impression qu'il devinait vos secrets les plus inavouables et qu'il entretenait à votre égard les pensées les plus coupables.

Ce n'était pas le beau gosse ordinaire ; non seulement il n'exhibait pas des muscles de tombeur, mais son corps était souvent constellé d'hématomes. Pour certains de ces bleus, il pouvait remercier son père, qui avait la réputation de faire bon usage de ses poings, mais la plupart de ses ecchymoses résultaient de bastons au lycée. Michael n'était pas bagarreur de nature, mais il avait dû apprendre à se défendre dans un monde qui s'était avéré bien plus cruel et malveillant qu'il ne se l'était imaginé.

Physiquement, le seul détail vraiment particulier chez Michael Lipranski, c'étaient ses yeux. Son iris affichait un arc-en-ciel de pigments noisette et turquoise, un spectre de couleurs qui conférait à son regard une profondeur et une chaleur aussi engageantes qu'une mer des Caraïbes. Les filles du lycée pouvaient se noyer dans ses yeux. En réalité, elles tombaient toutes comme des mouches. Ç'avait été le cas l'année passée, à Baltimore. Et rebelote ici, dans les Hamptons. C'était sans doute pour cette raison que tous les mecs le détestaient.

Ça expliquait peut-être aussi pourquoi aucun prof ne voulait de lui dans sa classe. Pendant des années, Michael n'avait pas compris. Il était avenant, drôle, sympa. Il prenait la peine de faire ses devoirs. Pourtant, il était souvent l'épicentre de toutes sortes de perturbations. Depuis la cinquième, il avait constaté un manque de discipline remarquable dans toutes les classes où il se trouvait. Il se disait que c'était normal... Après tout, à la puberté, les enfants devenaient des monstres, non ? C'est ce qui se disait... sauf que le comportement de ses camarades de classe n'était pas tout à fait normal.

Quand Michael était dans une salle, une sorte de moiteur imprégnait l'air, une sensation qui titillait toutes les personnes présentes, comme une odeur si ténue qu'elle en était impossible à identifier. Quelle que fût cette réaction chimique, elle produisait un effet différent sur les filles et les garçons. Le cœur des filles s'emballait, et elles éprouvaient soudain un désir irrépressible. Elles se mettaient alors à transpirer et cherchaient aussitôt Michael du regard – car en plongeant leurs yeux dans les siens, elles se sentaient un peu mieux. Et en se rapprochant de lui, elles étaient soulagées. À condition d'être assez proches pour sentir son souffle. Assez proches pour le goûter.

Évidemment, les garçons ne réagissaient pas de la même manière. Pour leur part, ils n'avaient qu'une envie, casser la gueule à Michael.

Aussi, lorsque le groupe pourchassant Lourdes Hidalgo surgit dans la classe de Mlle Benson, la rumeur selon laquelle Michael « Lips[1] » Lipranski avait mis la barre

1. « Lèvres », jeu de mots portant sur le nom du personnage. (*N.d.T.*)

encore plus haut s'était répandue comme une traînée de poudre.

Pendant que Lourdes attendait dans le bureau de la principale sous bonne garde, Michael fut expédié auprès du conseiller d'orientation, M. Fleiderman, qui était l'ami de tout le monde, ou du moins tentait de l'être.

Le rendez-vous ne se déroula pas dans le bureau de Fleiderman car, lorsqu'il ne faisait pas trop mauvais, le conseiller d'orientation aimait recevoir les élèves dehors, dans la cour intérieure, située au centre des bâtiments scolaires. C'était plus détendu, moins intimidant, selon Fleiderman. Ça ne lui était jamais venu à l'idée que la plupart des gamins n'avaient aucune envie de lui parler sous le regard de l'école tout entière.

Quand Michael traversa l'écran de brume qui noyait la cour, il eut le sentiment que le monde baignait dans une sorte de néant gris. C'est ainsi qu'il se sentait à l'intérieur aussi – perdu, seul, confus… embrumé la plupart du temps. Mais pas question de montrer cet aspect de sa personne à Fleiderman. *Fais-lui croire que tu es calme et que tu gères,* songea-t-il en s'approchant du conseiller trop zélé.

Fleiderman serra la main de Michael et l'invita à s'asseoir avec lui sur la pelouse humide. Michael refusa d'un signe de tête.

— Pourquoi pas ? s'enquit Fleiderman d'une voix amène. Je ne mords pas.

Michael afficha un sourire complaisant.

— Il vaut mieux que je reste debout, d'un point de vue stratégique, dit-il. Si vous m'attaquez et essayez de m'étrangler, je pourrai m'enfuir. Eh si ! Vous pourriez me mordre.

Fleiderman éclata de rire et décida de se lever.

— Très bien, on va faire à ta manière.

Ils attendirent en silence, Michael appuyé contre un érable, les bras croisés.

Fleiderman reprit finalement la parole.

— Parle-moi.

— De quoi ?

— Tu sais bien. Parle-moi de Mlle Benson.

— Pour vous dire quoi ?

— À toi de me le dire.

Michael haussa les épaules et détourna les yeux.

— Elle m'a embrassé. Et alors ?

— Tu veux dire que c'est toi qui l'as embrassée, non ?

Michael esquissa un sourire canaille.

— Vous avez l'air très sûr de vous.

Fleiderman lâcha un grognement mécontent. Michael sentait l'agacement monter chez cet homme d'ordinaire plutôt calme.

— J'aimerais comprendre d'où tu viens, Michael.

— De Baltimore.

— Non, ce qui te motive. Ce qui se passe en toi. Je voudrais te comprendre.

Michael éclata de rire.

— Bonne chance !

— Je sais que tu as eu pas mal de conquêtes féminines à l'école. Je sais que tu es… comment dire… « actif ».

— Actif ? Comme un volcan ?

— Sexuellement actif.

— Ah ! s'écria Michael. Vous parlez de ça.

Il détourna le regard une fois encore et fit le tour du sycomore. Fleiderman le suivit. Son agacement s'était mué en frustration.

— Je sors avec beaucoup de filles, expliqua Michael. Je ne vais pas tellement plus loin. Je les pelote parfois. Vous voyez ce que je veux dire.

— Et je suis censé te croire sur parole ?

— Croyez ce que vous voulez, rétorqua Michael avant d'esquisser un nouveau sourire. Mais pour tout vous dire, le sexe me fait peur.

— Pourquoi ? demanda Fleiderman. Tu as peur de ne pas gérer ?

Michael haussa les épaules.

— Ouais… Ou bien que la fille pète les plombs.

Fleiderman émit un petit ricanement gêné ; Michael resta grave. Il s'aperçut que le conseiller avait crispé les poings malgré lui.

— Revenons-en au sujet qui nous amène. Mlle Benson, reprit Fleiderman.

Il ôta ses lunettes pour en essuyer la buée.

— Ce qui s'est passé n'est pas uniquement ma faute, OK ? se défendit Michael, se dévoilant plus qu'il n'en avait l'intention. Rien ne l'obligeait à me retenir à la fin du cours pour me parler de ma fiche de lecture. Rien ne l'obligeait à s'approcher de moi et à me caresser l'épaule. Et rien ne l'obligeait à me rendre mon baiser quand je l'ai embrassée.

Fleiderman contracta les mâchoires. Michael se doutait qu'il allait craquer. Sa réaction n'avait aucun fondement logique ; Michael ne s'en était pas pris à lui, il n'avait rien dit qui puisse l'offenser. Au contraire, il s'exprimait à cœur ouvert, exactement comme Fleiderman le lui avait demandé. Pourtant, le conseiller d'orientation bouillonnait de colère.

— Nous nous occuperons du cas de Mlle Benson en temps voulu, répliqua-t-il. Pour l'heure, il s'agit de toi et de ton problème de maîtrise de soi.

— Bordel ! Comment je suis censé garder mon sang-froid, alors que toutes les filles du lycée me courent après, et que tous les mecs veulent me péter la gueule ?

— Je vois, siffla Fleiderman, le visage totalement crispé. Tout le monde t'aime ou bien te hait. Tu es le centre de l'univers et tout tourne autour de toi.

— Voilà ! dit Michael. C'est exactement ça !

— Tu délires ! explosa Fleiderman, qui ne se mettait pourtant jamais en colère. (Rester calme faisait partie de son boulot.) Tu te fais des films, mon pauvre ami !

— Ah oui ? (Michael fit un pas vers lui. Il mesurait un mètre soixante-dix, Fleiderman plus d'un mètre quatre-vingts.) Qu'est-ce que vous éprouvez en ce moment, monsieur Fleiderman ? Vous êtes furax ? Vous avez envie de m'attraper et de m'arracher la tête ? Vous avez l'impression de vous transformer en loup-garou à l'intérieur, hein ? En bête sauvage. Tous ceux qui restent trop longtemps à mon contact se mettent à agir comme des animaux. On veut soit me tuer, soit m'embrasser. Je préfère encore que vous ayez envie de me faire la peau !

Craquage total ! Fleiderman perdit les pédales et se jeta à la gorge de Michael en le saisissant par le col. Ce dernier le repoussa mais le conseiller revint à la charge en rugissant et en montrant les dents tel un chien enragé. Il le frappa d'un revers de la main avant de le projeter à terre. Michael voulut s'échapper, mais l'adulte fut plus rapide que lui. Il se mit à califourchon sur le jeune homme et le plaqua au sol. Il brandit le poing, s'apprêtant à lui assener un coup qui lui briserait la mâchoire.

— Stop ! s'écria Michael. On nous regarde !

Fleiderman leva la tête et poussa un gémissement, s'apercevant que le brouillard s'était légèrement dissipé. Les fenêtres de l'établissement qui donnaient sur la cour étaient de nouveau visibles. Derrière les carreaux, des visages les observaient depuis les salles de classe, comme s'ils étaient tous deux au centre d'un cirque romain, et que Michael était la proie du lion.

— Tuez-le, Fleiderman, crièrent des ados au deuxième étage. Tuez ce monstre !

Fleiderman aurait pu – c'était en son pouvoir, et la soif de tuer brillait dans son regard. Au lieu de quoi, le conseiller d'orientation se mordit la lèvre jusqu'au sang. Puis il libéra Michael et s'accroupit en boule, dans une posture piteuse, s'efforçant de retrouver le contrôle de lui-même.

— Mon Dieu, marmonna-t-il. Qu'est-ce qui m'arrive ? Qu'est-ce qui m'a pris ?

— Ce n'est pas vous, dit Michael en réfrénant ses larmes. Je rends les gens fous. Je suis comme… la pleine lune. En pire.

Fleiderman essuya ses lèvres ensanglantées en se ratatinant sur lui-même, incapable de lever le regard vers Michael.

— Tu ne remettras plus les pieds dans ce lycée, déclara-t-il sans tergiverser.

— Je suis renvoyé ?

— Transféré.

Ce qui pour Michael revenait au même.

Fleiderman se mit à respirer fort, le visage cramoisi. Il réfrénait sa colère. Michael mourait d'envie de lui filer un coup de pied dans le ventre, mais il ne le fit pas. Il inspira à fond, plongea en lui-même pour y puiser une émotion appropriée, et lorsqu'il mit le doigt dessus, il posa doucement la main sur l'épaule voûtée de Fleiderman.

— Allez-y, lança Michael. Dites-le si ça peut vous soulager. Ça ne me dérange pas.

— *Je te hais !* s'exclama Fleiderman.

— Répétez-le.

— *Je te hais…*

Prononcer ces mots à voix haute parut calmer un peu Fleiderman. Il frémit légèrement.

Aussi blessantes soient-elles, ces paroles conféraient aussi à Michael un sentiment de puissance. Il avait le pouvoir de mettre les gens à genoux, que ce soit l'amour ou la haine qui les y poussent. Il était en mesure de changer leur essence même. Il pouvait transformer une personnalité rayonnante en furie noire. Il pouvait faire fondre le cœur d'une reine des glaces. Un pouvoir aussi génial devait bien avoir de la valeur.

Michael tapota l'épaule de Fleiderman, pivota sur lui-même et s'éloigna. Au fil de ses pas, son esprit s'éclaircit, et le peu de brouillard qui flottait encore dans son âme se leva en même temps que la brume qui baignait la cour. À présent que l'orage était passé, il éprouvait un profond soulagement. Il rentra dans l'établissement et vida son casier.

Après le départ de Michael, la colère qui avait animé Fleiderman s'estompa. En un éclair, son humanité lui revint, et il s'en voulut terriblement. Il maudit son comportement, qu'il jugea atroce, et dont il ne comprenait pas l'origine. La terreur et la honte s'emparèrent de lui.

L'amour et la haine étant inextricablement liés, Fleiderman se demanda si cette malheureuse Mlle Benson éprouvait la même chose que lui, une fois débarrassée de la compagnie de Michael Lipranski.

Ce soir-là, alors que l'ensemble de la côte Est était balayé par les orages, une trouée se fit au-dessus de la partie orientale de Long Island, rendant les conditions optimales pour observer le ciel en cette nuit des étoiles filantes. Après le coucher du soleil, une quarantaine d'ados se réunirent pour passer la soirée à Montauk Point en compagnie de leur prof de sciences, qui avait apporté pour l'occasion son télescope. Ensemble, ils contemplèrent les constellations, établirent une cartographie du ciel à la lumière des lampes torches, et calculèrent la vitesse de rotation de la terre.

On recommanda vivement à Lourdes et à Michael de ne pas venir, ce qui encouragea évidemment leur présence. L'interdiction fut plus efficace qu'une invitation officielle. Michael, qui utilisait un faux permis de conduire depuis près d'un an, s'y rendit avec le minivan de son père. Quant à Lourdes, personne ne sut vraiment par quel moyen elle était venue ni à quel moment elle était arrivée. Elle se révélait parfois d'une discrétion étonnante pour une fille de sa corpulence.

Montauk Point était un parc national cerné de trois côtés par les eaux froides de l'océan ; la falaise où se dressait le phare était située sur la pointe de Long Island, à l'extrémité orientale de l'État de New York. On ne pouvait pas aller plus loin. À moins, bien sûr, de faire un pas de plus et de se jeter dans la mer.

À environ vingt-trois heures ce soir-là, Michael Lipranski se tenait au bord de la falaise, au pied du phare, envisageant de faire ce pas supplémentaire vers l'est qui le mènerait droit à une mort certaine, dans les brisants glacés de l'océan.

Pour Michael, la soirée n'avait pas débuté avec de si sombres pensées, mais avec un besoin urgent, celui de séduire. L'observation des étoiles était le prétexte idéal pour draguer, et en son dernier jour de lycée, Michael se sentait obligé de tirer profit de la situation.

À son arrivée, Michael avait jeté son dévolu sur Melissa Brickle, la fille la plus timide du lycée. Un sourire de Michael avait suffi à l'enhardir. Il l'avait conduite au bord de la falaise, derrière le phare. Une fois là, encouragé par le bruit des vagues et les pulsations de la lanterne circulaire dans la tour, Michael s'était mis à l'ouvrage.

Ses baisers étaient plus fiévreux que passionnés, plus compulsifs que romantiques, mais Melissa ne remarqua rien car personne ne l'avait jamais embrassée de cette manière, et l'émergence de ces sensations irrésistibles chassa toute autre pensée. Michael s'introduisit dans les recoins les plus sombres de son esprit et en libéra les instincts primaires, telles des bêtes qu'on sortirait de leur cage. Tout autour d'eux, une mince couche de brouillard tapissait la pelouse, glissant le long du précipice comme une cascade de vapeur. La brume semblait s'écouler de leurs deux corps.

Pendant ce temps, une tempête d'émotions se déchaînait dans l'esprit de Michael ainsi que dans son corps. Frustration, colère, perplexité… toutes luttaient pour prendre le dessus – mais ce qu'il ressentait plus que tout, ce soir-là, c'était la futilité. Quoi qu'il fasse, quel que soit le nombre de filles qu'il attirait dans des recoins secrets – et même s'il allait jusqu'au bout et cédait à toutes ses impulsions –, il ne serait jamais satisfait. Non, au contraire, ses besoins ne feraient qu'augmenter ; ils croîtraient jusqu'à le rendre fou. Tandis qu'ils s'embrassaient, Michael resserra son étreinte. Melissa ne remarqua rien. Il aurait pu la blesser, elle ne s'en serait pas rendu compte.

— Plus fort, dit-elle. Serre-moi plus fort.

Et, alors qu'il s'exécutait, Michael prit conscience que cette séance de pelotage frénétique s'apparentait à un viol. D'une certaine manière, il avait pénétré l'esprit de cette fille et la poussait à accepter et à le vouloir malgré elle. Et Michael était terrifié par ce monstre qu'il devenait, et par les atrocités dont il se sentait capable.

Avant de commettre l'irréparable, Michael repoussa Melissa.

— Qu'est-ce qui ne va pas ? s'étonna-t-elle. J'ai fait quelque chose de mal ?

Oubliant sa timidité, elle se frotta contre lui, glissa sa main sous son blouson et sous sa chemise et lui caressa le torse de manière éhontée.

Michael saisit doucement la main de la jeune fille et la lui plaça sur les genoux.

— Vaut mieux qu'on arrête.

— Sûrement pas, murmura-t-elle.

Elle voulut se blottir contre lui, mais Michael se mit debout.

— Va-t'en ! hurla-t-il. Fiche le camp d'ici !

Comme elle ne bougeait pas, il se baissa, ramassa un morceau de terre et le lança à ses pieds.

Perplexe et mortifiée, Melissa s'enfuit en larmes.

Tant mieux, songea Michael. L'humiliation qu'elle ressentait était un moindre mal. Ç'aurait pu être bien pire.

Le bruit de ses pas s'estompa bientôt et Michael se retrouva seul avec ses désirs malveillants. Mais ces besoins, il pouvait les tuer, non ? Le son de l'océan se brisant sur la falaise l'inspira. Ces désirs qui bouillonnaient en lui et le rongeaient de l'intérieur, il pouvait les détruire. Un seul pas suffisait. En cet instant, il aurait été prêt à tout pour faire taire ses impulsions. Pour ne plus ressentir Ça.

Comme un automate, il se retrouva en équilibre au bord du précipice, le visage au vent.

— Tu penses vraiment que les gens en auront quelque chose à battre si tu te fous en l'air ?

La voix le surprit ; il faillit réellement perdre l'équilibre. Il recula sur la pelouse en titubant. Sa vie ne défila pas devant ses yeux, elle le frappa en pleine figure.

— Si tu sautes, les gens flipperont, mais ils oublieront vite, reprit la voix, riche et humide, comme du caoutchouc liquide.

Lourdes Hidalgo sortit d'un buisson et s'avança dans sa direction d'un pas lourd, comme un buffle. Michael se demanda depuis combien de temps elle l'observait.

En vérité, Lourdes l'épiait depuis qu'il avait attiré Melissa jusqu'à la falaise. Lourdes aimait bien regarder les autres se peloter – et elle le faisait sans vergogne. Elle avait suffisamment honte de tout un tas d'autres choses, inutile d'ajouter l'indiscrétion à sa liste.

— Je m'en fiche qu'on m'oublie, répliqua Michael. J'en ai juste marre de ressentir Ça, OK ?

— Ça ?

— Tu peux pas comprendre.

— Qu'est-ce que tu en sais ?

Michael posa les yeux sur le renflement au niveau de son entrejambe. Son pantalon était trop ajusté à cet endroit, comme toujours. Il était tellement désespéré. Il aurait pu se confier à n'importe qui et il s'en fichait de passer pour un imbécile.

— Être excité H vingt-quatre, tu sais ce que ça fait ? Se réveiller comme Ça, aller au lycée comme Ça et ne pas fermer l'œil de la nuit à cause de Ces Pensées-Là, être assailli par Ce Genre de Rêves quand tu arrives enfin à trouver le sommeil… ? On dit qu'on a des hormones, hein ? Eh bien, moi ce n'est pas des hormones que j'ai. Je *suis* une hormone à moi tout seul – une énorme hormone mutante avec un millier de mains et un million d'yeux. C'est comme si cette hormone m'avait dévoré vivant et qu'il ne restait plus rien de moi. Tu sais ce que ça fait ?

À sa décharge, Lourdes prit la question très au sérieux.

— Non, répondit-elle. En revanche, je sais ce que ça fait d'être grosse. Si grosse que je peux même pas m'asseoir dans une salle de cinéma. Si grosse que je suis obligée de monter seule dans l'ascenseur. Si grosse que quand je prends un bain, y a plus de place pour l'eau dans la baignoire. Si y en a une qui devrait sauter de la falaise, c'est bien moi !

Embarrassé, Michael haussa les épaules.

— Nan… Tu risquerais de rebondir.

Lourdes envisagea la question.

— Ou alors j'éclaterais comme une bombe à eau.

— C'est dégueu !

Michael examina Lourdes. Elle était vraiment hideuse, même dans la nuit.

Lourdes lui adressa un sourire et Michael eut un mouvement de recul. Était-ce une ruse ? Voulait-elle lui sauter dessus comme toutes les autres ? Après tout, elle ne pouvait pas être immunisée contre son effet pleine lune !

— Bien tenté, dit-il. Je n'ai pas l'intention de t'embrasser, alors va te faire foutre.

Il se tourna de nouveau face à la falaise et contempla l'océan.

— T'embrasser ? J'en ai pas du tout envie ; ton haleine pue l'oignon.

Cette remarque piqua l'intérêt de Michael.

— Comment ça, tu n'en as pas envie ? Tu ne me trouves pas irrésistible ?

— Irrésistible ? Sûrement pas ! rétorqua Lourdes. M'enfin ! Tu ne mets pas assez de déo, tu es mal sapé, tu as les cheveux gras…

Michael afficha un grand sourire ; il n'en croyait pas ses oreilles.

— Vas-y ! Continue !

— Voyons voir… T'as une dent tordue en bas. Tes sourcils ressemblent à de grosses chenilles, et tu as le cul plat…

Michael était à deux doigts de bondir de joie.

— C'est super ! Tu sais depuis quand je n'ai pas parlé avec des gens qui voulaient soit me casser la gueule, soit me rouler une galoche ? Tu sais depuis combien de temps j'ai pas parlé à une fille sans être... tu vois ce que je veux dire ? C'est génial !

Michael aurait pu poursuivre la liste pendant des heures, contempler avec émerveillement les ramifications de leur absence d'attirance mutuelle. Toutefois, Lourdes n'eut pas l'air ravie d'entendre Michael lui expliquer combien il la trouvait repoussante. Il contempla sa silhouette boursouflée et il se demanda comment une fille pouvait se laisser aller à ce point.

— Tu sais, tu perdrais sûrement du poids si tu mangeais moins, suggéra-t-il.

— Je vais te confier un petit secret. (Sa tête se pencha en avant sur son corps sans cou, et elle chuchota de sa voix ouateuse :) Je n'ai pas mangé depuis des mois.

— Tu déconnes !

— C'est pourtant vrai – pas une seule bouchée, et je continue quand même à grossir. Cinq cents grammes par jour.

— C'est du délire !

Lourdes esquissa un sourire.

— Autant que ton hormone cannibale, non ?

Ils se dévisagèrent en silence, prenant tous deux conscience de leurs profondes similarités. À cet instant, sans crier gare, le ciel éclata.

Une explosion de vert suivie d'une étrange lumière rose illumina les cieux, phénomène qui toucha les deux adolescents au plus profond de leur être.

— Une supernova ! s'exclama M. Knapp, le professeur de physique. Mon Dieu ! Je crois qu'il s'agit d'une supernova !

Il orienta fiévreusement son télescope vers la constellation du Scorpion avant de feuilleter son livre d'astronomie pour identifier l'étoile en question.

Quelques minutes plus tard, une étoile située dans la queue du Scorpion émit un vif éclat lumineux, se dilatant jusqu'à faire environ un quart de la lune. Au même moment, Michael et Lourdes surgirent de derrière le phare. Les élèves étaient agglutinés autour de Knapp, qui comparait sa carte des étoiles au ciel qui les surplombait.

— Mentarsus-H ! annonça-t-il. D'après ce que je lis là, elle se trouve à seize années-lumière ; autrement dit, elle a explosé avant même que la plupart d'entre vous soient nés.

Knapp se mit alors en devoir d'expliquer le processus à ses étudiants.

— Il a fallu toutes ces années pour que la lumière produite par l'explosion atteigne la terre. Comme lorsque vous vous trouvez dans les gradins du stade de base-ball : vous voyez le joueur frapper la balle avec sa batte, mais l'impact ne vous parvient qu'une seconde plus tard. L'espace est si vaste qu'il faut des années à la lumière pour passer d'un astre à l'autre. Cette étoile a explosé il y a plus de seize ans, mais il nous a fallu attendre jusqu'à aujourd'hui pour le découvrir.

Pendant que tous s'émerveillaient devant ce spectacle cosmique, Michael et Lourdes s'attardèrent un peu à l'écart du groupe – émus par la nova à un point que le reste de leurs camarades ne pouvait pas imaginer. C'était comme si la lumière produite par l'astre avait illuminé une partie de leur être plongée dans l'ombre depuis toujours.

— Il faut que j'y aille ! s'exclama soudain Michael. Il faut que je parte maintenant !

Il fouilla fébrilement sa poche à la recherche des clés de son minivan.

— Il faut que je t'accompagne, dit Lourdes, les yeux emplis de larmes inexplicables.

Oui ! songea Michael. *Il fallait qu'ils y aillent à deux.* Ensemble, ils se dirigeraient vers l'ouest. L'ouest les attirait. Il fallait qu'ils s'y rendent car…

… Car il y en avait d'autres ! D'autres comme eux.

La vérité lui apparut comme une évidence. Comme s'il l'avait toujours su.

Michael arrivait désormais à les imaginer – tous levaient les yeux vers le ciel et contemplaient la supernova en cet instant précis, éparpillés aux quatre coins du pays.

— J'ai de la place pour toi dans le minivan, déclara Michael.

— J'ai une carte de crédit, renchérit Lourdes. Au cas où on aurait besoin d'argent.

Ils se précipitèrent vers le véhicule de Michael, comme s'ils n'avaient plus une minute à perdre.

Leurs camarades, leurs proches, leur famille, tous leur parurent insignifiants. Plus personne d'autre ne comptait.

Michael tourna la clé dans le contact avec une telle vigueur que le démarreur cria tandis que le moteur s'animait.

— On va où ? demanda Lourdes. Comment on saura qu'on est arrivés ?

Mais ces questions n'avaient pas de réponse et tous deux en avaient conscience. Un instant plus tard, ils roulaient en direction de l'ouest, pendant que leurs anciens camarades de classe observaient le ciel à travers une trouée circulaire qui surplombait Montauk, tel un œil fixe contemplant l'infini.

Deuxième partie

CHUTE LIBRE

4

L'ombre de la destruction

De la pierre qui se fracture.

Un rugissement assourdissant qui retentit. Le flanc de la montagne glissa, ensevelissant un quartier en contrebas. Cinq foyers furent détruits, engloutis par d'énormes rochers. Son appétit destructeur rassasié, Dillon Cole s'écroula dans les bras de Deanna Chang.

Assis en hauteur, ils observèrent à la lumière du crépuscule la scène qui se déroulait au pied de la montagne. Des cris leur parvinrent. Affolés, les habitants jaillissaient de chez eux pour porter secours à leurs voisins. Tout du long, Deanna soutint Dillon, blotti contre elle.

— Pitié ! Faites qu'il n'y ait pas de blessés, murmura-t-il, désemparé.

Sous le regard épouvanté de Deanna, la rangée de maisons nichées sur ce versant de la colline, en amont du lac Tahoe, avait disparu, anéantie. Malgré l'horreur de la scène, elle n'avait pas eu peur. Même après coup, tandis qu'elle serrait Dillon dans ses bras, elle ne se sentait pas en danger. Ses craintes, qui avaient augmenté au fil des heures, s'étaient volatilisées à l'instant où Dillon avait satisfait son appétit destructeur. Et chaque fois, c'était comme ça.

Quatre jours s'étaient écoulés depuis qu'elle s'était enfuie de l'hôpital de San Francisco. Durant ce court laps de temps, Dillon avait poussé un semi-remorque sans conducteur dans un ravin ; fait couler une péniche inhabitée au fond du fleuve Sacramento ; et court-circuité un centre de distribution, plongeant dans le noir la totalité de la communauté de Placerville. Tout du long, elle était restée à ses côtés. Elle aurait dû éprouver terreur et répulsion à chacune de ces catastrophes ; pourtant, une paix soudaine, inexplicable, insensée, l'emplissait toujours à la suite de ces désastres. Toute cette destruction ne lui paraissait pas réelle ; c'était tout au plus un tableau, une peinture qu'on plaçait sous ses yeux.

Dillon, lui, était *réel* et il culpabilisait sans cesse. Deanna lui transmettait son calme et soulageait ses scrupules. Et elle comprenait enfin pourquoi en retour la compagnie de Dillon avait sur elle cet effet apaisant. Maintenant qu'elle vivait dans l'ombre de sa folie destructrice, elle ne se sentait plus en danger. Elle n'était pas victime mais spectatrice, et mieux valait se trouver dans son camp que dans celui de ses souffre-douleur. Pendant qu'il torturait les autres, Deanna, elle, était épargnée.

Une question demeurait pourtant à l'esprit de Deanna.

Comment ?

Comment Dillon accomplissait-il ces choses ?

Elle contempla le ciel nocturne, la supernova qui y brillait encore, comme si elle détenait la réponse.

— Elle te fait un clin d'œil ? demanda Dillon en observant à son tour l'étoile. Elle te confie tous les secrets de l'univers ?

Deanna secoua la tête.

— Elle me dit seulement qu'il faut aller vers l'est.

Dillon acquiesça.

— Je sais.

C'était vrai. Depuis que la mystérieuse lumière était apparue dans le ciel, ils s'étaient tous deux mis en route vers l'est ; tirés par un courant invisible, comme du bois flotté entraîné vers une cascade déchaînée. Deanna avait instantanément oublié ses blessures. Ainsi que sa famille, qui lui semblait à présent appartenir à une autre vie. Et, à l'exception d'une carte postale qu'elle leur avait envoyée pour les rassurer sur son état, elle les avait enfouis dans un recoin de son esprit. La seule chose qui comptait à présent, c'était de se diriger à l'est avec Dillon – et tout ça à cause de l'étoile.

Peut-être que les Autres en savent davantage, songeait Deanna. Oh oui ! Elle connaissait l'existence des Autres ; Dillon aussi. Ils ne les évoquèrent qu'une seule fois. Mais dans le fond, ils avaient deviné que c'étaient les Autres qui les attiraient vers l'est. Dillon, lui, ne voulait pas entendre parler d'eux.

Par moments, Deanna aurait juré entendre leurs voix dans le bruissement des feuilles, apercevoir leurs visages dans des rêves dont elle se souvenait à peine au réveil. Elle faillit en parler à Dillon mais se ravisa.

Au pied de la colline, une sirène retentit. Une ambulance arrivait sur les lieux de l'éboulement.

— Personne n'aurait dû être blessé, gémit Dillon en pressant ses paupières fermées.

Deanna chassa la sirène de son esprit. Elle se concentra sur Dillon : il avait besoin d'elle et elle avait en retour besoin de lui, car lui seul pouvait maintenir ses peurs à l'écart. Ensemble, ils étaient invincibles.

Sur le versant sombre, non loin d'eux, un filet de galets dégoulina, en répercussion de l'éboulement causé par Dillon.

— Je ne comprends pas comment tu as fait, dit Deanna. Tu as simplement jeté une pierre...

— Ce n'était pas n'importe quelle pierre. C'était *la bonne* pierre.

Deanna ne saisissait pas tout à fait le sens de tout ça. Il avait lancé une pierre, et cette pierre avait enclenché une réaction en chaîne inconcevable – sa pierre en avait percuté une autre, qui avait roulé contre un gros caillou, et en un rien de temps le flanc tout entier de la montagne avait glissé sous leurs yeux.

Ç'aurait été merveilleux, si ça n'avait pas été si horrible.

— Tu me hais, Deanna ? Tu me détestes à cause de ce que je fais ?

Le haïssait-elle ? Elle aurait probablement dû, mais comment pourrait-elle le haïr, alors qu'il était le seul à ne pas la fuir ? Comment le haïr, alors qu'elle chérissait la moindre once de réconfort qu'il lui procurait ? Plus il avait besoin d'elle, plus elle l'aimait, c'était plus fort qu'elle. *Quoi que tu fasses, je te pardonnerai, Dillon,* se promit-elle, *parce que je sais la bonté que tu recèles en toi – même si personne d'autre ne la voit.*

Mais elle se contenta de lui répondre :

— Non, je ne te hais pas.

Réconforté par ces mots, Dillon se détendit – comme si les sentiments de Deanna à son égard étaient tout ce qui comptait, comme si elle était son seul lien d'attache à ce monde.

L'appétit destructeur était rassasié, et Dillon avait repris du poil de la bête. Son visage baignait dans la lumière diffuse de la nova, et Deanna le trouva noble, majestueux ; lorsqu'il s'écarta d'elle et se leva, il lui parut tout à fait extraordinaire. À son tour, elle puisa du réconfort en lui, jusqu'à en être repue.

— Allons-y, déclara Dillon. Je sais comment trouver de l'argent.

Elle jeta un coup d'œil en direction de l'immense lac, où étincelait la succession de casinos de Tahoe, juste au-delà de la frontière du Nevada.

— Tu veux miser de l'argent au casino ?

— On n'a pas besoin d'aller au casino, répliqua-t-il. Un bar fera l'affaire. (Il lui tendit la main, la bouche en cœur. Il était redevenu doux comme un agneau.) Viens. Je vais te montrer un truc incroyable… Un truc magique !

Elle prit délicatement sa main, et il l'entraîna loin du coteau dévasté.

À leur entrée dans le bar routier, une bourrasque de vent s'engouffra par la porte ; une nuée de serviettes en papier s'envola pour atterrir sur le sol couvert de sciure.

Son appétit destructeur plus que satisfait, Dillon se sentait en pleine possession de ses moyens. Deanna l'avait vu au fond du gouffre ; à présent, elle le verrait sous son meilleur profil. Il allait lui montrer un tour spécial.

Dillon était grand, mais son visage de poupon et ses cheveux poil de carotte ne passaient pas inaperçus et trahissaient son jeune âge. Personne n'eut toutefois l'air de s'en préoccuper. De toute façon, il n'avait pas l'intention de commander de l'alcool.

La plupart des discussions tournaient autour du glissement de terrain.

— Vous avez entendu ? disait un habitué. Cinq maisons ensevelies ! Des résidences d'été pour la plupart ; heureusement, elles étaient vides… sauf celle des Barnes, où un caillou de la taille d'un 4 x 4 a voulu passer par le conduit de cheminée comme un putain de Père Noël !

— Sadie Barnes s'en est tirée avec une commotion cérébrale, précisa un ancien, les yeux écarquillés, comme s'il racontait une histoire de fantômes. Jack Barnes… il se peut qu'il y laisse une jambe… C'est encore trop tôt pour le dire.

Dillon esquissa une grimace coupable et tâcha de ne pas y penser. Il se surprit à jeter un coup d'œil au poignet blessé de Deanna, établissant une liste mentale des blessures qu'il avait causées depuis que l'appétit destructeur s'était manifesté pour la première fois chez lui, deux ans plus tôt.

Il avait raconté à Deanna comment tout avait débuté : au départ, ç'avait été comme une envie qui le démangeait, un léger besoin de rien du tout de casser des choses, un désir qui croissait à chaque objet brisé. Il lui avait raconté comment ses parents étaient morts, « l'esprit brisé », avant qu'il ne comprenne ce que son contact provoquait chez ceux qu'il touchait, et comment il s'était retrouvé seul à errer pendant toute une année. Deanna l'avait écouté de bout en bout, sans le juger. Aux yeux de Dillon, cette fille était un bijou. Elle était unique.

Il la conduisit à l'arrière du bar, où une vieille table de billard trônait dans un renfoncement. Deux hommes arborant un style de cow-boy, la vingtaine, finissaient une partie de billard américain tout en énumérant leurs pertes et gains du jour aux casinos de Tahoe. L'un des deux frétillait de joie : son portefeuille débordait de fric. Dillon le choisit pour cible.

— Regarde bien, murmura-t-il à Deanna.

Dillon n'avait joué au billard qu'une seule fois dans sa vie, des années plus tôt. À cette époque déjà, il avait trouvé ça fastoche. Il aborda le cow-boy au portefeuille bien dodu.

— Une petite partie ? proposa Dillon d'un ton naïf et inexpérimenté. Une partie à cinq dollars ?

Dillon plaqua un billet sur le rebord de la table. Le cow-boy et son ami ricanèrent.

— OK, mec, répondit le cow-boy, s'adressant à Dillon comme à un môme qui aurait demandé de la monnaie pour jouer à un jeu vidéo. Tu casses.

Le cow-boy rassembla les billes et Dillon joua le premier coup sous le regard de Deanna, assise sur un vieux fauteuil élimé en vinyle rouge.

La partie ne dura que cinq minutes. Rien d'époustouflant ; Dillon perdit lamentablement. Il jeta un coup d'œil à Deanna, qui commençait à s'agiter.

— Encore une partie ! insista Dillon. Quitte ou double.

Le cow-boy accepta, et battit Dillon à plate couture pour la seconde fois. Le sourire s'était effacé du visage de Dillon. Deanna s'approcha de lui et lui murmura :

— Ne fais pas l'imbécile… on est quasiment à sec.

— Ne t'en fais pas pour ça, répliqua-t-il assez fort pour que tous l'entendent. C'est mon jour de chance, je le sens.

Deanna leva les yeux au ciel et alla s'adosser au mur en faisant une tête de six pieds de long.

Le cow-boy remporta la troisième partie consécutive et parut très satisfait de lui-même. À l'inverse, Dillon eut l'air désemparé. Il sortit son portefeuille et le flanqua sur la table, sous le nez du cow-boy.

— Je mise tout, dit Dillon. Je joue le contenu de mon portefeuille contre le contenu du tien.

Le cow-boy afficha un sourire en coin.

— Dillon, allons-nous-en, l'implora Deanna. Ça n'en vaut pas la peine.

— Je ne partirai pas sur un échec, rétorqua-t-il.

Le sourire du cow-boy s'élargit. Le tableau était évident ; un gamin cherchant à impressionner sa petite copine – prêt à tout pour l'impressionner, quitte à se ridiculiser. Or le cow-boy n'avait pas l'intention de l'épargner : non seulement il allait l'humilier, mais il allait lui faucher tout son blé.

Il plaça son portefeuille à côté de celui de Dillon et réunit les billes.

— À toi l'honneur, dit-il.

Dillon prit une profonde inspiration et s'assura que Deanna regardait. Puis il saisit la bille blanche et observa très attentivement le triangle multicolore sur la table devant lui. Il le scruta jusqu'à ce qu'il cesse de voir des billes pour imaginer à la place des angles, des vecteurs et des forces d'impact. Il examina les lignes de déplacement et de rebond, chacune d'entre elles porteuse d'une équation mathématique complexe que son esprit résolvait instantanément. Et, lorsqu'il eut vu tous les schémas de possibilité se dessiner sur la table face à lui, Dillon frappa dans la blanche et cassa le paquet, envoyant deux billes pleines dans deux poches différentes.

Son deuxième coup lui valut de rentrer deux billes supplémentaires, son troisième finit d'empocher les trois dernières billes pleines, et le quatrième fit rebondir la noire sur trois côtés avant qu'elle ne disparaisse dans une poche située à l'extrémité de la table.

Une victoire en quatre coups. Les doigts dans le nez.

Le cow-boy contempla la table où demeuraient toutes les billes rayées, celles de son groupe.

— La chance du débutant, lança Dillon.

Il ramassa son portefeuille ainsi que celui de son adversaire, laissant le cow-boy humilié et fauché comme les blés. Derrière le comptoir, le barman lâcha un ricanement jubilatoire.

Le cow-boy était furax. Il jeta sa queue de billard par terre et saisit Dillon par le col.

— Non mais pour qui tu te...

Sa phrase resta en suspens. À la seconde où il agrippa Dillon, ses pupilles se dilatèrent, sa mâchoire se décrocha et son visage pâlit. En un éclair, son cerveau s'était embrouillé, l'empêchant de formuler la moindre pensée, encore plus de s'exprimer. Dillon se dégagea de son étreinte.

— Chouette partie, dit-il.

— Euh..., bafouilla le cow-boy.

Dillon et Deanna s'en allèrent, le laissant revenir à lui. Ils poussèrent la porte et disparurent, entraînant dans leur sillage une nuée de serviettes en papier.

— Je ne vois pas les choses de la même façon que les autres, confia Dillon à Deanna ce soir-là, tandis qu'ils festoyaient comme des rois dans leur suite surplombant le lac Tahoe. Tu veux savoir comment j'ai entraîné l'éboulement de la montagne, et comment j'ai remporté la partie de billard ? Je ne sais pas trop... Tout ce que je peux te dire, c'est la manière dont je perçois le monde... et c'est très différent de ce que les autres voient.

Deanna l'interrogea du regard ; Dillon essaya d'être plus clair.

— Les autres, ils ne voient que des « choses ». Moi je vois des *schémas*, des rapports de cause à effet. Je vois un enchaînement d'événements invisible aux autres. Tu vois comment un bon joueur d'échecs peut planifier dix coups à l'avance ? Eh bien, c'est un peu comme si je jouais aux échecs, le jeu dans son intégralité m'apparaît dès le premier coup, pas seulement mes propres coups, mais tous les coups possibles – tous en même temps. C'est le même principe au billard : rien qu'en observant la position des billes, j'ai su précisément comment les frapper pour les empocher.

Deanna hocha la tête.

— Un peu comme un ordinateur capable de résoudre une équation super dure en une demi-seconde, enchérit-elle.

— Oui, c'est un peu comme ça. En fait, c'était plus dur pour moi de perdre que de gagner.

Deanna ne put cacher son émerveillement.

— En fait, tu es un génie !

Dillon haussa les épaules avec modestie.

— Non, c'est juste un domaine où je suis bon. Certains savent chanter ou danser. Moi, je sais deviner les schémas. Il y a longtemps, avant que tout parte en vrille, j'exécutais un tour avec un Rubik's Cube. Mes amis mélangeaient le cube dans tous les sens puis me le tendaient. J'avais cinq secondes pour l'examiner, après quoi ils me bandaient les yeux. Je me rappelais où chaque couleur était et résolvais le cube, les yeux bandés. (Ce souvenir lui arracha un sourire.) Un jour, ils ont même démonté le cube et l'ont remonté de manière que ce soit impossible à résoudre, et j'ai quand même réussi !

Deanna baissa les yeux et se gratta nerveusement le poignet. Une pensée lui était venue.

— Si tu peux anticiper ce qui va arriver, alors tu as *intentionnellement* blessé les personnes dans l'avalanche... Et tu m'as fait du mal *à moi* volontairement.

Dillon afficha une grimace triste et se dressa d'un bond.

— Les rochers, ce ne sont pas des billes de billard. Une montagne n'est pas un échiquier. Et ce n'est pas comme si je pouvais prédire l'avenir... Je vois simplement les choses telles qu'elles doivent arriver... mais ça ne se passe pas toujours comme prévu...

Dillon se mit à arpenter la pièce de long en large.

— Il y avait un arbre en aval. Dans mon esprit, l'arbre allait être écrabouillé, et au final, quatre maisons devaient être touchées – les quatre qui étaient vides. Personne n'aurait dû être blessé, et ça aurait nourri l'appétit destructeur, tu vois ? Alors, j'ai lancé la pierre qui allait déclencher l'éboulement. Les galets se sont mis en mouvement, les roches ont commencé à dégringoler, mais quand l'arbre a été frappé... il n'est pas tombé ! Au lieu de ça, il a détourné le rocher sur la cinquième maison.

Plus Dillon y songeait, plus sa colère montait.

— Je ne veux blesser personne, mais ça arrive, OK ? C'est comme ça, c'est tout. Et je n'y peux rien !

Il crispa soudain le poing et l'écrasa contre la fenêtre, qui vibra dans un bruit retentissant.

— Je ne veux plus en parler, marmonna-t-il.

Deanna observa longuement Dillon qui, assis dans la même pièce, était traversé d'émotions contraires. Dans la tête de la jeune fille, une petite voix effrayée résonna, une voix qui ressemblait à celle de sa mère, la mettant en garde contre ce garçon fou et lui conseillant de s'enfuir tant qu'il en était encore temps. Mais si Dillon était fou, il ne l'était pas plus que Deanna.

Elle alla s'asseoir à côté de lui et lui effleura la main. Il bouillonnait de colère et sa peau était brûlante. Celle de Deanna était froide, comme toujours.

— Avec tout l'argent que tu as gagné au billard, on pourrait prendre l'avion vers l'est, suggéra-t-elle.

— Pour aller où ? Quand on prend l'avion, on doit donner une destination précise ; on ne peut pas acheter un billet pour « l'est ».

Deanna poussa un soupir. Il avait raison. La gravitation qui les attirait vers l'est pouvait les conduire n'importe où entre Reno et New York.

— De toute façon, tu as peur de l'avion, ajouta Dillon avec un sourire en coin. Parce que si tu es à bord d'un avion, il fera tout ce qui est en son pouvoir pour se crasher.

— Tu te moques de moi ?

— Non, protesta-t-il. Je te crois. Tout ce que tu redoutes, tous ces accidents que tu envisages… ta peur est si forte qu'elle les pousse à se produire. Comme si ta peur était un virus, un poison qui coulait dans tes veines… sauf qu'il a muté. À présent, ça te suffoque, ça t'étrangle.

Deanna frémit.

— Bon sang ! pesta-t-elle. Merci Dillon. Tu sais trouver les mots justes pour me réconforter.

— Au contraire, ça devrait te réconforter ! Je vois les schémas, et tant que tu es avec moi, rien ne peut t'arriver. Je t'écarterai d'une voiture lancée à pleine vitesse avant même qu'elle ait pris le virage. Je te sortirai d'un train avant qu'il déraille. Je ne te laisserai jamais monter dans un avion qui s'écrasera. Je serai comme l'amulette que tu porteras à ton cou ! Tu as ma parole.

Deanna savait qu'il disait en grande partie la vérité.

— On est destinés à un grand avenir, Deanna. Tu ne le ressens pas ? s'exclama-t-il en se cramponnant à sa main. Et au fil des jours, on chauffe, on se rapproche. On n'est pas loin de découvrir de quoi il s'agit !

— Tu parles de nous tous ? demanda Deanna. Nous et les Autres ?

Elle avait volontairement évoqué *les Autres.* Elle observa sa réaction.

Dillon haussa les épaules, mal à l'aise.

— Oui, bien sûr. Mais je veux surtout parler de toi et moi.

Deanna était fatiguée. Elle sentit ses paupières s'alourdir. Elle bascula en arrière, s'abandonnant à l'étreinte de Dillon, qui la serra dans ses bras. Il ne fit rien de plus ;

il se contenta de la câliner avec une innocence merveilleuse, comme s'ils étaient deux enfants blottis l'un contre l'autre. Il n'exigeait rien d'elle. Rien que sa présence, ce qui procurait à Deanna un profond sentiment de sécurité.

Dans le silence, elle écouta le souffle de Dillon ralentir. Il s'endormit. Le son de sa respiration la rassurait ; bientôt, il s'accorda à la cadence de son propre souffle. Elle imagina leurs deux cœurs battant à l'unisson. Si seulement ils pouvaient fusionner, faire partie l'un de l'autre…

C'est alors qu'elle prit conscience que, d'une étrange manière, c'était déjà le cas.

5

L'arc-en-ciel spectral

Dans un campement sauvage au milieu des bois, à la confluence du Mississippi et de l'Ohio, Tory Smythe soignait son visage douloureux. Elle nettoya doucement ses joues, son menton et son front avec un coton imbibé d'alcool, puis elle passa sur sa peau trois types de savon – un rituel auquel elle se livrait quatre fois par jour. Son visage la brûla comme si elle venait de l'essuyer avec du vitriol et, bien que tous ces nettoyants garantissent des résultats prometteurs, aucun ne s'avérait efficace. Elle se parfuma, ce qui ne changea pas grand-chose, avant de tartiner son visage vérolé de Clearasil dans l'espoir sans doute vain qu'un jour cette crème fasse effet.

— Je veux mettre le cap sur le Nebraska, cria-t-elle à Winston, qui se tenait sur la berge. L'année dernière, j'ai lu un article sur un astronome… je crois qu'il vit à Omaha, d'après mes souvenirs. Bref, il prédisait qu'une étoile était sur le point d'exploser et puisque, d'une certaine manière, cette étoile semble avoir un rapport avec nous, peut-être qu'il sait des choses qu'on ignore.

Elle pivota vers Winston pour voir s'il l'écoutait. Il était tourné face à la rivière.

— Qu'est-ce que tu fiches ? Tu es encore en train de prier ?

— Je ne prie pas, rétorqua Winston. Je pisse.

Mais Tory savait que c'était une excuse. Malgré la distance, elle distinguait le morceau de tissu bleu qu'il tenait entre les mains et qu'il contemplait en silence.

Winston Pell se tenait sur la berge pour que Tory ne le voie pas triturer le chiffon en satin turquoise qu'il avait récupéré dans une poubelle, trois jours plus tôt. Il était paumé, indécis et, pour une raison qu'il ignorait, tripoter ce vieux morceau de tissu déchiré le réconfortait ; c'était une sorte de doudou. Il avait eu un objet un peu similaire quand il était môme, un plaid, qui, lorsqu'il s'en drapait, le faisait se sentir en sécurité.

Debout au bord de l'eau, il se mit effectivement à prier ; il pria pour que tout redevienne comme avant, avant que sa mère ne soit paralysée… avant que son père ne meure… que tout redevienne comme à l'époque où son plaid suffisait à le protéger. *Pitié, mon Dieu, fais en sorte que tout s'arrange*, implora-t-il comme il le faisait souvent. *Fais en sorte qu'on revienne en arrière…*

Sa vie n'était pas parfaite quand il était gosse, mais elle était toujours mieux que ces dernières années, et bien meilleure que ces derniers jours. La nuit où le chant extatique des criquets avait rugi, ses jambes l'avaient lentement entraîné loin de chez lui. Comme un somnambule, il s'était laissé porter par le courant invisible. Ce n'est que l'aube venue qu'il s'était rendu compte qu'il s'était enfui avec la fille hideuse au visage grêlé de pustules écœurantes.

Ils avaient commencé par se diriger vers l'ouest, à pied et en stop, « empruntant » chemin faisant des vêtements qui séchaient sur des fils et se servant dans les champs qui n'étaient pas encore moissonnés. Une fois parvenus au Mississippi, ils avaient remonté son cours vers le nord. Winston se sentait irrépressiblement entraîné dans cette direction, comme les saumons attirés à contre-courant.

Winston devinait qu'ils se dirigeaient vers d'Autres comme eux ; mais où allaient-ils se rejoindre et combien de temps cela prendrait-il ?

Et où aller à présent ?

Ils longeaient maintenant la lisière des bois qui bordait l'ouest du Kentucky. Winston posa les yeux sur les eaux turbulentes, à l'endroit où l'Ohio se jetait dans le Mississippi, un delta qui faisait guise de frontière entre trois États. Où se rendre à partir de là ? Dans le Kentucky, l'Illinois ou bien le Missouri ? Ces derniers temps, Winston avait de plus en plus de mal à prendre des décisions. À la seule pensée de devoir en prendre une, il était saisi d'une terrible envie de mettre son pouce dans sa bouche et de le sucer jusqu'à ce que tous ses problèmes disparaissent. Dernièrement, cette pulsion s'emparait souvent de lui – comme ça lui arrivait la première fois qu'il avait été petit. Mais il se répétait qu'il avait quinze ans et s'efforçait d'y résister. Et dans ce but, il focalisait son attention sur le chiffon turquoise qu'il gardait précieusement à la main ; il en étudiait la couleur riche et réconfortante. Cette couleur avait une signification de la plus haute importance, il en était convaincu.

Quelques minutes plus tard, il rejoignit leur campement et se glissa dans son sac de couchage, un vieil édredon récupéré dans une benne à ordures, à Memphis.

— Tu as entendu ce que j'ai dit au sujet d'Omaha ? demanda Tory. À propos de l'astronome ? Apparemment c'est une espèce de savant fou ; peut-être qu'il nous prendra au sérieux du coup.

Winston roula sur le flanc, lui tournant le dos.

— Bien sûr. Comme tu veux.

Tory poussa un soupir.

— Ce serait bien que tu participes un peu à l'effort collectif. Que tu contribues à la réflexion de groupe.

Winston s'emmitoufla un peu plus dans son sac de couchage.

— Réfléchir, ça me met en colère. J'ai plus l'habitude.

— C'est pas facile de s'enfuir avec un mec comme toi, tu sais !

Winston pivota face à elle.

— C'est pas parce qu'on est partis en même temps et qu'on va dans la même direction que je me suis enfui *avec* toi.

Winston eut aussitôt conscience de sa mauvaise foi. Ils étaient coincés tous les deux. Et même s'ils partaient chacun de leur côté, leurs chemins finiraient par se croiser de nouveau. Ils étaient attirés l'un vers l'autre, irrésistiblement, tels deux aimants.

Winston songea à sa famille. Il commençait à avoir du mal à se rappeler les visages de sa mère et de son frère.

— Ma maman est sûrement en train de remuer ciel et terre pour me retrouver.

— Je croyais que tu l'avais appelée pour lui dire que tu allais bien.

— Oui, répondit Winston, mais elle me posait trop de questions, alors je lui ai raccroché au nez.

Tory poussa un soupir et s'enfonça sous son édredon de fortune.

— Tu as de la chance d'avoir une mère qui s'intéresse à toi et qui te pose des questions. Ma mère n'est plus là.

— Elle est morte ?

— Non, elle est partie. L'année dernière. Je me suis retrouvée coincée avec ma tante.

— Désolé.

— C'est mieux comme ça. Ma mère et moi, on ne s'est jamais bien entendues de toute façon. Elle répétait tout le temps : « Tory, tu n'es pas une lumière, tu n'arriveras jamais à rien. » En vrai, j'ai que des super notes à l'école. Mais ça ne comptait pas à ses yeux. J'aurais pu être une éminente savante, elle m'aurait toujours considérée comme l'imbécile de service. Bref, quand j'ai commencé à avoir de l'acné, ma mère a jeté l'éponge. D'après elle, c'est ma faute si tous ses petits copains sont partis en courant. Dans le fond, ça me faisait jubiler de plaisir. J'aurais pu être laide juste pour la faire chier ! Quand elle était saoule, elle me balançait des trucs affreux. Elle me disait par exemple que, à cause de mon visage, je finirais ma vie seule et malheureuse.

— Comme elle ?

— Comme elle.

— On dirait que son âme à elle est aussi rongée que ta peau, fit remarquer Winston. J'aurais encore préféré être à ta place qu'à la sienne.

— Aucune des deux places n'est enviable, répliqua Tory. Je préférerais être née dans une bonne famille et être couronnée reine du bal de promo au lieu d'être… une gargouille.

— Tu n'es pas une gargouille. Les gargouilles ont de gros yeux rouges, des chicots et une peau de serpent.

— Tu plaisantes ? Je ressemble trop à une gargouille ! Je sens pareil… ma peau s'écaille. Un de ces jours, mon visage virera sans doute au vert aussi.

Winston observa sa figure couverte de lésions et elle détourna la tête par pudeur.

— Vous avez une prière pour les gens laids dans l'Église baptiste ? demanda-t-elle.

— On a une prière pour tout, rétorqua-t-il.

Mais il eut beau se creuser la cervelle, il n'en trouva aucune pour les moches.

À environ trois cents kilomètres de là, Indianapolis était frappée d'une pluie diluvienne ; mais la pluie qui criblait l'esprit de Michael « Lips » Lipranski était encore pire que celle qui arrosait la ville. La tempête qui se déchaînait en lui lâchait une pluie acide, brûlante, qui l'emplissait d'une sensation familière dont il n'arrivait jamais à se débarrasser. Il ne pouvait pas en parler, en plus. *Certaines choses ne se partagent pas*, songea-t-il, allongé à l'arrière du minivan qu'il avait garé dans une impasse. *Certaines choses sont trop personnelles, trop secrètes pour qu'on les exprime. Jamais.*

Le trajet depuis Montauk avait été un supplice. Les routes détrempées avaient défilé, terriblement monotones : des routes secondaires pour la plupart car Lourdes et lui savaient qu'on les trouverait moins facilement s'ils s'en tenaient à un itinéraire peu emprunté. Ils avaient tellement roulé que Michael ne supportait pas l'idée de repartir.

À côté de lui, Lourdes racontait un rêve qu'elle avait fait la nuit d'avant ; apparemment, elle avait vu un arc-en-ciel gris… Elle était pleine de courbatures et mal installée ; le minivan ne lui offrait aucun confort ; les sièges étaient trop exigus. Elle finit par s'apercevoir que Michael ne l'écoutait pas.

— Comment ça va ? demanda-t-elle.

— Inutile de me poser la question, rétorqua Michael en ajustant son pantalon trop serré. Ça va comme d'habitude.

— Tu te rends compte que tu n'es pas le seul mec au monde à être excité en permanence, fit remarquer Lourdes.

Michael parut très embarrassé.

— Si. Je suis le seul à l'être autant, à en souffrir autant. Le seul au monde.

— Peut-être pas.

— OK. T'as raison, ironisa-t-il. Et peut-être que toi tu n'es pas vraiment grosse – tu portes juste des vêtements qui ne te mettent pas en valeur !

Les yeux rivés au plafond du minivan, Michael écouta le crépitement de la pluie.

— J'avais un frère qui était obsédé par les filles lui aussi, reprit Lourdes.

Michael lâcha un ricanement amer. Si c'était son obsession pour les filles le problème, ça signifiait qu'elles étaient sans doute des milliers dans son cerveau, à le torturer au marteau-piqueur.

— Chaque fois qu'il était pris d'une de ses pulsions, poursuivit Lourdes, il se réfugiait dans la salle de bains. Lorsqu'il en ressortait, quelques minutes plus tard, il était beaucoup plus serein. Il croyait qu'on ne savait pas ce qu'il mijotait là-dedans, mais il se trompait. C'est juste qu'on s'abstenait de tout commentaire.

Michael s'éclaircit la voix sans décrocher son regard des taches qui maculaient le revêtement du plafond.

— Je fais la même chose, admit-il. Très *très* souvent.

Ses aveux lui firent monter les larmes aux yeux. Pourtant Lourdes ne se moqua pas de lui. Elle se contenta de lui prêter une oreille attentive.

— Mon frère… je parie qu'il croyait être le seul au monde à faire ça. Et je suis sûre qu'il s'en voulait à mort.

Michael sentit son corps tout entier réagir à ses larmes. Sa gorge se noua, ses pieds se refroidirent davantage, et ses doigts s'engourdirent. Au-dessus, le grésillement de la pluie s'intensifia.

— Parfois…, bredouilla-t-il. Parfois je me demande… Imagine que tous mes proches qui sont décédés m'observent ? Que leurs fantômes assistent à mes prouesses ?

— Les morts s'en fichent, répliqua Lourdes. Parce que s'ils continuent à traîner dans les parages après leur mort, je te parie qu'ils ont vu tellement de choses louches que plus rien ne les surprend.

— Tu crois ?

— Au pire, ils trouvent ça drôle.

— Moi, ça ne me fait pas rire !

— C'est parce que tu n'es pas mort.

Dehors, la pluie s'atténua. *Il y a certains sujets dont il est impossible de parler,* songea Michael. Jamais il n'aurait cru que ce serait si facile de les aborder avec Lourdes.

— On devrait pas trop tarder à mettre les voiles, fit remarquer Lourdes qui, pour des raisons évidentes, préférait voyager de nuit. Peut-être que quand la pluie aura cessé, on apercevra l'arc-en-ciel de mon rêve !

Michael leva les yeux au ciel. Elle ne lâchait pas l'affaire.

— Il fait nuit, souligna-t-il. On n'a jamais vu d'arc-en-ciel nocturne !

— Peut-être que c'est justement durant la nuit et seulement à ce moment-là qu'on peut apercevoir un arc-en-ciel gris.

— Peut-être que les arcs-en-ciel gris, ça n'existe pas, et que ton rêve ne veut rien dire.

Lourdes secoua la tête.

— Les rêves ont toujours un sens, affirma-t-elle. Surtout les rêves récurrents.

Michael entrouvrit la vitre et inspira à fond. L'orage touchait à sa fin, il le sentait, de même qu'il l'avait senti venir. Il arrivait toujours à prévoir le temps qu'il allait faire. Un orage d'automne débutait forcément avec l'odeur du béton humide et s'achevait avec le parfum des feuilles jaunes piétinées sur les trottoirs. Une tempête de neige hivernale commençait sur un fond d'air épuré et finissait sur une faible note de cendre.

Tandis qu'il humait l'air, qui lui annonçait la fin imminente de l'orage, il fut forcé d'admettre que leur petite discussion à cœur ouvert l'avait réconforté.

— Lourdes, parle-moi de toi. Confie-moi un secret que tu t'es juré de ne jamais révéler à personne. Tu me dois bien ça !

Lourdes remua sur son siège, qui grinça, menaçant de céder sous son poids. Michael patienta.

— Je n'ai pas de secret, répliqua-t-elle d'une voix capitonnée.

Michael conserva le silence.

Lourdes poussa un soupir et il se pencha en avant, tout ouïe.

— Mes parents... ils m'aiment énormément, dit Lourdes. Je le sais parce que j'ai surpris une de leurs conversations, une nuit. Ils disaient qu'ils m'aimaient tellement qu'ils priaient pour que je meure, afin d'abréger mes souffrances. (Lourdes s'exprimait d'un ton neutre, refusant de céder aux larmes.) En vrai, je ne m'étais jamais sentie « en souffrance » avant de les entendre dire ça.

Dehors, l'air s'imprégnait d'une odeur nouvelle, un parfum puissant de terre que Michael reconnut à mesure que le brouillard se déployait sur l'asphalte humide, reflétant la sensation d'engourdissement brumeux qui envahissait toujours son esprit.

— Lourdes, je me fiche de ce que pensent les autres. Moi je te trouve belle.

Michael et Lourdes arrivèrent à Saint Louis le lendemain matin, devançant l'orage. Les nuages noirs les suivaient comme une vague se déroulant depuis l'océan Atlantique distant, faisant mentir les prévisions des bulletins météo.

Affamé, Michael s'arrêta au premier fast-food qu'ils avisèrent. Il apprit un peu dépité que l'endroit ne proposait que des hamburgers à la cervelle de veau frite, la spécialité locale. Lorsqu'il revint au véhicule avec son étrange sandwich et une boisson pour Lourdes, il tourna la tête. Le rideau de pluie au-dessus du Mississippi se déplaçait rapidement dans leur direction. Il les rattrapa et se déversa sur Saint Louis. Michael grimpa dans le minivan juste à temps pour éviter l'averse.

Il tendit le Coca Light à Lourdes.

— Tu connais un peu Saint Louis ? demanda-t-elle.

— Assez pour savoir que je préférerais être n'importe où ailleurs, répliqua-t-il en contemplant son hamburger d'un air désabusé.

— Et à part ça ?

Michael haussa les épaules.

— L'équipe de base-ball des Cardinals. C'est à peu près tout…

Il se figea net et sa respiration s'accéléra. Il se tourna vers Lourdes et s'agrippa à son gros bras, s'efforçant de parler sans trouver le souffle nécessaire.

— Qu'est-ce qui t'arrive ? s'inquiéta-t-elle.

— Lourdes… Saint Louis… Je connais autre chose… Un truc qui m'avait échappé !

— Dis-moi.

— Je crois que tu devrais regarder par toi-même.

Lourdes suivit le regard de Michael en direction du sud. Elle essuya le pare-brise couvert de condensation et remonta le lit du fleuve jusqu'à ce qu'elle distingue elle aussi la chose à laquelle il faisait référence.

À un peu plus d'un kilomètre, la structure de plusieurs centaines de mètres de haut se dressait vers le ciel. Constituée de milliers de tonnes de métal gris, elle formait la splendide arche qui ornait la ville de Saint Louis. La merveille métallique aux lignes pures s'étirait dans les nuages, où elle se perdait, avant de redescendre vers la terre ferme. Un spectacle qui leur fila la chair de poule. Cette arche ressemblait à un arc-en-ciel gris tout droit sorti d'un rêve.

Tory et Winston avaient atteint l'arche depuis une vingtaine de minutes. Ils s'étaient placés dans la file du centre d'accueil souterrain, parmi les touristes qui attendaient d'embarquer dans le tram qui les conduirait au sommet de l'arche.

C'était d'une logique imparable. Si on était censé retrouver quelqu'un à Saint Louis sans savoir où précisément, il y avait certains lieux incontournables à tenter : aéroports, gares routières et ferroviaires, monuments… Or, ils étaient convaincus que Saint Louis était le lieu du rendez-vous. Ils y sentaient une énergie particulière qu'ils n'avaient éprouvée nulle part ailleurs. Le courant qui les avait attirés vers l'ouest semblait désormais s'être mué en un tourbillon vertical.

Ils avaient visité tous les autres lieux possibles avant de se rendre dans le monument le plus connu de la ville, où résidait leur dernier espoir. Ensuite, ils poursuivraient leur route vers l'ouest. Ils mettraient le cap sur Omaha si Tory avait le dernier mot.

Du haut de l'arche, la vue était spectaculaire. Le sommet perçait les cumulonimbus. C'était un peu comme un aperçu du paradis.

Tory avait enroulé son écharpe autour de son visage pour le cacher, ne laissant dépasser que ses yeux.

— Je n'étais jamais montée aussi haut, s'émerveilla-t-elle. J'imagine que c'est un peu comme dans un avion, non ?

Derrière la vitre, les nuages se déplaçaient lentement tels des escargots géants en coton glissant les uns sur les autres.

Le tramway les redescendit jusqu'au musée souterrain. Toujours aucun signe de qui que ce soit. C'était encore pire que de chercher une aiguille dans une botte de foin. Dans ce cas de figure, au moins, on savait qu'il y avait une aiguille à trouver.

— Il n'y a rien pour nous ici, finit par admettre Tory.

À cet instant, une voix capta leur attention dans la foule :

— On est en train de perdre notre temps...

Tory et Winston se retournèrent et aperçurent parmi les visiteurs un garçon mince, débraillé, aux cheveux en bataille. Il était en nage. À côté de lui, une fille si grosse qu'il lui était impossible de monter à bord d'un des compartiments ovoïdes du tramway.

Ce fut néanmoins le garçon dépenaillé qui retint l'attention de Winston – non pas son visage mais ses yeux. Malgré la distance qui les séparait, la couleur de ses iris irradiait.

— Je le connais ! s'exclama Winston. Je le connais, non ?

Winston et Tory se faufilèrent à travers la foule. Tout autour, les bruits s'estompèrent. Les gens qui grouillaient dans la salle et qui faisaient la queue devinrent de simples silhouettes. Le gardien articula « Ne restez pas là », mais sa voix était lointaine, comme à des kilomètres d'eux. Leur seul point de focus net était la fille obèse et le garçon débraillé, qui les dévisageaient en retour du même air abasourdi.

Winston s'approcha du garçon et sortit le morceau de satin de sa poche. Il jeta un coup d'œil sur le tissu, puis reporta son regard sur les yeux du garçon, ce qui suffit à confirmer ce qu'il savait déjà. La couleur était exactement identique ! Un bleu irréel, une couleur unique ! C'était ça le lien !

Michael s'empara du tissu et contempla Winston. Une vive émotion l'envahit et il éprouva le besoin de lui dire « C'est si bon de te revoir », même s'il n'avait jamais vu ce gamin noir de sa vie.

Tory s'approcha à son tour, les yeux rivés à Lourdes, et sa carrure imposante, loin de la repousser, la réconforta aussitôt. Elle eut envie d'ôter son écharpe pour révéler son visage épouvantable dont elle n'avait soudain plus honte en leur présence.

— Mon Dieu ! s'exclama Lourdes lorsque Tory découvrit sa figure.

Et elle afficha un grand sourire, mais qui était empreint d'émerveillement et non de dégoût. Sans lâcher Michael, elle tendit la main vers Tory, qui se tenait toujours à l'épaule de Winston ; quant à ce dernier, il avait posé sa paume menue sur celle de Michael ; à eux quatre, ils formèrent une boucle et, à l'instant où le cercle se ferma, un miracle se produisit.

Un feu leur parcourut la peau tandis que leur squelette se glaça. Ils restèrent figés sur place, incapables de bouger.

Alors une image éclata à leur esprit avec une telle intensité qu'elle embrasa le monde qui les entourait. Une vision qui précédait la vue, un conte qui précédait les mots. Un souvenir… si familier, un souvenir commun. Pas un souvenir vécu, entendu, vu, mais un souvenir ressenti.

Une lumière éclatante ! Une douleur vive ! Un hurlement se scindant en six cris. Six ! Nous sommes six !

Tandis que la vision les emplissait, les nuages qui les surplombaient se mirent à bouillir et se séparèrent ; un vent puissant souffla au-dessus de l'arc-en-ciel spectral en acier et la terre détrempée fut baignée de rais de soleil aveuglants.

6

Démolition

Au même instant, à environ six cent cinquante kilomètres de là, Dillon Cole se plia de douleur. Une douleur encore plus vive que l'appétit destructeur. Il se rua dans les toilettes pour hommes du petit dépôt de bus de Big Springs, dans le Nebraska, pénétra dans une cabine en titubant, et s'écroula par terre sur le carrelage froid. Il crut tout d'abord que c'était Dieu qui le punissait pour la démesure de ses péchés, mais lorsqu'il vit s'embraser le monde autour de lui, il comprit qu'il s'agissait de tout autre chose. La vision… le souvenir… lui apparurent, éclatants. C'était à la fois splendide et atroce, et d'une intensité si forte qu'il craignit que ça ne le tue.

Feu aveuglant
Atroce atroce atroce
Douleur
Déchirante
Inouïe
Insoutenable
Éclats de lumière
Perçants
Cris dans le néant
Puis le silence…

Et un battement.
Et le silence…
Et un pouls.
Et la chaleur
Et le soulagement
Et le réconfort
Doux et sécurisant
De la chair et du sang.

C'était la vision d'une mort cataclysmique… suivie de la vie. Sa propre vie. Une chose était morte… et il était né… mais pas seulement lui. D'autres. *Les Autres.*

Son corps fut secoué de convulsions ; la vision s'estompant, les spasmes s'atténuèrent et il retrouva son ancrage à la réalité. Il se releva et retourna en chancelant dans la salle d'attente.

— Deanna ?

Il la trouva pliée en deux sur un banc. La tête enfouie dans ses mains, elle pleurait en silence. Elle avait partagé la même vision stupéfiante.

— Ça va ? s'enquit Dillon, encore fébrile de son expérience.

— Qu'est-ce que c'était ? demanda Deanna après avoir maîtrisé son accès de larmes. J'ai eu tellement peur… Qu'est-ce qui nous arrive ?

— Les Autres sont ensemble, répondit Dillon, prenant conscience de cette réalité au moment même où il l'énonçait.

C'était l'évidence même. Il demeura immobile, stupéfié et indécis quant à ce qu'il devait éprouver.

Tout commençait à faire sens. Dans la vision, ils étaient six, leurs hurlements se mêlant en une terrible cacophonie.

Depuis quinze ans, ils étaient tous là, ensemble. Séparés par des milliers de kilomètres peut-être selon les critères humains. Mais à l'échelle de l'univers, ils étaient juste à côté les uns des autres… et ils se rapprochaient. Cette pensée suscita de la colère en lui, et il ignorait pourquoi… jusqu'à ce qu'il comprenne. C'était l'appétit destructeur, soudain porté à son paroxysme. Comme si la vision le poussait à attaquer.

— Je pense que, d'une certaine manière, on se connaît tous, même si on ne s'est jamais rencontrés, devina Deanna. Nous sommes six, n'est-ce pas ?

— *Ils* sont quatre, rectifia Dillon. Et *nous* sommes deux.

Dillon vit que Deanna peinait à comprendre… mais elle n'était pas encore prête à embrasser la vérité dans son intégralité. Contrairement à lui, elle ne voyait pas le schéma tout entier, seulement quelques fragments.

— Il faut qu'on les rejoigne ! insista Deanna.

— Rien ne nous y oblige.

— Si ! Il faut qu'on rencontre les Autres pour découvrir enfin qui on est vraiment !

— Je sais qui je suis ! Je suis Dillon Cole, et c'est tout ce que j'ai besoin de savoir !

— Qu'est-ce qui ne tourne pas rond chez toi ? hurla-t-elle. Ce n'est pas pour ça qu'on se dirige vers l'est ? Pour les rejoindre ?

Elle avait raison, Dillon le savait. La perspective de les retrouver se balançait comme une carotte devant leur nez depuis le début. Mais à présent, cette carotte pourrissait à grande vitesse dans l'esprit de Dillon. Qu'est-ce que ça prouverait de retrouver les Autres ? Qu'est-ce que ça leur apporterait ? Dillon ne serait plus qu'une personne dans un groupe de six. D'accord, l'appétit destructeur était atroce… mais c'était un sentiment familier. En revanche, se joindre aux Autres, c'était l'inconnu, vaste et menaçant.

Ils vont te faire du mal, lui susurra l'appétit destructeur. *Ils vont tout gâcher. Ils vont t'enlever Deanna.* Dillon ne savait plus quoi penser.

L'appétit se rappela à son bon souvenir à grands coups de griffes, il lui déchirait les entrailles comme si souvent par le passé… Dehors, le ronronnement d'un bus leur parvint ; une fumée noire s'engouffra dans la salle d'attente par la porte entrouverte.

— Oh non ! s'écria Deanna dans un accès de panique.

Ils s'élancèrent dehors et eurent tout juste le temps de voir leur car – qui avait fait une brève halte à Big Springs – s'éloigner avec, à l'intérieur, leurs maigres possessions : un sac avec des cartes, des vêtements de rechange, et surtout, le portefeuille de Dillon.

Qu'il s'en aille, songea Dillon. *Qu'est-ce que ça peut bien faire, de toute façon ?*

Furieux, Dillon partit dans la direction opposée. L'appétit enflait en lui : il allait bientôt falloir le nourrir.

— Où vas-tu ? hurla Deanna.

— En enfer, apparemment, répliqua-t-il sans se retourner.

Le pèlerinage de Dillon Cole en enfer débuta quelques instants plus tard, dans la cour de récréation d'une école, de l'autre côté de la rue, où un lycéen d'à peu près son âge, légèrement plus âgé peut-être, jouait au basket-ball.

Dillon était consumé par l'appétit destructeur, et son esprit était programmé pour chercher une proie et la détruire. Il ne savait ni comment il allait s'y prendre ni qui serait sa prochaine victime, mais ce type sur le terrain de basket se trouvait sur son chemin et devenait par conséquent sa cible.

Ladite cible dribblait avec peu de dextérité, essayant de faire passer le ballon entre ses jambes. En voyant Dillon approcher, le lycéen cessa ses facéties et ils se mirent à shooter quelques paniers.

Le jeune se présenta ; il s'appelait Dwight Astor et, tandis qu'ils tiraient à tour de rôle, Dillon s'efforça de dissimuler son appétit destructeur comme un vampire aurait tenté de camoufler ses crocs.

— Un contre un, ça te dit ? proposa Dillon.

— OK, celui qui marque garde la main, répondit Dwight.

La partie commença.

Dwight jouait plutôt bien et même si Dillon était convaincu de pouvoir le battre – car jamais Dillon ne perdait une partie – il ne fit rien pour remporter le match. Il laissa Dwight le contourner et marquer des doubles-pas. Il défendit mollement, prenant garde à ne pas entrer en contact physique avec son adversaire.

Et tout en jouant, Dillon fit une chose inédite : il analysa les schémas du sujet humain qu'il avait sous les yeux.

Jusqu'à ce jour, Dillon s'était tenu à distance des autres, ne croisant jamais un regard, ne songeant qu'à s'y soustraire, évitant toute interaction avec ses congénères.

Il s'était toujours senti beaucoup plus à l'aise avec les schémas simples et prévisibles des accidents de voitures, du verre brisé, des pierres et des billes de billard. Mais aujourd'hui, Dillon osait enfin s'immiscer dans le mécanisme d'un être humain, et il y découvrit quelque chose d'incroyable : les hommes fonctionnent eux aussi selon des schémas. Des schémas d'action et un comportement capables de retracer leur passé et prédire leur avenir.

Dillon frémit d'excitation en observant Dwight évoluer sur le terrain de basket ; en moins de dix secondes, il fut capable de prédire le moindre de ses mouvements… et plus encore ! Il pouvait aller plus loin, entrevoir la vie de Dwight au-delà du terrain de basket, dans tous ses aspects.

Dillon s'émerveilla de la quantité d'informations qu'il était en mesure de réunir ; des données impossibles à découvrir, même pour le plus observateur des hommes, lui vinrent naturellement, sans qu'il eût à fournir le moindre effort.

Les infimes hésitations qui faisaient manquer ses tirs à Dwight apprirent à Dillon avec quelle fréquence et récurrence ses parents l'avaient puni, quand il était enfant. La manière dont son regard naviguait d'avant en arrière révéla à Dillon les amitiés perdues et les confiances brisées. L'étincelle dans ses yeux chaque fois qu'il s'avançait vers le panier indiqua à Dillon combien Dwight était ambitieux et à quel point sa vie serait couronnée de succès. Chaque mouvement, chaque mot, chaque souffle trahissait l'un des secrets de Dwight, sur ses jours et ses nuits, ses espoirs et ses rêves, ses craintes et ses échecs.

Dillon avait entendu dire que chaque seconde de notre existence porte le schéma de notre vie tout entière, comme une seule cellule présente en son noyau l'ADN de notre corps tout entier. Dillon en eut alors la confirmation ; car ce qu'un psychiatre aurait mis des années à découvrir, Dillon le sut d'instinct en l'espace de quelques minutes sur un terrain de basket.

Le schéma directeur de la vie de Dwight Astor !

Et dire que tout du long, il avait possédé ce don, ce pouvoir de s'insinuer dans la machinerie humaine. Ce fut sans doute le moment le plus exaltant de sa vie.

Dwight manqua un tir et le ballon sortit du terrain.

— À toi, lui dit-il.

Dillon s'empara du ballon et dribbla à travers le demi-terrain en songeant à toutes les choses qu'il avait apprises en observant son adversaire.

Dwight Astor était plutôt bon élève. Ses parents se disputaient. Il avait au moins deux frères et une sœur. Son père était un ancien alcoolique. Voilà en ce qui concernait le passé et le présent de Dwight, mais Dillon entrevoyait aussi les lignes de son avenir, comme si le ballon de basket était une boule de cristal. Si Dwight poursuivait sur cette lancée, il irait à l'université, obtiendrait un diplôme d'école de commerce ou d'économie et prendrait la direction d'une petite entreprise. Tout était écrit là. La tapisserie complexe apparut dans son ensemble à Dillon : elle présentait le passé, le présent et le futur de Dwight. Elle s'affichait dans son esprit et il la lisait avec autant de facilité qu'une carte routière. Or dans ce futur, Dillon entrevit des nuances de richesse, de réussite, et un certain degré de bonheur.

Dillon menait désormais la danse. Il feinta Dwight et le contourna comme s'il était immobile. Puis il enclencha son double-pas et déposa le ballon sur l'avant de l'arceau, où il resta parfaitement en équilibre. Le ballon demeura là sans tomber, ni dans le panier ni à l'extérieur.

— Ouah ! s'exclama Dwight. Comment tu as fait ça ? C'est impossible.

Tandis que Dwight contemplait innocemment cet équilibre improbable, Dillon Cole se prépara à porter le coup de grâce. Il allait le démolir.

— Écoute-moi, Dwight. (Ce dernier se retourna et fut happé par le regard de Dillon.) Ton père vous assure qu'il ne boit plus, mais il ment. Il cache ses bouteilles d'alcool quelque part dans la maison. En cherchant bien, tu peux les trouver.

Puis il se pencha à son oreille et articula dans un murmure :

— *Si tu en buvais un peu, ton père ne s'en rendrait jamais compte.*

Ces mots furent autant de balles tirées à bout portant. Ils se fichèrent profondément dans le cerveau de Dwight. Il y eut beau ne pas avoir la moindre effusion de sang, le mal était fait. Et seul Dillon était en mesure de constater les dégâts irrémédiables qu'il venait de causer. Après tout, ce qu'il venait de faire, n'importe qui en aurait été capable. Il avait émis une simple suggestion… mais pas n'importe laquelle. La *bonne* suggestion, tout comme la pierre qu'il avait lancée du haut de la montagne à Tahoe. Il avait trouvé *la* suggestion qui allait déclencher une avalanche dans l'existence de Dwight Astor. Dillon voyait déjà le changement se dessiner sur la carte de l'avenir du jeune homme. La simple remarque de Dillon avait tracé une tout autre route pour Dwight, un avenir rempli d'addictions. L'alcool pour commencer, suivi d'autres drogues. Dwight lâcherait l'université en cours de route. Il quitterait le foyer familial. Il fréquenterait les mauvaises personnes, prendrait les mauvaises décisions. Il mourrait jeune et esseulé.

Dillon l'avait détruit.

Il n'y eut ni crash ni effusion de sang. Aucune trace. Et pourtant, l'appétit destructeur s'était volatilisé, plus satisfait que jamais. Dillon s'aperçut que la destruction d'une montagne, d'une voiture ou d'une verrière n'était rien en comparaison de la démolition de l'âme humaine... En outre, c'était un jeu d'enfant. Il avait passé en revue la ligne de destinée de Dwight et mis le doigt sur l'une de ses faiblesses, comme il aurait trouvé un fil décousu sur un pull. Dillon n'avait eu qu'à tirer sur le fil pour que l'ensemble du tissu se défasse.

Son appétit destructeur assouvi, Dillon rayonnait, et son ravissement noyait le moindre scrupule qu'il aurait pu éprouver.

À la suite de cet événement, l'impression encore floue de destinée qu'il avait commencé à ressentir avec la supernova s'amplifia. Pendant trop longtemps, Dillon avait fui les désastres qu'il causait, rongé par la culpabilité, implorant le pardon. Mais à présent, il était plus fort que tout ça. Beaucoup plus fort.

— Il... il faut que je file, bafouilla Dwight. Sympa, la partie.

Confus, il pivota sur lui-même et s'en alla, oubliant son ballon.

Dillon sentit un schéma se dessiner pour sa propre vie. Un destin. Une mission. Et même s'il en ignorait encore la nature, il savait qu'elle ne tarderait pas à se faire connaître. Il avait une nouvelle raison d'être ! Il eut toutes les peines du monde à contenir son excitation. Un sentiment enivrant qu'il assimila à la joie l'envahit.

Je pourrais embrasser cette destinée… ou bien je pourrais la combattre ; je pourrais laisser l'appétit destructeur me rendre fort… ou bien je pourrais le laisser me tuer.

Pour Dillon, le choix était facile. Aussi facile que de murmurer à l'oreille de Dwight Astor.

Tandis que Dillon le regardait s'éloigner, il se fit une promesse. C'en était fini de lutter contre son appétit destructeur. Il allait le nourrir, le vivre, il allait *être* cet appétit… Et si sa destination, c'était l'enfer, il allait devoir se faire à cette idée. Mais il n'irait pas seul. Il entraînerait d'autres personnes avec lui. Beaucoup d'autres personnes.

Au dépôt, Deanna voulut se renseigner sur les horaires du prochain car, mais sa crainte d'être seule l'emporta, et elle dut sortir.

Dillon n'avait jamais agi de la sorte envers elle. Il avait toujours été gentil et attentionné. Elle ne savait pas ce que ce changement signifiait mais ils s'étaient promis de se protéger l'un l'autre, et elle le protégerait coûte que coûte. Sa résolution lui apporta un certain réconfort.

Elle trouva Dillon de l'autre côté de la rue ; il jouait au basket, tout seul.

— Il faut qu'on y aille, dit Deanna en l'observant prudemment, attentive à sa réaction.

— Oui, en effet, répondit-il. Mais on ne se dirige plus vers l'est… on va partir à l'ouest.

Deanna le contempla, croyant qu'il s'agissait d'une plaisanterie. Cependant ce genre de blague ne lui ressemblait pas.

— Mais… et les Autres ?

— On n'a pas besoin des Autres, rétorqua-t-il d'une voix calme.

Deanna devina qu'il avait nourri son appétit destructeur, néanmoins elle n'en perçut aucune trace autour d'elle… et puis elle nota une différence. Dillon ne culpabilisait pas. Il ne se traitait pas de tous les noms. Elle voulut l'interroger, prendre du recul et réfléchir à tout ça avant que sa propre panique ne se noie complètement, étouffée par son calme contagieux.

C'est alors que Dillon la prit par la taille et fit une chose inédite. Il l'embrassa. Le baiser était si parfait, si naturel, qu'elle aurait accepté n'importe quoi venant de lui. Elle ne savait plus s'il fallait qu'elle soit en colère ou qu'elle se sente sécurisée.

— Écoute, Deanna. Oublie les Autres ; ils ne nous arrivent pas à la cheville. Toi et moi, on est les plus forts, les plus puissants !

C'était vrai – Deanna l'avait senti lors de la vision. Comparés à ceux des Autres, leur puissance et leur éclat étaient incommensurables. Ses peurs et l'appétit de Dillon étaient certainement beaucoup plus forts que tout ce que les quatre autres pourraient leur opposer.

Jusqu'à cet instant, elle avait cru que l'étrange magnétisme qui les attirait les uns vers les autres était irrésistible. Or si Dillon était capable de lui tenir tête, elle aussi. Ils étaient les deux plus forts. Cette fois, ce fut elle qui se pencha vers lui pour l'embrasser.

— Où allons-nous maintenant ? murmura-t-elle.

Dillon ne put lui répondre clairement.

— Deanna, je crois que je suis destiné à accomplir de grandes choses… Il faut que je découvre quoi exactement, et je ne peux pas avoir peur de les accomplir… mais j'ai peur de le faire seul.

Une petite voix la mit en garde dans sa tête. Mais son cœur était désormais trop proche de celui de Dillon. Rejoindre les Autres résoudrait peut-être ses problèmes, mais elle était terrifiée à l'idée de faire ce voyage seule. Et l'idée de perdre Dillon était insupportable.

— Ces choses que tu dois accomplir, demanda-t-elle, ce sont des trucs horribles ?

Dillon se mordit la lèvre. Elle savait qu'il ne lui mentirait pas.

— C'est possible.

Deanna hocha la tête. Quelle qu'ait été sa réponse, ça n'aurait rien changé pour elle.

— Alors je vais t'accompagner… pour que tu n'aies pas à affronter ça tout seul.

À peine eut-elle prononcé ces mots qu'elle sentit un changement se produire tout autour d'elle, comme un fleuve modifiant soudain son cours. Peut-être était-ce ce que Dillon ressentait quand il voyait un schéma se modifier ? Elle se demanda à quel point ce changement était grand pour qu'elle le ressente à son tour.

C'était trop énorme pour elle, elle décida donc de ne plus y songer. Elle chassa l'idée de son esprit, comme si ça ne comptait pas, et il lui suffit d'un court laps de temps pour se sentir mieux. Quelques minutes plus tard, ils faisaient du stop sur l'autoroute, en direction de l'ouest.

Pendant ce temps, dans une maison non loin de là, Dwight Astor se versa un verre de whisky, le vida d'un trait, et s'en servit un autre.

Troisième partie

ÉCLATS DU SCORPION

7

La somme des parties

Je veux oublier qui je suis.
Je veux ne jamais quitter cet endroit.
Je veux rester dans ce cercle de quatre pour toujours.

Quelque part sur la planète, entre l'aube et le crépuscule, Tory, Winston, Lourdes et Michael étaient allongés, connectés les uns aux autres – main dans la main, orteils contre orteils, tête contre torse – blottis les uns contre les autres comme une portée de souris. Ensemble, ils étaient plus joyeux, plus paisibles que jamais ils ne l'avaient été séparément. Leurs cœurs battaient à l'unisson, leurs souffles allaient et venaient en cadence, comme une vague léchant le rivage dans un bercement régulier. C'était un sentiment merveilleux d'être enfin au complet.

Ou presque.

Le lieu était désert et isolé à souhait : un silo à maïs à la lisière de la ville, dans une ancienne ferme abandonnée. Le dôme du silo avait depuis longtemps disparu, victime des intempéries et de la négligence des propriétaires, laissant au-dessus de leurs têtes un trou ovale empli d'étoiles, tel un portail vers un autre univers. Lorsqu'ils s'étaient enfin réunis, l'orage s'était dissipé. À présent, le fond de l'air était calme et doux.

Ils se retranchèrent dans le silence pendant un long moment et en profitèrent pour se reposer. Quand ils reprirent enfin la parole, ils confièrent chacun leur tour leurs secrets inavoués.

— Je partageais une chambre avec ma sœur jusqu'à ce que mes parents m'aménagent une pièce au grenier, raconta Lourdes d'une voix si pesante et si dense que ses mots paraissaient s'enfoncer dans le sol. Soi-disant pour que j'aie plus d'espace, mais je savais que c'était pour me cacher. Ma première nuit au grenier, j'ai rêvé que je flottais sur Broadway dans le cortège de Thanksgiving ; j'étais tellement gonflée à l'hélium que je risquais d'éclater à tout instant. Des centaines de personnes me retenaient avec des ficelles, et je rebondissais contre les gratte-ciel, tandis que des milliers d'yeux me regardaient en ricanant. À mon réveil, je me suis sentie grossir... mon corps puisait de l'énergie dans l'air... et peut-être même dans les corps de mes proches. J'avais arrêté de manger, mais je continuais à engraisser. C'est là que j'ai compris que le problème, ce n'était pas la nourriture.

Lourdes pressa doucement la main de Michael, tranquillement posée dans la sienne. Michael porta son regard sur les étoiles distantes.

— Quand j'avais treize ans, mes copains m'ont mis au défi d'aller parler à une fille du lycée que je kiffais. Elle avait trois ans de plus et elle me dépassait d'une tête, mais elle me plaisait trop. C'était plus fort que moi, il fallait que je l'aborde. Je me suis approché, mais avant même que je prononce le moindre mot, elle m'a regardé et *bam !* j'ai senti une étrange connexion, comme si j'aspirais une partie de son être, à travers son regard. J'aurais dû me barrer à cet instant, mais je ne l'ai pas fait, parce que la sensation était trop agréable. Dehors, il faisait froid, mais tout à coup, la rue tout entière s'est réchauffée comme en plein été. Je lui ai demandé si elle voulait sortir avec moi et elle a répondu « oui ». Depuis, aucune fille ne m'a jamais dit « non » et aucun garçon n'a voulu être mon pote.

Winston frotta sa basket contre le pied de Tory et remua la tête sur le coussin confortable que constituait la manche de Lourdes, veillant à ne pas briser le cercle.

— Ma mère avait les pieds gonflés à force de piétiner toute la journée à la banque où elle bossait, confia-t-il à son tour. C'était ma mission de lui masser les pieds à son retour. On avait remarqué que j'avais cessé de grandir, mais on n'en savait pas plus. Et puis, un jour que je lui masse les pieds, elle me dit à quel point c'est bon, car elle ne sent plus la douleur, alors je continue à la masser. Au moment où elle veut se lever, elle n'y arrive pas. Elle essaie de remuer ses jambes, mais elles sont engourdies, comme anesthésiées. D'après les médecins, c'était une sorte de virus mutant mais on connaît tous la vérité, même si maman refuse de l'admettre. Je lui ai paralysé les jambes. Quelques semaines plus tard, on a su avec certitude que je grandissais à l'envers aussi.

Winston chassa une larme de ses yeux, et Tory prit le relais.

— Il y avait un garçon aveugle dans mon quartier ; il souffrait de terribles allergies. Une mouffette aurait pu débouler dans la pièce, il n'aurait rien senti. Une fois que mon acné s'est déclarée, c'est le seul garçon qui m'aimait bien. Jusqu'à ce qu'un jour, il effleure mon visage du bout des doigts. Il a immédiatement écarté la main et il est devenu pâle comme la mort. Puis il s'est précipité vers le lavabo et s'est lavé les mains encore et encore pour se débarrasser de la sensation de mon visage sous ses doigts. Quelques jours plus tard, on lui a diagnostiqué une pneumonie, à la suite de quoi il a été hospitalisé pendant plusieurs semaines. C'est le premier à avoir été malade après m'avoir touchée. Et c'est comme ça que j'ai su que ce n'était pas une acné ordinaire.

Le silence s'étira pendant un moment. Ils reposèrent leur voix et leur esprit, bercés par le rythme singulier de leurs souffles et les pulsations de leurs cœurs qui battaient à l'unisson. Et tous leurs problèmes parurent se dissiper. Ils n'avaient plus besoin de mots pour exprimer leurs sentiments.

Je veux oublier qui je suis.

Je veux ne jamais quitter cet endroit.

Je veux rester dans ce cercle de quatre pour toujours.

Mais ils ne pouvaient pas demeurer allongés là pour toujours… Ils mourraient de froid. Ils mourraient de faim. Et jamais ils ne résoudraient le mystère de leur identité et des afflictions étranges qui les frappaient et les entraînaient peu à peu vers une mort certaine.

En effet, ils mouraient à petit feu. Ils le savaient tous, sans oser se l'avouer. Tory serait rongée par sa maladie jusqu'à ce qu'il ne subsiste plus rien d'elle. Michael serait consumé par sa passion. Lourdes deviendrait si lourde que son squelette ne serait plus capable de la porter. Et Winston régresserait jusqu'au stade du nourrisson à la recherche d'un utérus où retourner, mais il n'y en aurait pas.

Mieux valait ne pas y penser.

Je veux oublier qui je suis...

Alors que ses compagnons semblaient se satisfaire de leur ignorance, Tory ne pouvait pas rester sans savoir. Les mystères, ce n'était pas son truc, et elle avait horreur des énigmes de quelque nature qu'elles soient. Depuis qu'ils s'étaient rejoints, elle s'était efforcée de comprendre la signification de leur vision commune, et du voyage qu'ils avaient entrepris, mais elle ne disposait que de demi-vérités.

Elle savait qu'ils étaient faits pour être ensemble, mais dans quel but ? La vision leur apprenait que deux d'entre eux manquaient à l'appel, mais qui étaient-ils ?

Ils se connaissaient déjà, mais comment ?

La vision était tordue, déroutante et accablante. Elle soulevait plus de questions qu'elle n'apportait de réponses. Des questions, et cet état de béatitude collective.

— La vérité serait trop dure à accepter, avait déclaré Lourdes.

— Ce qu'on ignore ne peut pas nous faire de mal, avait décrété Michael.

Tout ça, c'étaient des excuses. Des dérobades. Tory refusait de s'en contenter.

Dans le ciel, la lune ascendante apparaissait peu à peu parmi les étoiles... Mais Tory s'aperçut qu'il manquait quelque chose. De quoi s'agissait-il ? Ah ! Bien sûr ! C'était la nova à l'extrémité de l'horizon. Si elle ne la distinguait plus, elle savait qu'elle se trouvait là. L'étoile mourante.

L'étoile mourante ?

Une simple pensée, qui devint bientôt la clé de la vision… mais pas seulement de la vision… la clé de tout ! C'était si simple, et pourtant sidérant. Elle n'osait pas y croire.

Tory brisa le cercle. La connexion se rompit, et le monde redevint un lieu froid et hostile. Le silo en ruine n'avait plus rien d'un refuge. Ce n'était plus qu'un lieu abandonné où ils auraient tous pu crever sans que personne ne les retrouve jamais.

Ils se redressèrent en frissonnant. C'était comme s'ils étaient tirés d'un rêve brutalement.

— Qu'est-ce qui ne va pas ? demanda Winston.

Le cercle étant brisé, ils s'écartèrent les uns des autres, se réfugiant contre les parois du silo, comme s'ils avaient honte des aveux auxquels ils s'étaient livrés et des battements de cœur qu'ils avaient partagés.

— Tu te sens mal ? s'inquiéta-t-il.

Tory secoua la tête, encore troublée par ses pensées.

— Tu as eu une idée, hein ? devina Lourdes. Raconte.

Tory se mit à trembler ; elle se ressaisit.

— J'ai peur de vous en parler. Parce que c'est une théorie complètement dingue.

— On ne te prendra pas pour une folle, la rassura Lourdes.

— Ce n'est pas ça que je redoute… J'ai peur que vous pensiez que j'ai raison.

Winston dévisagea Lourdes, et Michael baissa les yeux. Une bourrasque s'engouffra dans le silo par le toit béant et une longue plainte résonna dans les ruines, comme lorsqu'on souffle dans le goulot d'une bouteille en verre.

— Parle-nous ! insista Lourdes.

Tory prit une profonde inspiration et serra les poings. Elle s'efforça de mettre des mots sur ses pensées.

— Tout a commencé quand l'étoile du Scorpion a explosé la semaine dernière, on est d'accord ?

Les autres acquiescèrent d'un hochement de tête.

— Mais… comme on le sait, cette étoile n'a pas explosé *récemment*, n'est-ce pas ? poursuivit Tory. On n'y assiste que maintenant à cause de la vitesse de la lumière, etc. En vérité, l'événement s'est produit il y a seize ans.

La discussion parut mettre Winston mal à l'aise.

— Tu veux en venir où ?

— Winston, tu crois en l'âme humaine, hein ? demanda Tory.

— Oui, et alors ?

— Chaque être vivant possède une âme, non ?

Il réfléchit à la question pendant quelques instants.

— Je ne sais pas… Peut-être.

— Et une étoile ?

— Bordel ! Qu'est-ce que tu racontes ? s'écria Michael. Une étoile, ce n'est pas un être vivant !

Tory vrilla son regard au sien.

— Qu'est-ce que tu en sais ?

— Parce que ce n'est rien qu'une boule de gaz.

— Quand bien même ? Au bout du compte, on n'est qu'un tas de poussière, non ? Un tas de poussière rempli d'eau !

Michael remonta à fond la fermeture Éclair de son blouson, mais ce n'était pas seulement le froid qu'il cherchait à chasser.

— Parle pour toi ! rétorqua-t-il.

— Laisse-la s'exprimer ! intervint Lourdes.

— Je sais que ça a l'air dingue, reprit Tory, mais plus je me repasse la vision, plus tout fait sens… En réalité, ce n'était pas une vision. C'était un souvenir.

Tory prit une profonde inspiration et cracha le morceau :

— Et si l'étoile du Scorpion était vivante ? Et si elle avait une âme, ou un esprit, ou autre… Lorsqu'elle a explosé, il y a des années, son âme a éclaté aussi… en six morceaux qui ont voyagé à travers l'espace un milliard de fois plus vite que la lumière, et ont atterri ici même, sur la terre. Et si c'était devenu notre âme ? Et si c'était devenu nous ?

Lourdes se rapprocha de Tory.

— Et seize ans plus tard, ajouta Lourdes, lorsqu'on a aperçu la lumière de l'explosion, ça nous a rappelé nos origines… et nous avons commencé à nous diriger les uns vers les autres de manière instinctive.

— Non ! s'exclama Winston en secouant la tête vigoureusement. Non, tu es folle. (Il se boucha les oreilles et se mit en boule, la tête contre les genoux.) De toute façon, on serait tous nés le même jour, non ? Le jour où l'étoile a explosé.

Tory hésita un instant. Son raisonnement n'était pas allé jusque-là.

— C'est quand ton anniversaire ? demanda Winston.

— Le 23 mai, répondit-elle.

— Ah ! s'écria Winston. Moi, c'est le 15 juin ! Tu as donc tort !

— Peut-être pas, intervint Michael. (Tous les regards se tournèrent vers lui.) Je suis né le 20 avril, mais j'étais prématuré de six semaines. J'aurais dû naître début juin.

(Il s'adressa à Tory.) Tu es née en avance ou après la date prévue ?

Tory haussa les épaules.

— J'en sais rien. Ma mère et moi, on ne parlait pas beaucoup.

— Moi, je suis née à la date prévue ! se vanta Lourdes. Le 2 juin.

Tout le monde se tourna vers Winston.

— Le 15 juin, hein ? dit Michael. Je parie que tu es né deux semaines après le terme supposé, je me trompe ?

Winston ne voulait pas croiser son regard. Il ramena ses genoux contre son torse.

— Alors, Winston ? insista Tory.

Winston farfouilla dans le sol avec une brindille avant de répondre.

— Ma mère avait l'habitude de dire que j'étais trop borné pour venir au monde le jour prévu. J'ai pris mon temps ; je suis né… avec deux semaines de retard.

Tory poussa un cri de surprise.

— Nous étions donc tous censés naître le même jour !

Michael hocha la tête.

— Pas seulement le même jour… mais à la même seconde, je parie.

Il baissa les yeux et trouva dans les débris du silo une vieille bouteille de Coca brisée ; il en ramassa les morceaux et les mit bout à bout comme les pièces d'un puzzle.

— Regardez : il y a seize ans, nos parents nous ont tous conçus au même instant… *BOUM !* (Il lâcha la bouteille et les éclats s'éparpillèrent en touchant le sol.) L'étoile est morte… et nous étions prêts à naître.

Winston contempla le verre brisé. Le teint vert, il paraissait un peu nauséeux. Sans mot dire, il ferma les yeux et colla ses genoux à son buste. Tory avait compris que cette théorie le mettait très mal à l'aise, et qu'il aurait préféré ne jamais l'avoir entendue. Il portait sur l'univers un regard très fermé. Et une vision très carrée. Il aurait voulu que tous les êtres soient munis d'une petite étiquette et rentrent gentiment dans des cases. Quant à ceux qui ne trouvaient pas leur place… mieux valait les ignorer. Sauf que cette fois, il ne pouvait plus fermer les yeux ; il allait devoir revoir ses croyances et élargir ses perspectives.

— Allez, Winston ! Tu peux gérer ça, j'en suis certaine, l'encouragea Tory. Reste ouvert et étire tes horizons.

— Je ne suis pas un élastique, OK ? Je ne m'étire pas comme ça, à volonté.

Winston ferma les yeux et pressa ses paupières de toutes ses forces. Frustré, il se mit à grincer des dents, achevant de limer le peu qu'il lui restait.

L'âme d'une étoile, songea Tory. *Quelle taille, quelle puissance possède l'âme d'une étoile ?* Un sixième d'un astre, ça brille forcément plus vivement que n'importe quelle âme humaine !

— Nous sommes sans doute les êtres humains les plus puissants au monde ! s'exclama-t-elle.

— Dans ce cas, pourquoi on est en train de crever ? demanda Winston en la foudroyant du regard.

Il sortit en courant. Et puisque aucun d'entre eux n'avait la réponse, ils le suivirent en silence.

Pourquoi mouraient-ils ? Pourquoi souffraient-ils de terribles maladies inexpliquées ? Pourquoi les lumières les plus éclatantes qui soient sur terre étaient-elles ainsi dévorées par l'obscurité ? Ces questions tournaient en boucle dans l'esprit de Tory. Les maigres explications qu'elle avait trouvées étaient incomplètes, ce qui la mettait hors d'elle.

À l'extérieur du silo, le sol était couvert d'un épais brouillard qui s'enroulait autour de leurs chevilles, et l'air portait le parfum prégnant de l'herbe fauchée. Une touche de bleu à l'est annonçait l'aube proche et, bien qu'ils n'aient pas dormi, ils étaient trop remontés pour se reposer.

— Hier, quand j'ai fermé les yeux, dit Michael, j'apercevais presque le visage des autres… mais maintenant, je les sens plus lointains. (Puis il exprima à voix haute ce qu'ils redoutaient tous.) Je ne pense pas qu'ils viennent. Quelque chose s'est passé.

— Nous devons nous rendre dans le Nebraska, intervint Tory. À Omaha. Un astronome qui travaille dans une université là-bas avait prédit l'explosion de l'étoile. Il a forcément des informations qui pourront nous être utiles.

Ils se sentaient tous attirés de manière inexplicable vers le nord-ouest, et même si Omaha n'était pas une ville incontournable, elle se trouvait quasiment sur leur route et ne leur imposait pas de détour. En outre, c'était la seule piste dont ils disposaient pour le moment. Aussi, Tory obtint ce qu'elle voulait. Ils mirent le cap sur Omaha.

Entre-temps, Lourdes avait réussi à s'extirper du silo et les avait rejoints. Quant à Winston, il se tenait à l'écart, perdu dans la contemplation de la nova dont l'éclat s'estompait lentement, peu à peu remplacé par la lumière de l'aube. Tory lui effleura l'épaule mais il eut un mouvement de recul.

— Fiche-moi la paix !

Ses bras flottaient dans ses manches ; il dut les retrousser. Sa veste paraissait plus grande que la veille et sa voix d'enfant, un ton plus haut.

— Ne me touche pas, pigé ?

— Winston…

— J'aime bien être une personne à part entière, tu captes ? Je veux pas être un sixième, ou même un quart de quelque chose.

— Mais, Winston, s'il s'avère que j'ai raison, ce serait énorme… Imagine toutes les possibilités !

L'expression de Winston se durcit ; on eût dit un vieillard opiniâtre ou un gamin entêté.

— Je m'en fiche !

Ses doigts remuèrent le long de son corps ; il tourna le dos à Tory, qui ne le quitta pas des yeux. Lentement, il leva la main avant de se forcer à la baisser de nouveau, comme s'il réfrénait une pulsion. Or c'était une bataille qu'il ne remporterait pas. Sous le regard épouvanté de Tory, Winston Pell, l'incroyable garçon qui rétrécissait, porta sa main à son visage, glissa son pouce dans sa bouche et le suça pendant un très long moment.

L'après-midi du même jour, à quelques centaines de kilomètres de là, à Torrington dans le Wyoming, Dillon Cole s'enfuyait dans un grand champ de blé, s'éloignant à toute vitesse d'une ferme. Il ne regarderait pas en arrière ; il n'y repenserait plus, et ce qu'il laissait derrière lui, dans cette maison, il le chasserait à jamais de son esprit.

L'appétit destructeur se lova en lui et s'endormit, rassasié. Or lorsque l'appétit était repu, Dillon se sentait invincible. *Que serais-je sans l'appétit destructeur ?* songea-t-il. L'appétit lui répondit par une sorte de grondement venu du fond de son ventre : il ne serait rien ! Parfois, il avait le sentiment que l'appétit était une créature vivante ; une mauvaise herbe qui s'était entortillée autour de son âme, si bien qu'elle était désormais inextricablement liée à lui. Était-ce une bonne ou une mauvaise chose ?

Quoi qu'il en soit, il redoutait que les quatre Autres le lui retirent et l'en privent à jamais. Il sentait leur magnétisme, malgré la distance. S'ils le retrouvaient, ils l'affaibliraient ; peut-être même qu'ils le détruiraient. Ils le sépareraient de Deanna, or Dillon ne pouvait pas les laisser faire ça. Aussi, il fallait qu'ils continuent à avancer jusqu'à ce que...

Jusqu'à ce que quoi ?

Jusqu'à ce que l'appétit n'ait plus besoin qu'on le nourrisse.

Il rejoignit l'endroit où il avait laissé Deanna, mais une fois parvenu sur place, il s'aperçut qu'elle n'y était plus.

Dillon avait abandonné Deanna dans le champ de blé sur un coup de tête. Ils venaient de quitter la ferme où une famille avait eu la bonté de leur offrir à déjeuner. Ils traversaient un champ lorsque Dillon avait fait demi-tour vers la maison de l'autre côté de la colline, après lui avoir dit de l'attendre là.

Il était parti nourrir son appétit. Deanna l'avait deviné. Sur son visage, elle avait lu la souffrance, l'étouffement. Mais pourquoi l'avoir laissée seule ? Il savait pertinemment ce qui lui arrivait quand elle était seule.

Un vent balaya les épis. Le sol sous ses pieds parut bouger et la peur s'empara d'elle. Elle sentit l'un de ses cauchemars éveillés resurgir, et même si elle savait que ce n'était pas réel, elle était terrifiée. Il y avait quelque chose qui se cachait sous la terre. Une créature venue la chercher ? Oui ! Elle la voyait qui se faufilait sous les blés. Pourquoi Dillon l'avait-il abandonnée là ?

Elle se mit à courir, mais la peur la suivait comme son ombre. Elle finit par déboucher dans un champ fraîchement moissonné, où une boue noire épaisse avala ses chevilles. On cherchait à l'attraper. Elle le sentait. Elle poussa un hurlement terrifié.

Deanna tomba dans la boue, et le sol sembla l'aspirer. Le sol était-il vivant ? L'attirait-il vers les ténèbres ? Elle ne voyait plus rien – elle avait de la boue dans les yeux, dans la bouche. Une bête avait surgi de terre pour s'enrouler autour d'elle comme un serpent, elle l'aurait juré. Et elle hurla de plus belle pour chasser son angoisse, mais ses cris ne lui apportèrent aucun réconfort.

Soudain, on lui saisit les poignets. Elle crut tout d'abord que c'était le sol qui l'agrippait, mais elle entendit bientôt une voix. Une voix familière.

— Deanna, tout va bien ! (C'est à peine si elle entendait Dillon, tant elle criait fort.) Regarde-moi. *Regarde-moi.* Chasse les images qui te tourmentent !

Encore affolée, Deanna plongea son regard dans ses yeux sombres tout en repoussant la vision cauchemardesque de son esprit.

Une fois la terreur passée, elle eut le sentiment de sortir d'une crise d'épilepsie. Dillon agit en conséquence. Il la maintint fermement, comme si elle avait été prise de convulsions. Deanna était épuisée. Tous ses muscles se relâchèrent. Le contact de Dillon la rassura.

— Tu m'as abandonnée, lui reprocha-t-elle d'une voix faible.

— Je suis désolé. J'ai eu tort… Je ne le referai plus.

Il la souleva et la transporta dans un endroit où les blés étaient hauts et le sol sec ; alors il la déposa par terre et nettoya tendrement la terre qui lui souillait les bras. Dillon était calme et détendu. Deanna savait ce que ça signifiait.

— Qu'est-ce qui s'est passé à la ferme ? demanda-t-elle. Il y a des dégâts ?

— Je n'ai rien touché, répondit Dillon. J'ai comme qui dirait planté une petite graine. C'est tout.

— Qu'est-ce que tu as fait ?

Dillon la dévisagea.

— Si tu tiens vraiment à le savoir, je te le dirai.

En vérité, elle ne voulait pas savoir. Donc elle n'insista pas. Elle contempla le ciel tandis que sa peur se calfeutrait en elle avant de s'endormir. Au loin, de l'autre côté de la colline, les oiseaux pleuraient. Leur chant était semblable à des cris.

— Il faut qu'on avance, dit Dillon en l'aidant à se lever.

— On sait où on va ? demanda-t-elle.

— On ne « va » nulle part, répliqua Dillon. On s'éloigne des Autres.

Dillon rabâchait la même chose depuis qu'ils avaient quitté le Nebraska ; pourtant ce n'était pas entièrement vrai… *Dillon a une destination en tête,* songea Deanna. *Mais il n'en a pas encore conscience.* Il était évident pour elle que Dillon faisait ce qu'il savait faire de mieux – retracer un schéma – sauf que ce schéma-là était si complexe et si intriqué que lui-même n'en apercevait pas l'issue.

Deanna continuait de lui faire confiance, sachant que, quelle que soit leur destination, ils seraient ensemble. Elle se raccrocha à cette pensée tandis qu'ils faisaient route vers l'ouest, quittant Torrington, abandonnant derrière eux la ferme et les oiseaux qui hurlaient.

8

Dr Brainless et le *Six d'Épée*

Dans le petit observatoire d'une petite université, un homme de petite renommée s'évertuait à faire fonctionner son télescope.

Winston demeurait dubitatif. À ses yeux, la théorie avancée par Tory sur l'étoile du Scorpion ne tenait pas la route. Il doutait de jamais pouvoir y adhérer. Néanmoins ses compagnons avaient l'air d'y croire et c'était dorénavant Tory qui menait la danse.

Depuis deux jours que leur quatuor était réuni, Winston sentait accélérer sa maladie, ce mal qui le rongeait. La veille, il avait mastiqué son sandwich avec des molaires d'enfant de sept ans. Mais lorsqu'il avait passé sa langue dans sa bouche aujourd'hui, les molaires avaient disparu ; elles s'étaient rétractées dans sa gencive. Ses incisives diminuaient de jour en jour, d'heure en heure. Bientôt ses dents définitives ne seraient plus qu'un lointain souvenir, et il ne lui resterait plus aucune dent, car la petite souris avait depuis longtemps troqué ses dents de lait contre des sous déposés sous son oreiller.

Ses camarades n'étaient pas mieux lotis : la tunique de Lourdes ressemblait à un patchwork, à force d'être rapiécée et élargie à l'aide de vieux morceaux de tissu. Tory se plaignait maintenant de sévères rhumatismes au niveau des articulations, ce qui signifiait que le mal qui lui dévorait la peau s'enfonçait peu à peu dans son corps, s'attaquant à son squelette. Quant à Michael… Parfois, on aurait dit un fou sur le point de se transformer en loup-garou. Son désir pour les filles empirait et son cœur battait si vite qu'il redoutait qu'il n'explose dans sa poitrine.

Tous avaient espéré qu'une fois réunis, leur état se dégraderait moins vite. En fait, non. Au contraire, leur santé se détériorait de plus en plus rapidement, et il ne leur restait peut-être plus que quelques jours à vivre. Winston ne voyait pas en quoi un astronome pourrait les aider… Mais son désespoir était tel qu'il était prêt à tenter le tout pour le tout.

Ils n'eurent pas de mal à mettre la main sur le professeur fou. Une simple recherche internet leur révéla plusieurs articles sur l'astronome excentrique. Il s'appelait Dr Bayless, mais ses collègues l'avaient méchamment surnommé « Dr Brainless », le médecin écervelé.

Ils traversèrent le petit campus universitaire en direction du bâtiment de physique ; Winston trottinait dans le sillage de Tory. Il luttait pour garder le rythme, et ne pas se faire dépasser par Michael et Lourdes. Tory continuait à passer en revue les articles qu'ils avaient imprimés, ajustant sa vision à la lumière déclinante du crépuscule.

— Écoutez ça : apparemment, la mère de Bayless était diseuse de bonne aventure ; elle aurait réussi à extorquer des milliers de dollars à des riches !

— Et alors ? rétorqua Winston.

— Du coup la communauté scientifique pense que Bayless est un charlatan lui aussi et personne ne le prend au sérieux.

— Pourtant il a prédit l'explosion de Mentarsus-H, intervint Lourdes de sa voix étouffée de baleine. Qu'est-ce que vous avez à répondre à ça ?

Winston se pencha vers Michael, qui semblait ailleurs. Il marchait en grimaçant, comme s'il était parcouru de picotements.

— Tu en penses quoi, toi ? s'enquit Winston.

— Je pense qu'il ne nous aidera que si on lui rapporte le balai de la sorcière[1], répliqua Michael.

Derrière le bâtiment de physique se dressait l'observatoire, une construction surmontée d'un dôme au crépi vert. Ce n'était pas plus une cité d'émeraude que leur chemin n'avait été une route de briques jaunes[2].

La porte s'ouvrit en grinçant, leur révélant une salle baignée d'une odeur de renfermé et de cire. Au centre trônait un télescope de près de quatre mètres de haut auquel certaines pièces manquaient. C'était un observatoire peu impressionnant, équipé d'un vieux télescope déglingué, d'un bureau d'angle et d'une flèche au sol indiquant le nord, au cas où.

À l'autre bout de la salle, un homme maigre aux cheveux clairsemés se chamaillait avec des employés pour qu'ils continuent de réparer le télescope, alors qu'il était dix-sept heures passées. Il était grand et un peu bossu, sans doute à force de se pencher sur ses notes. Les quatre adolescents s'avancèrent d'un pas solennel

1. Référence au *Magicien d'Oz*, laissant entendre que le médecin ne serait en effet qu'un charlatan. (*N.d.T.*)

2. Nouvelle référence au *Magicien d'Oz*. (*N.d.T.*)

vers le vieillard ronchon. En les apercevant, il leur fit signe de déguerpir.

— Il n'y a pas cours aujourd'hui. Rentrez chez vous, aboya-t-il d'un ton hostile qui trahissait de nombreuses années de déceptions amères.

Tory se racla la gorge et fit un pas vers lui.

— Docteur Bayless, nous venons de loin… Il faut absolument qu'on vous parle.

Bayless pivota face à eux pour les examiner. Une grimace de dégoût lui déforma les traits.

— Sacrebleu ! Que vous est-il arrivé ?

— C'est justement ce qu'on aimerait bien comprendre, rétorqua Winston.

Autour d'eux, les techniciens se dirigèrent vers la porte en fixant des yeux ces monstres et en chuchotant entre eux.

— Allez-y ! leur hurla Bayless. Sortez… Je m'en contrefiche, après tout. (Ils furent plus que ravis de l'obliger.) Ah ! L'événement cosmique de toute une vie et il a fallu que le télescope me lâche ce mois-ci !

Il prit le temps d'étudier à nouveau le quatuor, secoua la tête en frémissant, puis il lâcha un ricanement amer.

— C'est bien ma veine ! Je me coltine décidément toutes les emmerdes ! Quand ce n'est pas mon télescope qui me plante, ce sont les miséreux qui viennent me demander l'aumône ! Que puis-je faire pour vous ?

— Qu'est-ce que vous savez sur les supernovas ? demanda Tory.

— Qu'est-ce que je ne sais *pas*, vous voulez dire ? répliqua-t-il d'un ton professoral. Les supernovas sont la raison même de notre existence, sans elles nous ne serions pas là. Oxygène, carbone, silicium… tous les éléments lourds se créent lors des explosions. Sans novas, l'univers tout entier ne serait qu'hydrogène… (Il marqua une pause et les observa encore en tressaillant ; cette fois-ci, il ne rit pas.) Mais j'imagine que ce n'est pas pour une leçon d'astronomie que vous êtes venus jusqu'ici ?

— Vous aviez prédit l'explosion de Mentarsus-H, reprit Tory. On pense que notre état serait en partie lié à cet événement.

L'expression de Bayless changea, passant du dégoût à la curiosité. Il les étudia longuement et se mit à ronger ses ongles jaunis par les années.

— Ma prédiction était un coup de chance, dit-il. Du moins, c'est ce que clament mes collègues.

— Ne nous faites pas perdre notre temps, OK ? intervint Winston en sortant son pouce de la bouche. Si vous savez quelque chose, dites-le-nous !

— Tu as une bien grande gueule pour un si petit marmot, fit remarquer Bayless.

— J'ai quinze ans ! s'énerva Winston.

Bayless poussa un soupir et hocha la tête avec réticence.

— D'accord. Venez vous asseoir.

Bayless les conduisit dans le coin de la salle qu'il avait aménagé en bureau. Winston remarqua que Michael se tenait à l'écart et haletait fort, comme s'il avait une crise d'asthme ; il se dandinait d'un pied sur l'autre tel un animal en cage. *Il est pas dans un bon jour, aujourd'hui,* se dit Winston.

— L'étoile du Scorpion, dit Lourdes. Parlez-nous d'elle.

Bayless bascula en arrière dans son fauteuil, aspira une gorgée de café froid, et se concentra sur ses ongles rongés en poursuivant le massacre à l'aide de ses dents. Il finit par prendre la parole.

— C'est un don curieux, dit-il. Contempler l'univers et savoir ce qu'il pense. Deviner la présence d'innombrables galaxies dans l'immensité de l'espace. Sentir que l'univers est encore plus ancien que ne le croient la plupart des scientifiques. Regarder une carte des astres et s'apercevoir qu'une étoile manque dans la queue du Scorpion, et qu'elle réapparaît lorsqu'on cligne des yeux.

— L'intuition ? suggéra Tory.

— Ma mère en avait, répondit Bayless. Elle s'en est servie pour piquer de l'argent aux crédules. Elle a transformé son don en machine à sous, et est passée toute sa vie pour une bonimenteuse. Quant à moi, j'ai décidé de faire meilleur usage de ce talent. J'ai opté pour des objectifs plus nobles, tels que la biologie et l'astrophysique. (Il jeta un ongle dans leur direction sous l'effet de la colère. Le morceau atterrit sur le parquet où il s'immobilisa comme un croissant de lune.) Malheureusement, l'intuition n'a pas sa place dans le domaine de la science. Pour mes confrères, mes prédictions relèvent de la pure coïncidence. Je suis finalement devenu la risée de la communauté scientifique. Une bête de foire. (Il esquissa un sourire triste.) Comme vous quatre.

Son sourire les mit mal à l'aise. Tous sauf Tory.

— L'étoile a explosé il y a seize ans. Nous avons déduit la date précise de l'explosion.

— Vous êtes des étudiants en astrophysique ? s'enquit Bayless en s'attaquant à un nouvel ongle.

— Non, répondit Tory. C'est le jour où chacun d'entre nous a été conçu.

Bayless releva la tête.

— Remarquable, souffla-t-il en étudiant leurs visages. Remarquable. Peut-être que le lien qu'entretiennent ces étoiles pulvérisées avec notre planète est plus fort que je ne l'avais imaginé. (Il sortit un magnétophone de son bureau et appuya sur un bouton.) Ça vous dérange si j'enregistre notre conversation ?

— On préférerait que vous évitiez, dit Lourdes.

Il rangea l'appareil dans le tiroir. Winston se méfia. Il se demanda s'il ne l'avait pas laissé allumé.

— Racontez-moi tout. Jusque dans les moindres détails.

Il leur fallut une bonne heure pour exposer leur histoire. Bayless leur prêta une oreille attentive. L'astronome était tellement excité par leur récit qu'il en salivait presque.

— Des éclats ! s'exclama-t-il en s'esclaffant de joie. Des éclats d'étoile pulvérisée !

Il les scruta comme s'ils étaient les cobayes d'une de ses expérimentations. Sa légère bosse lui donnait une allure de vautour.

— J'ai écrit des études sur ce genre de phénomène, dit-il en arpentant un petit espace. Je n'ai jamais osé publier ces articles, mais aujourd'hui je peux vous présenter comme preuve ! (Il les contempla avec une telle admiration que Winston leva les yeux au ciel, exaspéré.) Savez-vous combien vous êtes uniques – *lumineux* ? Comparés à vous, nous autres ne sommes que des êtres insignifiants !

— Ah oui ? Si on est des êtres si exceptionnels, pourquoi on est des monstres pareils ? le rabroua Michael.

Bayless se figea ; son enthousiasme s'évanouit.

— Je ne sais pas. D'après mes études, vous devriez mener une existence unique, une existence glorieuse avec…

— La ferme ! glapit Winston.

Il trépigna comme un môme qui pique une crise de colère. Tory plaça une main sur sa tête pour le calmer, ce qui eut l'effet inverse.

— On s'en fout de vos études et de vos calculs et de ce qui aurait dû être ! On veut comprendre pourquoi on est comme ça aujourd'hui !

Bayless les observa dans un soupir. Les réponses qu'ils cherchaient étaient trop complexes. L'astronome contempla son télescope hors service pendant quelques instants avant de se tourner vers eux, plus résolu que jamais.

— La science ne peut pas vous aider ! déclara-t-il. À moins que vous ne vouliez attendre de voir ce que vos autopsies révèlent.

Winston tressaillit ; il eut l'impression d'avoir soudain rétréci d'un demi-centimètre.

— Qu'est-ce que vous nous proposez alors ? s'impatienta Michael, le souffle rauque.

Le pauvre, il ne tenait plus en place.

Bayless réfléchit à la question et, dans un soupir résigné, plongea la main dans son tiroir et en sortit un vieux jeu de cartes poussiéreux.

— Quand j'étais jeune, ma mère me faisait tirer les cartes à des vieilles rombières pleines aux as. Un jour, j'ai prédit à l'une d'elles qu'elle mourrait avant le coucher du soleil. Elle est sortie de la tente comme une furie et s'est fait piétiner par un éléphant de la fête foraine.

Michael se débattait avec ses émotions, envahi par un sentiment de profonde frustration.

— On a *vraiment* besoin d'aide et de réponses ! On n'a quand même pas fait tout ce chemin pour jouer au tarot !

— Quant à moi, je n'ai pas obtenu un diplôme en biologie et en astrophysique pour tirer les cartes, mais la vie est pleine de surprises, voyez-vous.

Michael avait le souffle rocailleux, les muscles crispés. Son pantalon, à l'entrejambe, était douloureusement serré.

— Vous allez rester assis là à écouter ces conneries ? s'écria-t-il à l'adresse de ses camarades.

À l'évidence, sa frustration n'était pas réellement liée au jeu de tarot. Lourdes lui prit la main.

— Détends-toi. Inspire à fond. La pression que tu ressens va s'atténuer et disparaître.

— Non ! Tu sais bien que non.

Il repoussa la main de Lourdes et quitta l'observatoire en suivant la flèche qui indiquait le nord, remonté à bloc.

— Ne faites pas attention à lui, docteur, dit Winston.

Tory voulut lui courir après, mais Lourdes l'en dissuada.

— Il a juste besoin de prendre l'air. Ça va aller, ne t'en fais pas pour lui.

Bayless attendit que le silence revienne avant de battre le jeu.

— Il faut obligatoirement que ce soient des cartes de tarot ? le questionna Winston. Là d'où je viens, il n'y a que les idiots superstitieux pour les utiliser. J'ai donc un peu de mal à y croire...

Bayless continua à mélanger les cartes.

— On ne te demande pas de croire aux cartes mais à l'habileté de celui qui lit ton avenir. (Il tira une carte et la tendit à Winston.) C'est comme au poker. N'importe quel crétin peut distribuer les cartes. Mais combien sont capables de sortir une quinte flush à tous les coups ?

Winston prit connaissance de sa carte. Un enfant chevauchant un bélier doré complètement déchaîné, s'envolant vers les cieux. D'une main, le garçon brandissait une torche, défiant des vents violents. Winston eut le sentiment que cet enfant était terrifié.

— Le *Valet de Bâton*, déclara Bayless. Si je n'ai pas perdu la main, je dirais que cette carte te représente.

Winston étudia la carte de plus près. Il avait beau ne pas en connaître la signification, il se reconnut dans le personnage. Il s'imagina accroché au dos laineux du bélier volant, priant pour ne pas tomber.

— Si je le voulais, je pourrais vous dire la bonne aventure avec un simple jeu de cartes de base-ball. Le résultat serait exactement le même.

Winston baissa les yeux.

— D'accord, concéda Tory. Tirez-nous les cartes.

Bayless afficha un sourire.

— Oui, profanons donc ce haut lieu de la science, vous voulez bien ?

Et sur ces mots, il distribua sept cartes, face cachée. Six d'entre elles formèrent un triangle ; il plaça la septième au centre de la figure.

Il s'apprêtait à retourner les deux cartes du bas.

— Si je me souviens bien, ces cartes nous montrent le présent.

Il retourna la première, une silhouette drapée dans une barque naviguant sur des eaux agitées.

— La *Mort* ? demanda Lourdes.

— Non, le *Six d'Épée*, dit Bayless.

Winston examina la carte et vit une cargaison de six épées à l'arrière du navire.

— Six âmes lancées dans un périple dangereux, traduisit Bayless.

— Nous sommes six ! s'exclama Tory. Nous en avons maintenant la preuve !

— Si on peut appeler ça une preuve, marmonna Winston.

Bayless retourna la deuxième carte. Un carrosse tiré par deux destriers, un cheval noir et un cheval blanc, se dirigeant dans deux directions opposées. Bayless étudia la carte ; des perles de sueur apparurent sur son front.

— La *Mort* ? s'enquit Lourdes.

— Le *Chariot*, répliqua Bayless. Ça me trouble, je ne sais pas pourquoi... Vous voyez, les chevaux qui tractent le char sont très puissants. Il faut les stopper, autrement le véhicule sera détruit.

— Qu'est-ce que ça signifie ? demanda Winston.

— Je ne sais pas trop pour l'instant.

Bayless porta son attention sur les deux cartes suivantes.

— Ces cartes montreront où doit vous mener votre voyage.

Il retourna la première d'une main fébrile. Une tour détruite par la foudre.

— La *Maison Dieu*. Est-ce que ça vous parle ?

Les trois adolescents secouèrent la tête.

— Ça fera bientôt sens, leur assura Bayless.

Il retourna la carte suivante. Une silhouette sombre voilée d'un linceul, dans un paysage de désolation.

— La *Mort* ? demanda Lourdes.

— Non. L'*Ermite*, répondit Bayless d'une voix tremblotante, empreinte à la fois de peur et d'émerveillement. Une personne que vous devrez affronter… si vous arrivez jusque-là.

— Qu'est-ce qui ne va pas ? s'inquiéta Lourdes tandis que Bayless se triturait les doigts.

— Il me fait peur, répondit Bayless, perplexe. L'*Ermite* ne devrait pas me faire peur…

Son regard navigua d'un adolescent à l'autre avant de revenir aux cartes.

— Eh bien, nous avons commencé, maintenant il faut finir, déclara-t-il.

Winston était de moins en moins sûr de vouloir connaître la suite.

— Voilà ce que vous allez trouver au bout de votre périple, indiqua Bayless. Ces deux cartes sont votre destinée.

Il posa la main sur la première, hésita, puis retourna les deux en même temps.

Winston observa la première, et son cœur tressauta. Lourdes n'eut pas besoin de poser la question cette fois-ci. L'ombre masquée ne laissait pas de place au doute.

— La *Mort*, annonça Bayless. Et le *Cinq de Bâton*.

Sur la seconde carte figuraient un homme et une femme avec cinq torches flamboyantes se battant contre un dragon.

— La Mort vous cernera. Et ceux d'entre vous qui survivront devront affronter un plus grand défi, précisa Bayless.

— Quelle sorte de défi ? murmura Winston.

— Si j'en avais la moindre idée, je vous le dirais. (Bayless retourna les cartes, face contre la table, pour ne plus avoir à les regarder.) J'avais oublié à quel point je déteste prédire l'avenir.

— Et la dernière carte ? s'enquit Tory.

Bayless s'éclaircit la voix.

— La carte centrale, la carte synthèse. Elle relie votre passé, votre présent et votre futur. L'Histoire et le Destin. (Il ne chercha même pas à la toucher.) Peut-être que vous préférez ne pas la découvrir.

— Retournez-la ! insista Tory.

L'astronome diseur de bonne aventure approcha une main tremblante de la carte centrale ; il la saisit du bout des doigts par un coin et la retourna.

La carte se déchira en deux.

Elle s'était accrochée à une écharde de bois qui dépassait du vieux plateau de bois. Bayless lâcha un hoquet de frayeur tout en posant les yeux sur la moitié de carte qu'il tenait en main.

Winston la lui prit et récupéra l'autre moitié sur la table, puis il assembla les deux parties. La carte représentait un cercle doré contenant une créature : mi-homme, mi-femme. Aux quatre coins, une torche, une étoile, une épée et un graal.

— Qu'est-ce que c'est que cette carte ? demanda Winston.

Bayless se contenta de bafouiller en secouant la tête. On aurait dit un fou.

— Alors ?

— Tout, absolument tout, répondit le scientifique. Cette carte représente le *Monde.*

Et leur destin l'avait déchiré en deux.

Bayless se leva ; son regard s'agita furtivement tout autour de la salle. Il poussa un cri étouffé, comme saisi d'une soudaine révélation, et il se mit à farfouiller dans ses papiers.

— Je comprends ! s'exclama-t-il.

Il semblait à la fois terrifié et exalté par cette révélation soudaine.

Puis… un étrange bourdonnement s'éleva dans la pièce. Une vibration qui fit trembler jusqu'aux meubles et au matériel scientifique.

Tory perdait patience.

— Qu'est-ce que vous voulez dire ?

— Je suis prêt, reprit Bayless. Tout ce que j'ai accompli… tout ce que j'ai écrit, tout ce que j'ai appris… ma vie tout entière m'a mené à ce moment. (Il se mit à empiler des livres sur son bureau, les choisissant sur ses étagères, et déblatérant des phrases qui n'avaient de sens qu'à ses oreilles.) Je vais vous accompagner ; j'archiverai le moindre incident, et plus personne ne se moquera jamais de moi.

Les rouages et la monture du télescope s'étaient mis à trembler, secoués par l'étrange vibration. Les trois adolescents se figèrent ; ils observèrent la scène avec effarement. Quelque chose ne tournait vraiment pas rond.

— Écoutez-moi ! s'écria Bayless en ouvrant à la volée les tiroirs d'un meuble-classeur dont il sortit des liasses de papiers. Il faut que je vous confie certaines choses ; des informations que je n'ai jamais publiées parce que, jusqu'à aujourd'hui, elles n'avaient aucun sens. Des choses que vous devez absolument savoir !

Un grondement assourdissant mugissait sous le dôme de l'observatoire, un son aigu et fracassant qui évoquait les cris d'une myriade de voix. Bayless était toutefois trop surexcité pour s'en soucier.

— Je sais ce qui vous arrive ! déclara-t-il.

Mais avant qu'il puisse poursuivre, un éclat de lumière apparut et tous se mirent à hurler.

Car la salle s'était soudain remplie de monstres.

Michael n'entendit pas leurs cris ; il était déjà trop loin.

Il rejoignit les champs et courut à en perdre haleine, maudissant les étoiles qui le toisaient et la terre qui le portait. Son errance circulaire finit par le ramener sur le campus.

Un cours venait de s'achever et un flot d'étudiants jaillit d'un bâtiment. Michael se tapit dans l'ombre, lorgnant les jolies filles qui passaient devant lui – et jolies, aux yeux de Michael, elles l'étaient toutes, chacune à sa manière. Les élèves se dispersèrent peu à peu jusqu'à ce qu'il ne reste plus qu'une seule fille près du rack à vélos.

Michael sortit de l'ombre. Il se contenterait de la regarder s'éloigner. Voilà tout. Il la regarderait et puis rien d'autre.

Cela faisait des jours que Michael détournait le regard quand il croisait une fille. Il avait lutté contre son désir insatiable en se tenant sous la pluie glaciale, en hurlant dans les champs déserts, mais à présent son seuil de résistance était au plus bas. Il était fatigué… et de manière instinctive, son étrange pouvoir magnétique s'était rallumé comme un rayon tracteur.

Lorsque la jeune fille l'entendit approcher, elle était loin de se douter de ce qui l'attendait.

— Le cours t'a plu ? demanda-t-elle.

Michael la reluqua, savourant le moindre de ses gestes.

— Je ne suis pas étudiant.

Méfiante, elle parcourut les alentours du regard, mais tous ses amis s'en étaient allés. Ils étaient seuls.

— Tu es très jolie.

Michael fit un pas vers elle ; elle posa les yeux sur lui et un coup d'œil suffit pour qu'il la captive.

En un éclair, Michael s'empara de sa bouche ; il ne rencontra aucune résistance.

Michael brisa soudain leur étreinte.

— Non, dit-il, en proie à une bataille intérieure. Je ne voulais pas faire ça… Ce dont j'ai vraiment besoin… j'aimerais simplement… discuter. C'est tout.

Mais elle ne l'entendit pas ; elle se noyait dans son regard, comme elles le faisaient toutes. Elle prit la parole en pouffant de rire. On eût dit qu'elle rêvait à voix haute.

— Je m'appelle Rebecca. Et toi ?

— Michael.

Elle esquissa un sourire et se pencha à nouveau vers lui pour l'embrasser.

— Pourquoi est-ce que je fais ça ? s'interrogea-t-elle.

— C'est la pleine lune, dit Michael même si c'était faux.

Son corps était brûlant, des gouttes de sueur perlaient sur son front.

Rebecca regarda par-dessus son épaule pour s'assurer que tout le monde était parti. Puis elle lui prit la main et le conduisit dans une allée sombre bordée d'arbres.

Tandis qu'ils longeaient le sentier, Rebecca jetait des coups d'œil à droite et à gauche. Michael devina qu'elle cherchait un endroit tranquille à l'abri des regards, pour poursuivre ce qu'ils avaient commencé. Elle plongeait la tête la première dans les ténèbres, galvanisée par la chute tel un parachutiste se jetant dans le vide.

Ils parvinrent à un cube en béton dépourvu de fenêtres, le bâtiment de maintenance de l'université. Des volutes de vapeur s'élevaient du toit et l'air sifflait par les conduits d'aération, tandis qu'à l'intérieur, une pompe produisait un cliquetis répétitif, distribuant eau, gaz, et électricité à l'ensemble du campus.

Rebecca poussa Michael contre la porte, colla ses lèvres aux siennes et gloussa.

— Tu embrasses bien, dit-elle.

La situation dérapait. Il n'aurait jamais dû regarder cette fille dans les yeux. Trop tard. Ses inquiétudes se noyèrent dans l'océan houleux des baisers de Rebecca. Passer à l'acte, ça n'était pas bon pour Michael. Ça ne lui était arrivé qu'une seule fois, à Baltimore. Et vu ce qui s'était passé là-bas, il s'était juré de ne plus jamais recommencer. Depuis, il se contentait de flirter, d'embrasser et de peloter, sans aller plus loin car c'était trop risqué. Mais il était sur le point de craquer et d'aller trop loin.

— Tu ne devrais pas faire ça, dit-il sans conviction.

Au même instant, il l'agrippa plus fermement. Le contrôle lui échappait.

Ils basculèrent contre la porte qui s'ouvrit dans un couinement, donnant sur une salle obscure et humide à la forte odeur de renfermé, où une pompe à eau s'activait.

Peut-être que ce sera différent cette fois, songea Michael. *Peut-être que ça va aller.*

Et il se cramponna à cette pensée comme à un parachute, tel un homme sautant d'un avion en plein vol, tandis qu'ils s'engouffraient dans l'obscurité.

DES MONSTRES !

Leurs ombres bondissant à travers l'observatoire se gravèrent dans l'esprit de Tory Smythe telle une marque indélébile. Tout se déroula en quelques secondes à peine, mais elle eut le temps de tout enregistrer dans les moindres détails.

Des tentacules d'un noir ténébreux s'enroulèrent à la base du télescope. Un visage brouillé, caché par une nuée d'insectes hideux, s'abattit sur le bureau de l'astronome et une créature à la fourrure brune frôla Tory, qui sentit son souffle chaud et sucré sur sa nuque.

En un éclair, le télescope se descella de son socle et s'effondra sur le parquet. Le miroir primaire se détacha et tournoya sur le sol comme une toupie, projetant des éclats lumineux à travers la pièce circulaire. Bayless hurlait – tout le monde hurlait. Les créatures lâchèrent un gémissement surnaturel et une explosion aveuglante fit trembler le sol, les projetant tous par terre. Une bête bondit alors sur Tory qui voulut crier… mais la chose se volatilisa soudain. Les créatures s'étaient envolées, comme par magie. La lumière s'atténua, et Tory demeura assise par terre, les mains plaquées contre ses oreilles, les yeux fermés et le visage déformé par un cri silencieux. Winston et Lourdes étaient sortis en courant, dévalant la colline à grandes enjambées.

Mais Tory était incapable de bouger. Elle avait entendu une légende selon laquelle on pouvait rester pétrifié après avoir regardé un monstre dans les yeux, et elle se demanda si elle s'était changée en pierre. Elle se maudit d'être venue ici.

Les monstres, ça n'existe pas, voulut-elle se convaincre. Ce qui ne changea rien au fait qu'elle venait d'en voir plusieurs. Elle n'avait pas rêvé.

Au bout d'un moment, elle réussit à rouvrir les yeux. L'observatoire dévasté baignait dans le silence et l'immobilité. La seule source de lumière provenait des fragments de miroir du télescope, qui, en se brisant, avait projeté des bris de verre tous azimuts.

Lorsqu'elle parvint enfin à se lever, Tory comprit que le Dr Bayless emporterait son secret dans la tombe. Il ne contemplerait plus jamais d'étoiles. Il ne dirait plus jamais la bonne aventure. Ces créatures n'avaient pas voulu que l'astronome leur parle. Elles avaient provoqué l'explosion ; elles étaient venues le faire taire.

Tory culpabilisa. Elle se sentit responsable du sort de l'astronome. Elle eut pitié du vieil homme, et ces nouveaux mystères la rendirent furieuse. Cette colère surpassait sa peur, et elle décida qu'il n'était pas encore l'heure de s'enfuir, qu'il lui fallait régler certaines choses auparavant.

Elle saisit ce qui subsistait des manuels et papiers de Bayless et les fourra dans son sac. Elle rassembla les sept cartes de tarot éparpillées sur le sol et les récupéra aussi. Puis elle repéra une bâche en toile de jute dans un coin de la pièce et elle l'étendit sur le corps sans vie de l'astronome.

Les éclats de miroir encore luisants faiblirent lentement. Dans la salle, la lumière baissa encore en intensité. La lentille s'était fragmentée en une demi-douzaine de morceaux. Cinq d'entre eux s'étaient fichés dans les murs tels des éclairs de verre. Quant au sixième, il avait trouvé une destination beaucoup plus précise.

Tandis qu'elle couvrait la dépouille de Bayless, Tory sut ce qu'il lui restait à faire. Elle devait au moins ça à ce pauvre bougre ! Ainsi, avant de remonter la toile sur le visage de l'astronome réduit au silence, elle prit sur elle, réprima sa peur, et délogea le dernier éclat de cristal, qui s'était planté entre les deux yeux du professeur.

Ils trouvèrent Michael à la lisière du campus. Il vomissait ses tripes au beau milieu de la rue, en plein sur la trajectoire d'un camion de pompiers lancé à pleine vitesse. Ils durent l'écarter de la route, sans quoi il se serait fait écraser.

Il s'agenouilla sur le trottoir, le souffle rauque, et s'agrippa l'estomac.

— Putain ! Qu'est-ce qui va pas chez toi ? s'emporta Winston.

Tory et Lourdes s'accroupirent à côté de lui et l'aidèrent à se relever.

Il avait le teint vert, le visage trempé par les larmes.

— Qu'est-ce qu'il s'est passé ? demanda Lourdes.

Michael ne répondit pas : la main sur le ventre, il tâchait de reprendre son souffle.

— Je me suis perdu, finit-il par coasser. Rien de grave.

Et personne n'osa lui poser davantage de questions.

Ils se mirent en route, écoutant leur boussole interne qui leur indiquait l'ouest, tandis que derrière eux, tout au bout de la rue, le camion de pompiers s'arrêtait devant un bâtiment de maintenance en proie aux flammes.

9

Ombres et lumières

Cette nuit-là, les rues étaient encore détrempées par la pluie lorsque l'orage éclata de plus belle. La chaleur de la soirée laissa vite place à un froid glacial et le ciel se déversa sur les terres en un déluge de grésil. La grêle s'abattit le pare-brise du minivan avec une telle fureur qu'ils furent contraints de se garer sur le bas-côté de la route, le temps que l'averse passe.

Tory en profita pour étudier la carte ; ils se trouvaient à l'ouest d'Omaha, au milieu de nulle part. Tory s'aperçut que ce n'était pas la première fois que ça leur arrivait et frémit. Elle avait l'impression d'avoir glissé dans un univers sombre et pourri, un monde qui n'existait qu'entre les murs et sous le plancher. Un lieu infesté de rats et rempli de déchets et d'objets cassés dont plus personne ne voulait. Un monde-poubelle. Ils étaient tombés tous les quatre dans cet univers, et les étranges caprices de la météo, qui hésitait sans cesse entre le chaud et le froid, la sécheresse et l'humidité, lui donnaient l'impression d'être séparée du reste de l'humanité. Elle avait le sentiment d'avoir plongé dans un endroit si lugubre et triste que les âmes y périssaient, si bien que seules des mauvaises herbes pouvaient repousser à leur place.

Pendant que la grêle martelait le véhicule, Winston, assis à l'arrière, cousait des morceaux de tissu sur les vêtements de Lourdes pour les élargir.

— Peut-être que les autres sont morts, murmura Winston. Peut-être qu'ils ont été tués par ces espèces de monstres qui nous ont attaqués.

Lourdes secoua la tête.

— S'ils étaient morts, on ne serait plus attirés vers l'ouest !

Lourdes avait raison : l'attraction était toujours présente et toujours aussi puissante. Tory, qui s'asseyait toujours à l'avant, à la place du copilote, avait pris officiellement les rênes de l'expédition. Et lorsqu'elle examinait la carte, certaines routes et certaines villes en particulier ressortaient de la page pour lui apparaître comme une évidence. L'autoroute 80, Big Springs, le Nebraska, Torrington, le Wyoming. Il fallait qu'ils s'y rendent, espérant y trouver des indices du passage des deux éléments manquant à leur groupe. C'était peu de chose, mais ils n'avaient que ça. *Le tout est plus grand que la somme des parties,* se répétait Tory. *Quand nous serons tous réunis, nous serons plus forts. Et tout prendra enfin un sens.* Elle se raccrochait à cette idée comme à une bouée en plein océan.

Michael n'avait guère d'avis sur la question. Depuis qu'ils avaient quitté Omaha, il s'était complètement renfermé sur lui-même. Il restait assis en silence au volant, muré dans une sorte d'hébétement glacial. Son attitude était devenue aussi dure et amère que la pluie glacée qui brutalisait le minivan.

Une fois sur la route, Tory avait passé en revue les éléments qu'elle avait récupérés dans l'observatoire. Elle s'était tout d'abord penchée sur l'énigme que leur présentaient les cartes de tarot : le *Six d'Épée* et le *Chariot* ; la *Maison Dieu* et l'*Ermite* ; la *Mort*, et le *Cinq de Bâton*. Et le *Monde* déchiré. Puis elle avait feuilleté les bouquins. Des livres d'astronomie pour la plupart. Des manuels dont Bayless était lui-même l'auteur. Au fil des pages, elle ne relevait rien de pertinent ; et, tandis qu'ils patientaient sur le bas-côté, sous la pluie battante, elle piétinait dans son enquête.

— Je n'arrête pas de repenser à un truc qu'il a dit, lança-t-elle. Il a déclaré que toute sa vie l'avait préparé à ce moment… à *nous*.

— Alors intéresse-toi à l'ensemble de sa vie, répliqua Michael. (Tout le monde fut surpris de l'entendre parler après un si long silence.) Il était biologiste avant de devenir astronome, poursuivit-il. Tu as cherché dans les mauvais bouquins.

Michael lui tendit un livre qu'il avait lui-même parcouru.

Un manuel sur les parasites.

— Bayless l'a écrit des années avant de devenir astronome, souligna Michael. Dans l'introduction, il explique que lorsqu'il était enfant, son chien s'est fait dévorer de l'intérieur par des vers. Depuis ce jour, il était fasciné par les parasites – les créatures qui se nourrissent d'autres créatures.

Michael lut un extrait du manuel : *Il existe des tas d'univers peuplés de créatures, des univers dissimulés dans les lieux sombres où personne n'ose s'aventurer. Ils prospèrent dans ces étendues cachées que nous tenons pour acquises… parmi les cellules mêmes de notre propre corps... entre les murs que nous appelons notre monde.*

Tory poussa un petit cri.

— Il a écrit ça ?

Michael hocha la tête, et Tory tressaillit. C'était comme entendre un mort répéter ses propres pensées depuis sa tombe.

Michael fit passer le livre, qu'ils compulsèrent tour à tour. C'était un étrange mélange de diagrammes, de photos et d'études. Bayless semblait avoir une fascination morbide pour le sujet. Il y avait la photo d'un ver solitaire du diamètre d'un tuyau d'arrosage, trouvé dans le tube digestif d'un éléphant. La photo d'une bernacle de la taille d'un tonneau sur le dos d'une baleine. Des sangsues d'Amazone grosses comme des baskets.

— C'était sa spécialité avant l'astronomie, dit Michael. L'étude des organismes parasites.

Une bourrasque de vent ballotta le minivan et une salve de grêle s'abattit sur le pare-brise comme une cascade de billes. Winston posa la question que personne n'osait énoncer à voix haute.

— Quel rapport avec nous ?

Michael détourna les yeux vers l'extérieur, malgré le fait que toutes les vitres fussent couvertes de condensation.

Entre les murs de notre monde, songea Tory. À l'heure actuelle, il lui semblait que rien n'existait en dehors de la bulle du minivan.

— Quelque chose m'est arrivé pendant que vous étiez tous à l'observatoire, dit Michael. Je ne comptais pas aborder le sujet... mais je pense qu'il vaut mieux...

Tout le monde se tut pour l'écouter ; et Michael se lança dans son récit.

— Je me suis effectivement perdu pendant un moment, balbutia Michael. Mais j'ai atterri devant un amphithéâtre. Il y avait cette fille qui détachait son vélo. Je l'ai abordée, juste pour bavarder, vous savez… mais très vite, on s'est embrassés.

« Au bout d'un moment, elle m'attire vers un bâtiment à l'écart, me plaque contre une porte ; la porte s'ouvre et on entre… et je sais que c'est mal, que je ne devrais pas… mais sur le coup, je m'en fiche, plus rien d'autre ne compte…

« Et puis j'ai repensé à ce qui s'était passé avec cette fille, quand j'habitais à Baltimore – la seule fois où les choses sont allées trop loin. J'y repense, et ça me fait peur. Du coup, je m'écarte de la fille. Je traverse la pièce en courant, et je crois que c'est fini… mais alors je jette un coup d'œil derrière moi, et c'est là que je vois la chose la plus terrifiante de toute mon existence. La fille est cernée par les flammes… un feu surnaturel bleu… les flammes l'engloutissent mais elle ne brûle pas… et le feu… il possède une dizaine de bras et de jambes… mais pire que tout, il a des yeux. *Il est vivant !* Pétrifié, je contemple la scène, tandis que la créature s'enroule autour de la nana comme un cocon… et le pire, c'est que la fille ne s'en rend même pas compte. Elle est comme hypnotisée !

« Finalement, la fille perd connaissance, et le monstre se tourne vers moi. Je veux m'enfuir, mais je dérape et lorsque je jette un coup d'œil derrière moi, il fond sur moi à travers les airs ; l'instant d'après, il me saute dessus et je le sens se faufiler en moi par les pores de ma peau… et pour la première fois, je me rends compte que le sentiment qui m'habite et me rend dingue… ce n'est pas moi… c'est cette chose qui vit en moi, comme une sangsue, qui me vole toutes mes forces.

« Quand je relève la tête, je vois la fille s'avancer vers moi. Elle a l'air normale… mais tout autour d'elle, la salle est en feu, un vrai feu cette fois, orange et brûlant, comme la fille à Baltimore… sauf qu'à cette époque, je n'avais pas vu la créature, car je ne m'en étais pas écarté… et cette fois-là, je n'ai pas réussi à sauver la fille des flammes.

« Le feu nous cerne, je soulève la fille et l'emporte à l'extérieur avant que les flammes nous atteignent, et dès qu'on est sortis, elle m'adresse un sourire totalement déconnecté, sans même se rendre compte de l'étrangeté de la situation.

« À cet instant, je m'aperçois qu'elle est morte.

« Enfin, elle est encore en vie, mais elle est également morte ! Cette chose… a dévoré son âme pour ne laisser de vivant que son corps !

« Elle me sourit et dit : Salut ! comme si tout était rose, que le soleil brillait dans le ciel bleu, et je me suis dit : *Elle a conscience de rien ! Une créature lui a bouffé l'esprit et elle n'en a même pas conscience !*

« C'était insupportable. Du coup, je me suis enfui à toutes jambes… mais quelques centaines de mètres plus loin, je me suis mis à vomir mes tripes. C'est à ce moment-là que vous m'avez retrouvé.

Un silence terrible scandé par le grésil répondit au récit de Michael. Personne ne savait quoi dire. Aucune parole de réconfort. Aucun conseil. Les yeux s'embuèrent de larmes froides.

Michael se mordit la langue pour s'empêcher de grincer des dents. Il chassa ses propres larmes.

— Donc maintenant, je sais pourquoi nous mourons à petit feu. Ces horribles créatures apparues dans l'observatoire n'ont pas surgi de nulle part. Elles étaient présentes tout du long. Elles sont là à l'heure qu'il est. Toutes les quatre.

Un gémissement s'éleva. C'était Lourdes... Puis soudain, des larmes de colère, de terreur et surtout de désespoir jaillirent. C'était trop dur à gérer chacun de son côté ; en un éclair, les huit mains s'unirent, pour rétablir la connexion dont ils se languissaient déjà tous... y compris Winston. Ils s'étreignirent fort, le cercle des quatre se referma ; souffles et cœurs s'accordèrent à l'unisson. Paniqués et rapides. La vérité était terrible, mais plus facile à appréhender lorsque le circuit était fermé.

— Nous sommes possédés..., bredouilla Winston.

— Non, infectés, rectifia Tory.

— *Infestés,* dit Michael. C'est comme les enfants qui ont des poux... ou les chiens qui ont des vers. Chacun d'entre nous est infesté par une sorte de... *créature.* Elles ont dû se frayer un chemin dans notre corps il y a des années, quand tout a commencé à dégénérer, et depuis elles grandissent en nous...

Ils se dévisagèrent les uns les autres, voyant les ravages causés par les parasites. La créature qui habitait Lourdes écrasait ceux qui l'approchaient et transformait l'énergie qu'elle leur piquait en graisse. Celle qui s'accrochait à Tory faisait pourrir la peau. Celle de Winston paralysait tous ceux avec qui il était en contact et lui volait sa vie, année après année. Et tout le monde savait ce que la créature de Michael provoquait comme dégâts.

— Pourquoi nous ? demanda Winston, incrédule.

— Parce que nous sommes des éclats d'étoile, répondit Tory. C'est comme l'éléphant et le ténia géant ; ces monstres ne peuvent survivre et croître que dans *notre* organisme à nous. (Tory essaya de sentir la créature qui l'habitait, mais la douleur qui lui rongeait le visage et les articulations masquait tout le reste.) Nous possédons peut-être les âmes les plus puissantes au monde… mais elles ont été infestées par les pires parasites ayant jamais existé.

— Peut-être que le monde entier est infesté, suggéra Lourdes. Et que nos parasites à nous se sont développés de manière spectaculaire du fait de notre nature.

Winston frémit.

— Des Sangsues Cosmiques Tueuses, dit-il. Si seulement mon père était encore vivant… il aurait pu trouver un remède miracle. Il était pharmacien.

— Bien sûr, ironisa Michael. Se shampouiner deux fois par jour et boire des litres d'acide sulfurique.

Ils rirent de bon cœur à cette blague, et furent étonnés de conserver un certain sens de l'humour en dépit de la situation. Peut-être étaient-ils plus forts qu'ils ne le croyaient.

— Il faut qu'on trouve un moyen de les détruire, reprit Tory. Avant que ce soient elles qui nous détruisent.

— Ou pire, intervint Lourdes.

Tory l'interrogea du regard ; qu'est-ce qui pouvait bien être pire que de se faire dévorer de l'intérieur par un parasite surnaturel ? Elle contempla la carte synthèse que Bayless avait tirée, et un frisson la balaya. *Le monde déchiré…*

Quel pouvoir possédaient ces créatures ? Quels ravages pourraient-elles causer si on ne les stoppait pas ? Et que se passerait-il si les parasites prenaient le dessus sur eux ? Si c'étaient *eux* qui leur cédaient, préférant rendre les armes plutôt que de continuer à souffrir ? Les dégâts seraient démesurés. Le monde s'en verrait chamboulé. *Déchiré.*

Ils se dévisagèrent les uns les autres, quatre âmes, partageant une pensée unique.

— Merde ! s'exclama Tory. Il faut retrouver les deux autres !

10

La chute de Blackburn Street

Dillon rêva qu'il chevauchait une panthère, une superbe bête noire qui bondissait dans la jungle sauvage. Il possédait une telle puissance que le reste de l'humanité paraissait insignifiant. Et tandis qu'il galopait, il croisa le chemin du garçon qu'il était avant, faible et rongé par la culpabilité. Et il le piétina.

Dillon se réveilla en nage, le souffle court. Il était exalté. Il savait que son rêve n'en était pas entièrement un. Il se demanda pourquoi il avait résisté aussi longtemps à la force obscure qui l'habitait.

Son appétit destructeur avait évolué. Il s'était mué en une créature enragée d'une rare intelligence… Et Dillon avait appris à ses dépens qu'il valait mieux qu'il domine la bête plutôt que ce soit elle qui le dompte.

Il imagina Deanna à ses côtés, chevauchant sa propre créature, un puissant cheval blanc, la Jument-Terreur. Ensemble, Deanna et lui lanceraient leurs montures à bride abattue, face contre vent, et ils dévaleraient les sentiers de la destruction sans que personne puisse les stopper.

Où m'emmènes-tu ? demandait fréquemment Dillon à sa bête intérieure. Bien que celle-ci ne lui répondît jamais, Dillon savait qu'elle lui réservait un destin glorieux qu'il ne tarderait pas à découvrir.

Deanna, quant à elle, n'était plus du tout enthousiasmée par sa situation.

Elle avait assisté impuissante à l'évolution de Dillon. Le garçon larmoyant croulant sous le poids de ses péchés avait laissé place à un jeune homme beaucoup trop orgueilleux.

Malgré cela, Deanna savait qu'il avait toujours besoin d'elle. Car elle seule pouvait plonger son regard dans le sien et y déceler encore une part de bonté, un être digne d'être aimé. Et l'amour qu'ils se vouaient l'un l'autre les sauverait peut-être tous les deux au lieu de les détruire.

Dillon acceptait son amour avec gratitude. En retour, il lui prodiguait des conseils.

— Oublie les Autres, avait-il déclaré. Ils ne nous attireront que des ennuis.

Et Deanna avait obéi et elle avait chassé les Autres de son esprit, redoutant en effet qu'ils ne leur portent l'œil. Pendant ce temps, ils poursuivaient leur route vers le grand nord-ouest.

— Nous sommes les plus forts, avait répété Dillon. Les Autres ne nous arrivent pas à la cheville.

En effet, Dillon et elle étaient plus puissants que tous les Autres réunis, ils le sentaient au fond de leur être.

Pourquoi se sentait-elle si faible, alors ?

Dillon prétendait être son porte-bonheur, mais ce n'était pas comme si elle le portait autour de son cou. Non, elle se glissait dans sa poche et y restait cachée.

Son âme était-elle si fragile ? Était-elle tout juste bonne à le suivre et à se plier à sa volonté sans rien remettre en question ? Elle avait été prisonnière de ses peurs, et Dillon l'avait libérée… pour faire d'elle son otage ? Elle ne savait pas quoi penser. En revanche, elle était sûre d'une chose, elle le suivrait jusqu'au bout du monde... et c'était précisément là où il semblait résolu à l'amener.

Ils quittèrent l'État du Wyoming pour pénétrer dans l'Idaho.

Les rues d'Idaho Falls étaient couvertes d'un tapis doré de millions de feuilles orangées. Les grands chênes de Blackburn Street avaient commencé à perdre leur feuillage, tout en conservant encore un épais manteau jaune.

Dillon et Deanna arrivèrent en fin d'après-midi. Il la tenait par la taille, tandis qu'elle avait une main dans la poche arrière de son jean, comme n'importe quel couple de jeunes amoureux. Ils s'arrêtèrent au milieu du quartier résidentiel pour contempler les vieilles bâtisses qui flanquaient la rue des deux côtés. Dillon observa les demeures une à une, puis il frétilla des narines, comme pour renifler l'air.

— Qu'est-ce que tu fais ? s'étonna Deanna.

— Je me familiarise avec le quartier, répondit-il. Je cherche un endroit où dîner.

Deanna eut un mauvais pressentiment.

— Promets-moi que tu ne feras rien de mal ici.

Dillon se tourna vers elle en clignant des yeux d'un air totalement innocent.

— Je te promets de ne rien faire qui ne soit absolument nécessaire.

Un jeune homme passa devant eux à vélo pour s'engager dans l'allée de la deuxième maison sur leur droite. Une petite plaque d'immatriculation à l'arrière du vélo indiquait : *Joey*. Dillon lâcha Deanna et s'avança vers le garçon ; elle lui emboîta le pas.

Le garçon sauta à terre et se dirigea vers la porte d'entrée.

— Hé ! Joey ! l'apostropha Dillon. Ton frère est dans les parages ?

Joey se retourna et observa Dillon quelques instants.

— Nan. Jason est encore à l'entraînement. Il ne va pas tarder à rentrer… Vous êtes des potes à lui ?

— Oui, répondit Dillon. On était dans la même équipe l'année dernière.

Le garçon interrogea Dillon du regard.

— Jason m'a dit que tu étais quasiment aussi rapide que lui maintenant, reprit Dillon. Bon sang, tu as la même démarche que lui !

Cette remarque sembla lui faire plaisir. Sa méfiance s'était envolée.

— Vous pouvez l'attendre à l'intérieur si vous voulez.

Ils s'avancèrent vers la porte.

— Comment tu savais qu'il avait un frère ? chuchota Deanna.

— C'était évident, murmura Dillon. Il marche comme s'il imitait quelqu'un, mais pas un adulte… Il porte de vieilles fringues, alors qu'il peut se permettre de se payer les dernières baskets à la mode… Il a pédalé jusque chez lui comme s'il faisait la course… Tout indique qu'il est le petit frère d'un sportif.

Deanna contempla Dillon d'un air ébahi. Il lui répondit par un sourire.

— Allez, dit-il en rougissant. Tu me connais plutôt bien, ce genre de tour ne devrait plus t'impressionner.

Joey les invita à entrer. Dillon en profita pour noter certains éléments : le fait qu'il avait utilisé sa clé au lieu de frapper à la porte, le coup d'œil qu'il avait jeté à l'étage en entrant, la discrétion avec laquelle il avait refermé la porte derrière eux. Dillon huma l'air et demanda :

— Comment va ton grand-père ?

Joey haussa les épaules.

— Ça va… Mieux, maintenant qu'il est rentré de l'hôpital.

Dillon décocha un clin d'œil à Deanna. Elle secoua la tête. Quel crâneur !

— Jason ne devrait plus tarder. Vous pouvez l'attendre ici.

Joey les laissa seuls dans la cuisine et retourna attacher son vélo. Quand il fut parti, Dillon se mit au boulot. Il se mit à fouiller dans les tiroirs et les placards ; il ne prit rien, il se contenta de passer en revue chaque objet ; il observa, il catalogua, classant minutieusement toutes les informations recueillies.

Deanna l'avait déjà vu faire ça la veille, à la ferme où ils s'étaient arrêtés. Dillon avait discrètement fouiné dans les armoires, etc., et même sous les coussins de canapé. Deanna lui avait demandé ce qu'il cherchait. « Des indices », avait-il répondu.

Il fouillait la cuisine avec expertise ; son esprit carburait avec une telle énergie qu'elle le sentait presque vibrer, comme un fil sous tension. C'était un spectacle fascinant.

— Décris-moi ce qui se passe dans ta tête, souffla Deanna. Je veux savoir ce que tu sais ; voir ce que tu vois.

— OK. Cinq personnes vivent sous ce toit. Les parents, deux fils et un grand-père. La mère fume, le père a arrêté.

Les enfants travaillent bien à l'école. (Il indiqua une photo sur le réfrigérateur.) C'est l'aîné avec sa petite copine, OK ? Mais il y a quelque chose qui cloche… Regarde son sourire ; il ne sourit pas pour la photo – il sourit à la personne qui prend la photo.

— Qui ça ?

— Ça tombe sous le sens ! s'exclama Dillon. L'angle, l'arrière-plan, la fille qui jubile d'avoir attrapé l'athlète du lycée ! C'est sa sœur à elle qui a pris la photo, et ce bon vieux Jason préférerait sortir avec elle !

Deanna était épatée.

— Au tour des parents, poursuivit Dillon.

Il scanna la pièce jusqu'à ce que son attention se pose sur une étagère pleine de bibelots. Il saisit un petit taille-crayon en bronze à l'effigie de la statue de la Liberté et le tendit à Deanna.

— Les parents ont passé leur lune de miel à New York. Mais regarde, alors que le reste de l'étagère est couvert de poussière, cet objet est nickel… Autrement dit, quelqu'un a tripoté Miss Liberté récemment et a songé à ces vacances. Ça sent le liquide vaisselle. C'est la mère qui a tenu cet objet dans sa main – soit elle est nostalgique, soit elle se fait du mouron pour son mariage. Voyons voir ce que les poignées de porte vont nous apprendre.

— Les poignées de porte ?

Dillon ouvrit la porte arrière et caressa les poignées extérieure et intérieure. Puis il sentit ses mains.

— Du parfum d'homme qui sort ; du parfum de femme qui entre… pas celui de sa femme, que je sens partout ailleurs. Le mari a une maîtresse. Il y a de grandes chances pour que son épouse le sache et qu'elle envisage de divorcer. Vont-ils se séparer ? Nous allons le découvrir !

Dillon ouvrit le réfrigérateur.

— Il conserve sa bière au même étage que le lait et le soda, et non pas dans la porte du frigo. (Il ouvrit ensuite le placard du couloir.) Tout est parfaitement rangé dans cette maison, ces gens aiment l'ordre et la tranquillité ; ils vont jusqu'à donner des prénoms qui se ressemblent à leurs fils ; cependant, les manteaux de papa sont mélangés à ceux de maman, leur ordre est bien entremêlé. (Dillon pivota face à la porte arrière et la contempla de nouveau.) Quant à ses chaussures sales... elles sont à l'intérieur de la maison, sur le paillasson ; il est assez respectueux pour ne pas les poser sur le parquet, et elle est assez tolérante pour ne pas le forcer à les laisser dehors.

— Et alors ?

— Alors, si nous laissons ce petit ragoût familial mijoter à feu doux, je peux prédire que ce bon vieux papa renoncera à sa maîtresse, et que le mariage sera sauf. Quatre-vingt-seize pour cent de probabilités.

— Incroyable ! Sherlock Holmes ne serait pas si précis !

Dillon haussa les épaules.

— C'est comme examiner une œuvre d'art, lui expliqua Dillon. À première vue, ce n'est qu'un amas de peinture, mais quand tu l'observes dans son ensemble, tu vois Mona Lisa, hein ? Eh bien, lorsque j'examine tous ces éléments, je vois un dessin apparaître aussi. Je vois qui ces gens étaient, qui ils sont, et qui ils seront probablement plus tard.

— Et quand tu me regardes moi, qu'est-ce que tu vois ? s'enquit Deanna.

Dillon secoua la tête sans même y réfléchir.

— Tu es comme moi. Trop complexe ; impossible à cerner.

Elle lui décocha un sourire et il lui prit la main.

— Viens, j'en sais suffisamment sur cette famille… Allons-y.

En sortant, Deanna l'observa. Son cou était noué ; son front couvert de gouttelettes de sueur. Il roula la tête d'avant en arrière pour détendre les muscles.

— L'appétit destructeur… il est de retour, je me trompe ?

— J'essaie de ne pas trop y penser, dit-il en la tirant par le bras avec insistance. Viens !

Une fois dans le jardin, à l'arrière de la maison, ils aperçurent un voisin, occupé à réparer un bateau dans son jardin. Il colmatait un trou dans la coque.

— Salut ! On est les cousins de Joey et Jason, dit Dillon.

— Josh et Jennifer, ajouta Deanna avec un sourire en coin.

Le voisin leur adressa un geste. Dillon remarqua les cernes sous ses yeux, et la trace d'une alliance retirée à l'annulaire de la main gauche. Un chien gémissait dans la maison.

— Toutes nos condoléances pour votre femme, dit Dillon.

Ils continuèrent leur enquête, allant et venant dans les foyers, les jardins, se faisant passer pour des gens qu'ils n'étaient pas ; et personne ne douta de leur bonne foi : Dillon était trop bon à ce petit jeu. Il savait précisément quoi dire pour encourager les habitants du quartier à leur ouvrir leur porte, et leur cœur. Ils lui confièrent des choses très intimes. C'était comme s'ils étaient sous hypnose.

Dillon transpirait à grosses gouttes. Son souffle était court, son visage cramoisi.

Dans la dernière maison, une femme leur offrit un thé glacé. Elle contempla Dillon d'un air inquiet.

— Tu es sûr que tu ne veux pas que j'appelle un médecin ?

Mais Dillon secoua la tête et regagna la rue en titubant.

— Ça va aller, ne vous en faites pas pour lui, dit Deanna pour le couvrir. C'est une crise d'asthme. Son médicament se trouve chez notre cousin.

Deanna prit congé de la dame et s'élança sur les traces de Dillon, saisie à son tour d'une vive inquiétude qui se mua en une peur soudaine. Pire encore que la peur… elle était terrorisée.

Au bout de la rue, Dillon s'appuya contre un arbre, serra les dents et crispa les poings. Il avait le souffle rauque et saccadé. *Pas encore,* dit-il à l'appétit destructeur qui commençait à lui ronger l'âme. S'il ne le nourrissait pas bientôt, la créature se retournerait contre lui et le dévorerait en un rien de temps. *Tu dois patienter ! Tu dois attendre jusqu'à ce que tout soit en place !* dit-il au démon. Dillon se répétait que c'était lui le maître, qu'il maîtrisait la bête. Mais toutes les bêtes ne s'attaquent-elles pas à leur maître lorsque celui-ci oublie de les nourrir ?

Le soleil se couchait à l'horizon, projetant des rais de lumière vaporeux entre les branches. Des jeux d'ombre et de lumière, des schémas de vie, des visions, des sons, et un puzzle impossible de relations entre les gens dans cette rue paisible.

Pas si impossible. Le regard de Dillon passa d'une maison à l'autre ; il mélangea tous les schémas dans son esprit, à la recherche d'un fil conducteur… et il finit par en trouver un. Il s'émerveilla : la solution était incroyable ! Puissante ! C'était la clé qui ouvrirait la boîte de Pandore. Mais c'était absolument grandiose – bien plus que sa prouesse de la veille. Allait-il oser passer à l'action ? L'appétit destructeur répondit violemment. Il lui retourna les tripes, le forçant à s'agenouiller sous l'arbre.

Deanna se précipita auprès de lui, pâle et terrifiée ; elle le soutint pour qu'il ne s'écroule pas sur le bitume.

— Qu'est-ce qu'il te faut ? Dis-moi ! Je peux t'aider !

— Tu le sais déjà.

Deanna détourna la tête. Oui, elle le savait. Il avait dit qu'il était venu trouver un endroit où manger. En réalité, Deanna savait que ce qu'il cherchait vraiment, c'était un endroit où *se nourrir.*

Dillon affichait un air si désemparé, si vulnérable qu'elle était prête à détruire quelque chose de ses propres mains pour lui venir en aide.

— Tu me donnes carte blanche ? demanda Dillon. Tu me promets de ne pas me haïr ensuite ?

— Fais ce que tu as à faire.

Deanna se mit à trembler. Elle jeta des regards furtifs tout autour, de peur sans doute que la mort ne déferle du ciel et ne s'abatte soudain sur eux. L'appétit de Dillon était tellement lié à sa peur, une fois que cette faim serait rassasiée et que Dillon aurait repris du poil de la bête, elle se sentirait mieux elle aussi.

Dillon trouva la force nécessaire pour se redresser. Il se dirigea d'un pas chancelant vers la deuxième maison sur la droite. Jason, le frère aîné de Joey, venait de rentrer chez lui avec sa petite amie.

Deanna lui tourna le dos, prise d'une terrible appréhension.

Tu me donnes carte blanche ? avait-il dit. C'était la première fois qu'il lui posait la question, même si elle était toujours implicite. Dillon voulait sa permission. Pour chaque abomination commise, il lui fallait l'approbation de Deanna. Et elle la lui accordait toujours. D'une certaine manière, elle était aux commandes. C'était elle qui donnait le feu vert à sa soif destructrice.

Deanna aurait pu vivre dans le déni. Refuser de voir le chaos qu'ils engendraient sur leur passage. Elle aurait pu se convaincre que, au-delà de toute logique, quelque chose de positif naîtrait de cette destruction. Mais à l'heure présente, elle était obligée d'admettre une chose : ce qui était sur le point de se produire était entièrement sa faute. Elle avait donné son aval à Dillon. Désemparée, elle se mordit la main pour ravaler un cri de détresse.

Sur le trottoir d'en face, Dillon s'approcha de la petite copine de Jason, qui attendait ce dernier sous le porche. Il aborda la jeune fille d'une voix désincarnée ; c'était l'appétit qui s'exprimait à travers sa bouche.

— Toi ! rugit-il.

La jeune fille poussa un cri de surprise en apercevant cet étranger qui s'avançait vers elle en boitillant.

Dillon s'arrêta devant elle, plongea son regard dans le sien, lut son âme et dit :

— *Demande à Jason de t'avouer la vérité.*

Les pupilles de la jeune fille se rétractèrent en un point noir minuscule, ce qui fit ressortir le bleu de son iris.

— OK, dit-elle d'une voix creuse. Je vais lui demander.

Elle pivota sur elle-même et se dirigea vers la maison.

Dillon traversa la rue en titubant, un brin soulagé déjà. Il rejoignit Deanna à l'endroit où il l'avait laissée.

— Fichons le camp d'ici, ordonna-t-il.

Mais elle refusa d'avancer. Ses poings s'étaient crispés.

— Dis-moi ce que tu lui as fait.

— Je croyais que tu ne voulais rien savoir.

— J'ai changé d'avis.

Dillon perdit patience.

— J'essaie de te protéger ! s'emporta-t-il. C'est ce que tu veux, non ? C'est ce que tu as toujours voulu !

Deanna prit une profonde inspiration et articula lentement, détachant chaque mot :

— *Qu'est-ce que tu as fait ?*

Dillon donna un violent coup de pied dans le sol.

— *J'ai planté une graine*, c'est tout. Comme à la ferme. Je n'ai fait qu'émettre une simple suggestion.

Il lui répéta ce qu'il avait dit à la fille, et Deanna lui prêta une oreille attentive. Elle craignit qu'il ne lui avoue pas toute la vérité... mais Dillon s'en tint à sa version. Une suggestion ? Une simple suggestion allait satisfaire son appétit destructeur ? Deanna avait du mal à y croire.

Cependant, ce n'était pas n'importe quelle suggestion... C'était *la bonne*. Dillon avait dit juste ce qu'il fallait. Il avait évalué la situation et trouvé les mots précis pour mettre la machine en branle.

— J'ai deviné le point faible de cette fille. Tout le monde a un « bouton » déclencheur. Il suffit de le trouver… et puis d'appuyer dessus.

Deanna tremblait comme une feuille.

— Il faut qu'on se barre, insista Dillon. Je ne veux pas assister à ce qui va suivre.

— Mais moi si ! s'écria-t-elle. Je suis impliquée, je veux voir de quoi on est responsables !

Dillon voulut l'entraîner à l'écart, mais elle refusa de bouger. Cette fois, ils allaient devoir assumer les conséquences de leurs actes, que ça lui plaise ou non.

— D'accord, dit-il. Mais n'oublie pas que j'ai essayé de t'en dissuader.

Dillon savait qu'ils ne devaient pas rester là. Il fallait trouver un endroit plus sûr. Il l'aida à grimper à un arbre. Depuis ce poste d'observation, ils bénéficiaient d'une vue sur l'ensemble du quartier.

— Ça va commencer là-bas, dit Dillon en indiquant la maison de Joey.

À l'intérieur, une dispute éclata et s'envenima. Les cris redoublèrent jusqu'à ce que la petite copine jaillisse par la porte d'entrée… à l'instant même où la mère de Jason et de Joey revenait de l'épicerie, les bras chargés de sacs de courses.

— Tu es le portrait craché de ton père ! hurla la fille à l'intention de Jason. Tout le monde est au courant qu'il va voir ailleurs !

La mère, qui avait tout entendu, lâcha ses sacs. À l'intérieur, Jason, furieux, se défoula sur son frère cadet. Quelques secondes plus tard, Joey surgit de la maison en larmes et ne vit pas les courses éparpillées dans l'allée. Il glissa sur une conserve de petits pois et tomba à la renverse sur la tête. Violemment.

Sa mère poussa un cri.

— Une fois que la machine est lancée, précisa Dillon, elle ne s'arrête plus. C'est comme un énorme rocher qui dévale une colline. Regarde bien !

Deanna assista avec une fascination horrifiée à la scène qui suivit. Un jeune livreur qui passait par là à mobylette tourna la tête en direction du cri. Il lui suffit d'un instant de distraction pour percuter une voiture de plein fouet.

Alerté par le crash de l'accident, le veuf apparut sur le seuil de chez lui ; son chien en profita pour s'échapper. Effrayé par le chahut, il s'élança vers une demeure de l'autre côté de la rue et s'attaqua à une femme qui jardinait devant chez elle. Son mari, un homme impulsif, se précipita à l'intérieur de chez lui pour y récupérer un fusil et sauver sa femme du chien enragé. Mais il manqua sa cible. Et son tir fut très malchanceux.

Les événements se déroulèrent ensuite très vite. Si vite que les liens de cause à effet se perdirent dans le chaos de la scène. Un incident en provoqua cinq, lesquels en causèrent à leur tour cinq autres. Si bien qu'en l'espace de quelques minutes, une cacophonie de fenêtres brisées, de cris et de bagarres imprégna le crépuscule. Jusqu'à ce que le quartier tout entier ait sombré dans une frénésie bestiale… Une réaction en chaîne explosive de « coïncidences » improbables et malheureuses, toutes provoquées par une simple suggestion.

— Les gens sont comme des dominos, expliqua Dillon. (Il s'exprimait d'une voix froide et calculatrice. Comme si les habitants de la rue n'étaient rien de plus que les chiffres d'une équation.) On peut tous les faire tomber, à condition de pousser le premier au bon moment et de la bonne manière.

Un coup de feu retentit. Dans les foyers, des fracas d'objets cassés, et dans l'un d'eux, le crépitement des flammes.

L'appétit de Dillon se nourrissait de chaque coup, de chaque éclat, et de chaque plainte des résidents qui perdaient la tête les uns après les autres. Il ferma les yeux et vit se dessiner le schéma de vie du quartier. Ce modèle s'affaissa comme une toile d'araignée arrachée à sa branche. Jusqu'à ce qu'il ne reste plus qu'une spirale chaotique tout autour de lui.

La terreur de Deanna s'estompa, remplacée par une sorte d'engourdissement vertigineux.

— Je nous ai nourris tous les deux, déclara Dillon.

Elle l'observa sans mot dire.

— Tu n'as toujours pas compris ? reprit-il. Tu en as besoin autant que moi. Sauf que chez toi, ce n'est pas un appétit destructeur. C'est une terreur destructrice.

Deanna se boucha les oreilles. Elle ne voulait surtout pas en entendre parler, elle ne voulait même pas y penser.

— C'est vrai, Deanna. Tu as besoin de la peur des gens, tout comme j'ai besoin de causer des désastres. Pourquoi penses-tu que tu te sentes mieux en ma compagnie ? Parce que tu t'alimentes de la terreur que j'engendre… et lorsque tu ne peux pas t'abreuver de la terreur des autres, tu te nourris de la tienne.

Deanna ferma les yeux et s'efforça de repousser cette théorie. Mais, réflexion faite, c'était parfaitement plausible. Ne se sentait-elle pas plus solide lorsque les gens qui l'entouraient étaient terrifiés ? Ne tirait-elle pas sa force de la terreur des autres ?

— Tu n'auras plus jamais peur, Deanna. Tant que je disséminerai la terreur chez les autres. Pour toi.

Dans la rue résonnaient encore les hurlements de dizaines d'âmes en proie au cauchemar.

— Tu comprends mieux pourquoi il faut qu'on soit ensemble ? demanda Dillon avec une tendresse qui contrastait fortement avec la violence qui les cernait de toutes parts. On est comme le tonnerre et la foudre. La destruction et la peur vont de pair. L'un n'existe pas sans l'autre.

Il avait raison sur toute la ligne ; chaque hurlement qui retentissait dans la rue venait nourrir quelque chose en elle. C'était donc à ça qu'ils en étaient tous les deux réduits ? Deux créatures perverses s'abreuvant du malheur des autres ? Des sortes de vampires. Son ventre se noua.

Je ne veux pas être comme ça !

Couverte de honte et emplie de dégoût pour sa propre personne, elle enfouit son visage dans ses mains.

La température augmenta brutalement. Une vive chaleur les enveloppa, puis une boule de feu explosa au bout de la rue. Et ce fut fini. On n'entendit plus que de faibles gémissements et des râles, comme à la suite d'un crash. Les survivants errèrent bientôt sans but dans la rue, complètement désorientés. Certains parlaient tout seuls. Le lacis de leur esprit s'était dissous comme neige au soleil. Les plus chanceux d'entre eux avaient succombé. Quant aux autres, ils avaient définitivement basculé dans la démence.

Mon Dieu, songea Deanna, *ces gens ont dépensé tellement d'énergie à bâtir leur vie.* Or toute cette énergie se libérait au moment où éclatait leur existence. Et il fallait bien qu'elle aille quelque part... C'était cette énergie dont Dillon s'alimentait !

Non ! Elle refusait d'y croire. Les êtres humains n'ingurgitent pas ce genre d'énergie...

Pour la première fois, Deanna suspecta la présence d'un parasite à l'intérieur de Dillon ; une créature qui n'avait rien d'humain. « Il faut que je le nourrisse », répétait fréquemment Dillon. Il parlait même de son appétit comme s'il s'agissait d'un organisme vivant.

Une créature parasite similaire vivait-elle aussi en elle ?

C'est alors qu'elle entrevit le gouffre vertigineux dans lequel ils chutaient. La gravité de leurs actions était au-delà de l'entendement. Si seulement elle pouvait s'extirper de son corps et se glisser dans la peau d'une autre afin de fuir son abominable destinée et celle qu'elle était devenue !

— Tu vois là-bas ? demanda Dillon en pointant du doigt une maison au bout de la rue qui semblait juste en dehors du cercle de destruction. Ce sont les gens que j'ai sauvés. J'ai pu sauver certaines personnes ! L'appétit les désirait, mais j'ai dit non !

Il s'exprimait avec l'innocence naïve d'un enfant. Il sauta au pied de l'arbre, atterrissant au milieu du champ de bataille comme dans une cour de récréation. Plus fort que jamais, il porta son regard au-delà du tableau apocalyptique, contemplant avec ravissement le foyer qu'il avait « sauvé ».

— Tu vois, j'ai tenu ma promesse, s'écria-t-il en aidant Deanna à descendre. Je n'ai rien fait qui ne soit absolument nécessaire… Et j'ai fait une bonne action en sauvant ces gens !

Un tourbillon de pensées déferlait en elle. La vie d'une cinquantaine de personnes venait d'être détruite, et pourtant Dillon se bornait à voir celles qu'il avait épargnées. Était-ce ce qu'ils pouvaient espérer de mieux ? Limiter les dégâts ? Y avait-il de quoi être fier ?

— Tu vois comme je contrôle mes pulsions ? se vanta-t-il. Je ne lui donne que le strict minimum – je ne rassasie pas complètement mon appétit –, c'est comme ça que je le contrôle !

Dillon en était convaincu ; il se croyait capable de maîtriser cette créature, tel un enfant persuadé que personne ne le voit plus lorsqu'il ferme les yeux.

Elle secoua la tête pour chasser les pseudo-excuses et tentatives de raisonnement de Dillon. Sans succès.

— M'enfin, Deanna ! Tu me regardes comme si tu me détestais. Tu ne me hais pas, hein ? Tu m'as promis que tu ne me détesterais pas !

Le détestait-elle ? Le pensait-elle irrécupérable ? Une image lui revint aussitôt en mémoire : celle d'un python avalant un lapin vivant. C'était un spectacle atroce mais, après tout, le python était programmé pour ça. Si Dillon était obligé de répandre le malheur pour survivre, comment pourrait-elle le condamner ? Il n'était pas plus coupable que le python. En outre, ne faisait-elle pas la même chose de son côté ?

Deanna plongea son regard dans le sien. Elle y vit une noirceur sans fond. Les ténèbres l'habitaient, l'enveloppaient, le rongeaient comme un ignoble parasite. Une si grande partie de son être était désormais corrompue... Elle eut du mal à entrevoir le bon qui demeurait encore en lui. Elle persévéra pourtant, jusqu'à ce qu'elle aperçoive une lueur enfouie en profondeur. C'était cette partie de Dillon qui était raisonnable et bienveillante, et qui se débattait toujours parmi les ténèbres, telle une étoile dans le néant de l'espace. Elle se concentra sur cette étincelle mourante et c'est à cette faible lumière qu'elle avoua ses sentiments.

— Je t'aime, dit-elle.

Dillon esquissa un sourire, la larme à l'œil.

— Moi aussi.

Il effleura la joue de Deanna, la prit doucement par la taille et l'entraîna loin de Blackburn Street avant l'arrivée de la police.

Tandis qu'ils cheminaient, Deanna tâcha de lâcher prise. Elle voulut glisser sa propre volonté dans la poche arrière du pantalon de Dillon, comme auparavant. Sauf que cette fois-ci, elle s'y introduisit avec moins de facilité.

JE T'AIME. Ces trois mots résonnèrent en Dillon. Il y puisa une force nouvelle et, en quelques instants, il réussit à chasser de son esprit les images désagréables de la soirée. Ces gens ne comptaient pas. Ils n'étaient pas aussi réels que Deanna et lui. L'appétit destructeur le lui susurrait à l'oreille.

Lorsqu'ils quittèrent la ville, Dillon avait le moral au beau fixe. La nuit était d'une fraîcheur revigorante, et il se sentait capable de marcher jusqu'au petit matin. Il n'avait plus besoin de dormir. Réflexion faite, il n'avait plus besoin de manger non plus. Il s'était déjà gorgé de la chute de Blackburn Street, et une journée s'écoulerait avant que l'appétit ne se manifeste à nouveau.

Il se demanda ce qu'il devrait faire la prochaine fois pour le satisfaire. Ce serait sûrement un défi encore plus grand. Car chaque nouveau challenge était supérieur au précédent.

Dans un coin de son esprit, il s'imagina une cascade infinie de dominos alignés et prêts à tomber. Il suffisait de pousser le bon. À cette pensée, il éclata de rire comme un enfant.

Quatrième partie

JOUR DE DÉMOLITION

11

Big bang

À quatre heures trente du matin, heure locale, Lourdes Hidalgo décida qu'il était temps de mourir. Deux jours s'étaient écoulés depuis la tempête de grésil qui les avait bloqués sur la route en pleine nuit. Avec le peu d'argent et de temps qu'il leur restait, le quatuor avait cherché une piste, n'importe laquelle, qui leur aurait permis de retrouver les deux autres membres du groupe. Ils n'avaient rien trouvé de tangible. Rien le long de l'autoroute 80, et rien à Big Springs. Toutefois, à Torrington, dans le Wyoming, ils étaient tombés sur un article de journal qui les avait conduits jusqu'à une ferme dévastée. Un incident de toute évidence contre-nature.

En constatant les dégâts, ils surent qu'ils étaient sur la bonne piste. Le passage des cinquième et sixième éclats était aussi manifeste qu'un parfum au vent. Cela venait confirmer leurs pires craintes : les deux autres étaient en roue libre. Pris d'une fureur destructrice, ils s'étaient lancés dans une course folle afin de sustenter les parasites qui les habitaient. D'instinct, ils devinèrent que le numéro cinq était le plus dangereux, tandis que le six se nourrissait des conséquences de ses actes, comme un vautour se repaît de la proie d'un lion, une fois que ce dernier s'en est détourné.

Après ça, remonter leur piste fut un jeu d'enfant. C'était comme suivre le chemin de cendre laissé par une mèche qui se consume. Le bulletin d'information les avait menés jusqu'aux ruines d'un quartier situé à Idaho Falls, où les dégâts étaient dix fois pires qu'à la ferme. La distance se resserrait. Ils n'étaient plus qu'à un jour des autres lorsqu'ils s'enfoncèrent dans l'Idaho, redoutant leur prochaine découverte macabre.

Ils firent une halte à Boise, où ils trouvèrent un hôtel bon marché pour la nuit. Lourdes avait dû fournir un effort magistral pour s'extirper du minivan. Elle avait le sentiment que chacun de ses pas serait le dernier.

L'hôtel se trouvait dans le quartier le plus malfamé de la ville ; tout autour, les vieux bâtiments décrépis semblaient sur le point de s'effondrer.

Lourdes contemplait l'un de ces immeubles depuis la fenêtre de leur chambre. De l'autre côté d'un terrain vague se dressait un vieil entrepôt de six étages percé de fenêtres étroites qui évoquaient des meurtrières. Un grand panneau décoloré suspendu au flanc du bâtiment indiquait : *Dakins Worldwide Storage.* Les quelques issues étaient désormais condamnées, et la propriété clôturée. Apparemment, Dakins avait trouvé de meilleurs lieux de stockage international ailleurs.

Pendant que les autres dormaient, Lourdes montait la garde. Elle observa l'immeuble esseulé pour lequel elle éprouva une étrange sympathie. Elle songea au peu de temps qu'il lui restait à vivre. Peu de bâtiments sur terre étaient si peu aimés que celui-là.

Depuis qu'ils s'étaient réunis, ils s'étaient découvert les uns les autres des dons incroyables et avaient assisté à la lente dégradation de leur état. Winston, tout du moins son amour-propre, en fut victime le premier. Son corps avait tellement rapetissé qu'il ne pouvait plus regarder par la vitre du minivan quand il était assis. En outre, il en était réduit à manger de la bouillie depuis que ses dents s'étaient rétractées dans ses gencives. Tory, qui avait joué un rôle moteur tout du long, marchait maintenant au ralenti. Sa maladie s'attaquait à son squelette ; ses articulations enflaient, en proie à une arthrite douloureuse. Quant à Michael… plutôt que de laisser sa passion aspirer l'âme de toutes les filles rencontrées, il s'était renfermé sur lui-même. Il ruminait en silence, le regard sombre, le teint blafard ; on eût dit qu'il était en phase terminale d'un cancer.

Quant à Lourdes, aucun miroir n'était assez large pour lui présenter un reflet entier de sa personne. Son poids augmentait sans cesse, et cette densité croissante fragilisait ses os, comme une couche de glace affaiblit les branches d'un arbre.

Son cœur battait à tout rompre dans sa poitrine, luttant pour distribuer du sang à ses organes malgré ses artères obstruées. Elle était boursouflée, son enveloppe corporelle prête à exploser à tout instant. Et elle en avait conscience.

Aussi, elle se tenait éveillée… et à quatre heures trente, l'une des nombreuses coutures de sa tunique craqua avec une telle violence que le vêtement se déchira en deux.

C'est à ce moment-là que Lourdes décida qu'il était temps d'en finir.

À l'extérieur, la pluie s'était un peu calmée et Lourdes distingua plus nettement l'entrepôt. Étrangement, un groupe de personnes grouillait tout autour du bâtiment. Elle examina la scène plus minutieusement et tout se précisa. Elle sut exactement ce qu'elle avait à faire.

— Michael, Winston, réveillez-vous ! (Tory les secoua pour les tirer de leur sommeil.) Lourdes a disparu !

Assoupis, ils inspectèrent la chambre et le couloir. Tory fouilla le placard. Les garçons vérifièrent sous les lits – comme si Lourdes avait pu se nicher dans ces planques étroites !

C'est alors que Michael jeta un coup d'œil par la fenêtre. L'aube poignait à l'horizon et, dans la faible lumière du petit matin, il aperçut une silhouette massive se déplaçant avec difficulté à travers un terrain vague en direction d'un entrepôt, à quelques centaines de mètres de l'hôtel.

— Regardez ! C'est elle !

L'avant de l'entrepôt fourmillait d'activité. Lourdes arriva par l'arrière du bâtiment, si bien que personne ne la vit. Un grand sourire lui étirait les lèvres. Depuis le début, ils erraient tous les quatre sans vraiment savoir où ils allaient. C'était apaisant, pour une fois, de connaître sa destination.

Elle franchit la clôture qui délimitait le terrain comme si de rien n'était. Elle arracha le ruban de balisage de la police comme si c'était une ligne d'arrivée. Elle s'appuya contre la porte barricadée et le bois céda sous son poids, la laissant pénétrer dans un vaste espace noir où se réverbéraient les échos de son souffle saccadé. À sa droite, une volée de marches. Sans perdre un instant, elle se hissa, marche après marche jusqu'aux étages supérieurs du bâtiment désaffecté.

L'agitation augmentait devant l'entrepôt. Les trois adolescents suivirent Lourdes et entrèrent dans le bâtiment par la porte arrière.

Une fois à l'intérieur, ils se figèrent et tendirent l'oreille. Le pas lourd de leur camarade résonnait dans l'escalier.

— Qu'est-ce qu'elle a prévu de faire ? Monter sur le toit et se jeter dans le vide ? interrogea Winston, à bout de souffle.

À cette remarque, Michael se précipita dans l'escalier et grimpa les marches quatre à quatre.

Tory prit le temps d'observer ses mains. Elle avait les jointures gonflées et raidies. Ses articulations craquaient lorsqu'elle pliait les doigts. Furieuse, elle crispa le poing à fond, et la douleur redoubla. Elle pivota vers Winston, qui n'avait toujours pas recouvré son souffle.

— Tu t'étais imaginé qu'un jour tu poursuivrais quelqu'un dans un entrepôt désaffecté au lever du jour ?

— Non, répondit-il d'une voix un peu plus aiguë que la veille. Mais je n'aurais jamais cru non plus que j'aurais de nouveau cinq ans.

Ils s'apprêtaient à gagner l'escalier à leur tour lorsque Tory parcourut les lieux du regard. Les minuscules fenêtres étaient barricadées pour la plupart. Dans la pénombre, elle distingua une succession de colonnes soutenant les étages supérieurs du hangar déserté. Au sommet d'une douzaine de ces colonnes, des formes sombres semblables à des tumeurs surgies du béton. Et sur chacune de ces tuméfactions, une petite lumière qui clignotait.

Tory saisit Winston par le bras.

— Winston, dis-moi que ce n'est pas ce que je crois...

Ils examinèrent les colonnes de plus près et aperçurent des fils partant de ces renflements pour rejoindre le sol. Réunis, ils se faufilaient ensuite par la porte avant du bâtiment.

Pas besoin d'être un génie pour comprendre que ces excroissances étaient des explosifs.

Michael atteignit le sixième et dernier étage de l'entrepôt avant même que les autres aient entamé leur ascension.

— Lourdes ?

Elle se tenait à l'extrémité de la salle déserte. Elle chancela quelques secondes avant de s'effondrer. Le béton vibra lourdement sous son poids, comme si on avait claqué la porte d'une chambre forte, et sa chute souleva un gros nuage de poussière. À croire que son âme venait de se disperser.

Michael s'approcha, plein d'appréhension, et s'aperçut avec soulagement qu'elle respirait encore.

— Ça va ?

— Va-t'en.

Au prix d'un effort surhumain, Lourdes détourna la tête pour cacher ses larmes à Michael. Depuis qu'ils se connaissaient, Michael ne l'avait jamais vue craquer. Elle avait supporté toutes les épreuves avec stoïcisme. Mais là, elle ne tenait plus.

Michael s'assit à côté d'elle et lui sécha les yeux.

— J'ai l'impression d'être une baleine échouée.

— L'océan Pacifique n'est qu'à cinq cents kilomètres d'ici…

Lourdes laissa échapper un ricanement.

— Quand je mourrai, dit-elle, je vais m'asseoir sur Dieu jusqu'à ce qu'il s'avoue vaincu.

Ils rirent de bon cœur, puis le silence retomba.

— Pourquoi est-ce qu'Il nous a fait ça, Michael ?

Ce dernier haussa les épaules et réfléchit à la question.

— Il ne nous a rien fait ; en revanche, Il a laissé faire.

— C'est pareil, rétorqua Lourdes.

Michael souleva la tête de sa camarade et lui caressa doucement les cheveux.

— Peut-être qu'Il attend juste le bon moment pour intervenir, suggéra Michael.

Winston et Tory les rejoignirent enfin.

— Il faut qu'on fiche le camp ! hurla Winston en finissant de gravir les marches. Ce bâtiment est condamné et il sera démoli aujourd'hui ! Les explosifs sont déjà en place !

— Je sais, répliqua Lourdes, prenant ses trois amis au dépourvu.

Lourdes serra les dents et ferma les yeux pour réprimer de nouvelles larmes.

— Vous avez encore le temps de sortir, mais pas moi. Si je dois mourir aujourd'hui, je préfère m'en aller de manière spectaculaire.

— On ne te laissera pas faire ça, protesta Tory. Tu ne sens pas à quel point les Autres sont proches ? Si on s'accroche encore un peu…

— Je ne sens plus rien, répliqua Lourdes. Je me sens obèse, c'est tout, et j'en ai marre de ressentir ça.

À l'extérieur, l'équipe de démolition lançait des ordres.

— Ça suffit ! s'écria Winston comme un gamin sur le point de faire un caprice. Je m'en fiche que vous vous sentiez nuls ! On se tire d'ici !

Son accent nonchalant du Sud était toujours plus prononcé lorsqu'il se mettait en colère.

— Je ne peux pas, dit Lourdes. Je n'arrive plus à bouger. Je suis complètement bloquée.

Tous trois l'observèrent ; étendue par terre, elle peinait à respirer. Winston se mit à paniquer et voulut la tirer.

— Allez, aidez-moi !

Les deux autres l'imitèrent et, à trois, ils tentèrent de déplacer Lourdes, qui ne bougea pas d'un iota.

— Prenez-lui les bras, suggéra Tory.

Ils la saisirent par les quatre membres, mais rien n'y fit.

— Allez-vous-en, gémit Lourdes d'une voix très épaisse. Mieux vaut que vous partiez !

Ils lâchèrent ses bras et ses jambes et restèrent plantés devant elle, impuissants. Pendant ce silence, Michael prit une décision.

— Je reste avec toi, déclara-t-il en s'asseyant à côté d'elle.

Winston le dévisagea, incrédule.

— Tu vas attendre là d'exploser en mille morceaux ?

— Ouvrez les yeux ! s'écria Michael. De toute façon, le temps nous est compté. Un jour ou deux tout au plus…

Le visage déformé par la douleur, Tory examina ses articulations enflées.

— Michael a raison. Ça fait trop longtemps qu'on ne maîtrise plus rien… peut-être qu'on a enfin l'occasion de faire un choix qui nous appartienne…

Winston eut l'air épouvanté.

— Non !

— Si je dois y passer, répliqua Tory, alors je veux une mort digne.

Désemparé, Winston leva les bras en l'air.

— J'y crois pas ! C'est toi-même qui l'as dit, Tory, les Autres sont proches maintenant... on peut les trouver... on peut les arrêter...

— On a perdu, Winston, intervint Michael. On s'est bien battus, mais on a perdu.

— Non ! répéta Winston qui refusait de jeter l'éponge. Avec la chance qu'on a, au lieu de mourir pour de bon, on sera réincarnés en un millier de cafards. Non, si je dois mourir, je ne compte pas exploser dans un feu de joie ! Je m'en irai comme je suis censé m'en aller !

Winston devint écarlate. Il se jeta par terre et se roula en hurlant tel un môme piquant une crise. Épuisé, il finit par abandonner l'idée de convaincre ses compagnons.

— D'accord, dit-il, les larmes aux yeux. On s'est lancés dans cette aventure ensemble, mais si je dois la terminer seul, je le ferai.

Puis, du haut de ses quatre-vingt-dix centimètres, il s'élança vers l'escalier et disparut.

Après son départ, Michael se tourna vers Tory.

— Quand on mourra, tu crois que ces... ces monstres mourront avec nous ?

— J'espère bien, répondit Tory.

Lourdes n'avait plus la force de remuer les lèvres. Il lui en restait tout juste assez pour respirer par la bouche.

Ils se tinrent par la main, formant à présent un cercle de trois.

— Je suis contente, marmonna Tory. Je suis contente qu'on se soit tous trouvés. Quoi qu'il arrive, je ne le regretterai jamais.

Dehors, la pluie avait cessé, le vent était retombé et les nuages noirs s'étaient immobilisés dans le ciel. Au loin, la foudre frappa les terres et chaque coup de tonnerre résonnait à travers l'entrepôt, faisant trembler les murs et les préparant à la terrible explosion qui allait bientôt démolir les fondations de leur vie. À chaque grondement, des miettes de béton se déplaçaient sur le sol comme les piétinements d'un millier de cafards.

Winston, ayant la physiologie d'un enfant de cinq ans, oscillait désormais entre des phases d'épuisement total et d'énergie incontrôlable. S'il avait été crevé quand on lui avait proposé de rester, il se serait sans doute blotti contre ses camarades en suçant son pouce. Et il se serait endormi avant l'explosion. Mais Winston débordait d'énergie et n'avait pas l'intention de s'en aller sans rien dire. Aujourd'hui plus que jamais, il voulait vivre.

Tandis qu'il redescendait les marches deux à deux, il dut se répéter qu'il n'abandonnait pas ses trois amis. C'étaient eux qui l'avaient abandonné. Ils avaient baissé les bras. À partir de maintenant, il serait seul. Il suivrait la piste des deux autres jusqu'à ce qu'il ne puisse plus marcher, jusqu'à ce qu'il ne puisse plus ramper. Et lorsque son corps disparaîtrait, il mourrait en sachant qu'il s'était battu jusqu'à la fin. Mourir de manière digne, c'était ça. Et non pas attendre d'être enseveli sous des tonnes de béton.

Winston regagna le rez-de-chaussée et fut surpris d'apercevoir, à une vingtaine de mètres de lui, un ouvrier coiffé d'un casque de chantier. Il lui tournait le dos, occupé à vérifier les branchements des fils. Prenant conscience qu'il bénéficiait encore de quelques minutes avant que le bâtiment n'explose, il reconsidéra ses options.

Il avait le temps de sauver les autres ! Même s'ils ne voulaient pas qu'on leur vienne en aide, il pouvait le faire. Il se précipiterait auprès de l'ouvrier pour le prévenir que le bâtiment n'était pas vide. Il gâcherait leur plan macabre.

Winston fit quelques pas en direction de l'homme, s'apprêtant à l'interpeller, quand, soudain, une deuxième silhouette apparut. Un rouquin d'environ quinze ans. Il scrutait l'ouvrier.

Une bouffée étourdissante s'empara de Winston. Quelque chose clochait. Il se cacha derrière une colonne et attendit.

L'ouvrier était figé ; le long de son flanc, sa lampe projetait un faisceau de lumière sur le sol poussiéreux. Le rouquin paraissait fébrile. Il était en nage.

— *Vous avez mal disposé les explosifs*, suggéra-t-il à l'ouvrier. *Vous devriez y remédier.*

L'homme le dévisagea.

— OK, dit-il d'une voix désincarnée avant de disparaître dans l'ombre du hangar.

Winston poussa un cri et le rouquin porta son attention sur lui.

À la seconde où leurs regards se croisèrent, Winston sut *exactement* à qui il avait affaire.

C'était le cinquième éclat !

Son regard le pétrifia. S'il existait six éclats, ce garçon avait hérité du pouvoir le plus grand, le plus fort, et dans son ombre avait grandi le pire parasite. Winston sut qu'il n'était pas de taille à l'affronter.

Le rouquin fut stupéfait de cette rencontre. Mais un instant seulement. Il eut vite fait de se ressaisir. Il pivota sur lui-même et disparut dans une bouche d'évacuation ouverte à ses pieds.

Après son départ, une myriade de pensées se déchaînèrent dans l'esprit de Winston, luttant pour prendre le dessus. *Fuis, sauve ta peau ! Non, suis-le ! Non, tire l'ouvrier de son état de transe !* Mais une pensée l'emporta sur les autres : il fallait qu'il monte avertir ses camarades !

Il escalada les marches du mieux qu'il le put, passant devant l'ouvrier qui sifflotait un air des Beatles tout en déplaçant une charge d'explosifs à l'autre extrémité du hangar.

Au sixième étage, Lourdes, Michael et Tory patientaient en silence. Les bruits matinaux battaient leur plein. Klaxons, moteurs diesel, cris occasionnels des ouvriers qui se préparaient à démolir l'immeuble.

Soudain, une cavalcade précipitée se fit entendre dans l'escalier. Les pas étaient si légers qu'ils surent que c'était Winston qui remontait. Il avait changé d'avis. Finalement, ils allaient être réunis. Comme c'était censé se passer.

Winston surgit de la cage d'escalier.

— Il faut partir ! hurla-t-il.

— Winston, protesta Michael. On a pris notre décision.

— Pas question d'abandonner Lourdes, enchérit Tory.

— Non ! Vous ne comprenez pas ! (Il saisit le bras gangrené de Tory et vrilla son regard au sien.) Tory, c'est toi qui avais raison ! Depuis le début ! *Les Autres sont là !*

Tory s'imprégna lentement de la nouvelle.

— Quoi ?

Mais la seule réponse qu'elle obtint fut un fracas plus puissant que le tonnerre qui fit trembler la terre. Le béton vola en éclats, pulvérisé.

Six étages plus bas, les fondations du vieil entrepôt Dakins s'effondrèrent, et le bâtiment entama sa chute libre vers le sol.

Les sociétés secrètes chinoises qui avaient bâti les souterrains sous la ville de Boise avaient disparu depuis des lustres. De même que les fumeries d'opium que ces tunnels reliaient entre elles. Plus d'un siècle plus tard, Dillon et Deanna se faufilaient le long de ces passages perdus. S'orienter dans ce dédale de galeries, ç'aurait dû être du tout cuit pour Dillon. Mais alors qu'il se dépêchait de rejoindre Deanna, il se perdit. C'était la première fois que ça lui arrivait. La rencontre qu'il venait de faire dans l'entrepôt l'avait totalement chamboulé. Il n'avait plus les idées claires.

Les Autres étaient là.

Ils avaient réussi à le retrouver, et ils étaient venus le tuer. Il en aurait mis sa main au feu.

Au bout d'un long tunnel sombre, Dillon finit par apercevoir Deanna. Au même instant, la déflagration retentit en surface. Une explosion si puissante qu'elle lui transperça les tympans ; un grondement épouvantable suivit. Il tomba dans une flaque de vase stagnante ; derrière lui, un nuage de poussière envahit le souterrain et s'y faufila comme de la vapeur dans un tuyau.

Dillon fut saisi d'une vision abominable. Des tentacules noueux se frayèrent un chemin parmi la poussière ; ils s'avançaient dans sa direction. Des mains cerclées de flammes bleutées s'enroulèrent autour de son cou, des griffes pointues et des crocs s'enfoncèrent dans sa poitrine, tandis que des yeux – une infinité d'yeux – le dévisageaient.

C'est forcément mon imagination. Ça n'existe pas. Un tentacule s'entortilla pourtant autour de sa cheville et s'imprima sur sa peau. Dillon planta les ongles dans le sol pour lui échapper ; il voulut s'agripper à la paroi en pierre pour se retenir, mais il s'égratigna la main.

Les poumons pleins de particules de béton, Dillon suffoquait ; un souffle chaud lui caressa le visage et un bruit puissant résonna dans sa tête.

On frappait.

Des milliers de coups – une horde enragée exigeait qu'on lui ouvre. *Je ferai tout ! Tout ce que vous voudrez pourvu que cet atroce bruit cesse !* Il ouvrit son esprit comme on pousse une porte, et les créatures disparurent, ne laissant dans leur sillage que la poussière aveuglante qui lui brûlait les yeux.

Le nuage s'estompa peu à peu, et Deanna apparut devant lui.

— Dillon ! Qu'est-ce qui se passe ? demanda-t-elle, aux abois.

Dillon cracha encore de la poussière. Il chassa l'image de sa tête. Il se concentra sur l'immeuble qui s'effondrait et sur la sensation de satiété qui l'envahissait, tandis que l'appétit destructeur se repaissait de ce nouvel acte de destruction. Mais ce n'était encore que l'entrée.

— Écoute ce merveilleux bruit !

Son soulagement se mua bientôt en un sentiment de joie extatique.

À la surface, le premier bâtiment était tombé, néanmoins le rugissement ne s'était pas arrêté. Sur leur droite, un autre grondement, aussi puissant que le premier, suivi d'un deuxième, un peu plus éloigné, et d'un troisième jusqu'à ce qu'on ne puisse plus les distinguer les uns des autres tant il y avait de bruit.

Deanna s'écroula à genoux, tremblant de tous ses membres.

— On dirait qu'une guerre éclate à la surface, gémit-elle.

Dillon afficha un sourire radieux.

— Oh ! C'est encore mieux que ça !

Sa torche s'éteignit. Tant mieux. Il ne voulait pas que Deanna le voie, car une chose se produisait en lui. Il était en pleine mutation ; il le sentait dans tout son corps.

Dillon ferma les yeux, imaginant la bête qu'il avait appris à chevaucher avec tant d'aisance… sauf que maintenant, quand il voulut se la représenter, c'était une multitude de créatures qu'il voyait à la place : une horde de chevaux noirs réunis en un seul et même attelage qui l'entraînait, lui, à tombeau ouvert.

Là, dans l'obscurité, son ventre gonfla lentement, et ses taches de rousseur bourgeonnèrent en un essaim de pustules.

Dans la faible lumière de cette sombre matinée, le contremaître de l'équipe de démolition regarda d'un œil impuissant son œuvre minutieusement orchestrée tourner au cauchemar.

Ça n'aurait jamais dû arriver. Les explosifs avaient été disposés de façon à faire tomber le bâtiment tout de go… or ça ne s'était pas passé comme prévu. Bien au contraire. L'entrepôt tout entier avait basculé en arrière et atterri sur Jefferson Place, un immeuble de bureaux situé sur le trottoir d'en face, qui avait heureusement été évacué par mesure de précaution. Le vieux bâtiment avait tremblé violemment sur ses fondations avant de s'affaisser sur sa gauche…

Où se dressait le Hoff Building, l'un des monuments emblématiques de la ville.

Or on n'avait pas jugé nécessaire d'évacuer ce bâtiment-là.

Le Hoff Building accusa le coup. Pendant quelques secondes, il sembla que seule la façade est fût touchée. Mais à son tour, le bâtiment pencha lentement sur sa gauche et son dôme s'écrasa contre le bureau de poste de Boise.

Une cascade de dominos, songea le contremaître. *Ils tombent comme des dominos.* C'était impossible. Chaque bâtiment frappait son voisin pile au bon endroit pour le faire chuter à son tour. Une coïncidence hallucinante !

Des projections de débris touchèrent le capitole, qui parut tout d'abord s'en sortir indemne… jusqu'à ce que les colonnes soutenant le dôme ploient. Le dôme s'effondra sur lui-même avec une telle force que toutes les fenêtres du bâtiment furent pulvérisées.

Et ce fut terminé.

Sept immeubles démolis.

Non loin du contremaître, l'artificier se balançait d'avant en arrière en sifflant gaiement « Twist and Shout ». Un autre membre de l'équipe hurlait à pleins poumons.

Ils sont fous, se dit le contremaître. *Ils sont tous tombés sur la tête.* L'ensemble de la situation finit par avoir raison du contremaître qui, à son tour, perdit les pédales. Tandis que son esprit chutait dans un puits de démence éternelle, il comprit que la scène de démolition à laquelle il venait d'assister n'était pas encore achevée. En fait, ce n'était que le début. Il partit d'un éclat de rire hystérique, qui ne devait plus jamais s'arrêter.

Michael Lipranski comprenait à présent la mort. C'était noir, froid, et poussiéreux. Y résonnait un son aigu insoutenable et incessant. La mort, c'était oppressant et suffocant.

Voilà les pensées qui traversèrent Michael une fois qu'il fut mort. Il lui restait évidemment beaucoup de questions irrésolues, mais celle qui le troublait le plus était la suivante : pourquoi, s'il était mort, éprouvait-il encore le besoin de tousser ?

Michael fut pris d'une quinte de toux sèche et recracha une grande quantité de poussière de béton. Il rouvrit les paupières. Ses yeux le piquaient, il se força néanmoins à ne pas les refermer. Autour de lui, trois autres fantômes. Ils remuèrent peu à peu et, lorsqu'ils redressèrent le buste pour s'asseoir, ils se délestèrent d'une épaisse couche de poussière blanche.

— Qu'est-ce qui s'est passé ? demanda Winston.

Il leur suffit de regarder autour d'eux pour que la réponse s'impose. Ils étaient encore au sixième étage… tout du moins ce qu'il en subsistait. Un coin d'étage. Le reste de l'immeuble avait disparu. Tout comme plusieurs bâtiments voisins. On eût dit que le centre-ville de Boise venait d'être frappé par une petite bombe nucléaire.

— C'est lui qui a fait ça, assura Winston.

— Lui qui ?

— L'Autre… le cinquième. Je vous ai dit que je l'avais vu !

— Il nous a sauvé la vie ? s'étonna Tory.

— Je ne pense pas qu'il l'ait fait exprès, répliqua Winston.

Ils observèrent le champ de bataille. Lourdes, dont la pulsion suicidaire s'était évanouie, se leva et s'avança vers le rebord déchiqueté du sixième étage dominant le vide. Le reste du bâtiment n'était plus qu'un tas de décombres. S'ils avaient été n'importe où ailleurs, on aurait retrouvé leurs dépouilles parmi les débris… Mais ils s'étaient trouvés juste au bon endroit… et Lourdes se demanda quelle sorte d'intuition l'avait poussée à s'effondrer dans l'angle nord du bâtiment plutôt que dans le coin sud. Était-ce une pure coïncidence ? Un coup de chance incroyable ?

Tory était estomaquée.

— Apparemment, quelques milliers de kilos d'explosifs, ça ne suffit pas. Il en faut plus pour se débarrasser de nous.

— Lourdes, tu t'es redressée ! s'exclama Michael en s'approchant du rebord.

En effet, elle avait trouvé la force de se relever… à moins que son poids se soit légèrement allégé, lui permettant de se mettre debout ?

— C'est moi… ou ton double menton a un peu diminué ? ajouta-t-il.

Les autres s'approchèrent à leur tour. Le changement était quasi imperceptible… mais réel.

Tory observa ses mains et plia les doigts. Sa peau était toujours aussi gangrenée. En revanche, ses jointures étaient moins enflammées. Ses yeux s'humectèrent et les larmes roulèrent sur ses joues sans lui brûler la peau : ses plaies étaient en train de cicatriser.

Ils se dévisagèrent, craignant d'exprimer à voix haute ce qu'ils venaient de constater, de peur que ça n'inverse de nouveau le processus. Ce fut Tory qui brisa finalement le silence.

— Les créatures… elles sont parties…, murmura-t-elle.

Il leur fallut quelques instants pour prendre pleinement conscience du sens de ces paroles. Puis, au milieu de cette scène d'apocalypse, la voix de Tory résonna depuis le dernier étage de l'immeuble en ruine, cri de joie dans un paysage de désolation.

— Nous sommes libres !

Le mur déchiqueté leur fournit un sentier escarpé qui leur permit de redescendre parmi les décombres.

La scène baignait dans le chaos, mais pas celui auquel on se serait attendu. Les gens hurlaient, pleuraient, erraient comme des zombies… à croire que l'onde de choc de l'accident avait rendu tout le monde fou.

Winston parcourut les lieux du regard et fulmina. C'était le rouquin qui avait causé cette apocalypse ! Ça ne lui suffisait pas de détruire les biens matériels ; il fallait également qu'il s'en prenne à l'esprit des survivants. Winston était furieux... furieux contre lui-même. Car il n'avait rien fait pour le stopper !

Winston aborda un policier assis sur une borne d'incendie. Celui-ci regardait d'un air absent le canon de son revolver. Lorsqu'il aperçut Winston, il se tourna vers lui et lui demanda d'un ton implorant :

— Je vais avoir des ennuis ? Je vais avoir droit à une raclée ?

Winston tendit lentement le bras et lui ôta son arme. L'agent enfouit son visage dans ses mains et éclata en sanglots.

— Comment a-t-il fait ça ? demanda Winston, se frayant un chemin parmi les décombres et la foule démente.

— Comment ? répéta Tory. Combien de milliers de personnes tu aurais pu paralyser si tu l'avais voulu ? Combien d'épidémies de peste j'aurais pu provoquer, moi ? La seule différence entre le roux et nous, c'est que nous, on n'en a pas eu envie.

Il leur fallut s'éloigner un peu de la scène pour retrouver un paysage à peu près normal. Les habitants étaient bouleversés, mais ils n'avaient pas l'air fous.

À ce moment-là, Lourdes prit la peine de jeter un coup d'œil derrière elle. Au milieu des décombres, seul l'angle du sixième étage de l'entrepôt Dakins était intact.

— Coup de chance ? suggéra Michael avec un sourire.

— Peut-être bien, répondit Lourdes. Tu sais quoi ? On dirait une tour. Une tour frappée par la foudre... La *Maison Dieu.*

Des hurlements de sirène retentirent ; Tory se tourna vers ses compagnons :

— Je ne crois pas que ces *créatures* soient mortes. Si on est en vie, elles le sont aussi. Je pense qu'elles se sont barrées parce qu'elles ont cru qu'elles allaient mourir avec nous. L'explosion leur a fait peur... ça ne veut pas dire qu'elles sont parties pour de bon. (Tory se toucha le visage pour s'assurer que la douleur s'estompait.) On va peut-être devoir les affronter quand même. Mais lorsque nous serons tous les six réunis...

— Lorsque nous serons tous les six réunis, l'interrompit Winston en palpant le revolver dans sa poche, je réglerai son compte à ce fils de pute de rouquin.

12

Voile de ténèbres

Non loin des décombres, un homme était sorti de son Range Rover et s'était éloigné en titubant, hypnotisé. C'était l'un des nombreux véhicules abandonnés en pleine rue. Deanna et Dillon grimpèrent à bord et quittèrent Boise, direction le nord-ouest.

Deanna, qui n'avait jamais conduit de sa vie, s'agrippa au volant et maintint une vitesse de croisière de cent quarante kilomètres à l'heure sur la longue ligne droite de l'autoroute 84.

— Combien de personnes sont mortes ? s'exclama Deanna sans quitter la route des yeux.

Du coin de l'œil, elle devinait la silhouette de Dillon, assis sur le siège passager. Totalement absorbé par la carte routière, il fit mine de ne pas avoir entendu la question.

— *Combien ?*

— Je ne sais pas. Mon don n'est pas aussi précis. De toute façon, ce qui est fait est fait, conclut-il, coupant court à toute discussion.

La situation évoluait beaucoup trop vite ; Deanna avait du mal à garder le rythme. Ce qui avait débuté comme un voyage thérapeutique à deux, un voyage rédempteur porteur d'espoir, s'était transformé en un périple dévastateur sans issue possible. Elle avait envie de détaler…

si seulement elle pouvait supporter l'idée de se retrouver seule. Sortir de la voiture et quitter Dillon, ç'aurait été comme sauter dans le vide de l'espace depuis un sas pressurisé.

Dillon jeta la carte sur la banquette arrière et en sortit une autre de la boîte à gants.

— Je ne veux pas continuer à fuir comme ça, dit-elle.

— On ne fuit pas, on se rend quelque part, avoua-t-il enfin.

— Où ça ?

— Je ne sais pas encore ! s'emporta-t-il. (Il ajouta, d'un ton plus doux :) Je te le dirai dès que je le saurai, promis.

— On a eu tort. On devrait rejoindre les Autres...

— Les Autres sont morts !

Deanna savait que c'était un mensonge. C'était la première fois qu'il lui mentait de manière aussi éhontée.

La route était droite et déserte. Deanna en profita pour détourner un moment la tête et observer Dillon. Depuis leur rencontre, il avait beaucoup changé. Ce jour-là, elle avait découvert un ado tourmenté mais courageux. Ensemble, ils étaient partis. Il s'était montré vaillant, quoiqu'un peu perturbé. Un preux chevalier. Mais aujourd'hui, son courage avait tourné à l'aigre. Il n'avait plus rien d'un chevalier de conte. Une sorte de halo sombre l'enveloppait désormais comme un linceul noir. À croire que son enveloppe charnelle n'était plus à même de contenir l'immense noirceur qui l'habitait.

C'était pire que ça... Son corps changeait. Avait-il grossi ? Oui, sa silhouette élancée s'était arrondie. C'était visible sur son visage et ses mains ; il avait pris des joues, ses doigts s'étaient boudinés. La texture de sa peau aussi s'était altérée. Elle était devenue rouge et grasse, et se couvrait lentement de boutons blancs purulents. *Son apparence commence à refléter son âme*, songea Deanna en frémissant.

— Putain ! s'écria Dillon en jetant la carte à l'arrière. Il me faut plus de cartes ! Celles-ci ne m'apprennent rien ! (Il inspira à fond et se frotta les yeux.) Il y a une ville... quand on parviendra au Columbia – une ville avec une population de taille convenable.

— En quoi la taille de la population est-elle importante ? demanda Deanna sans masquer son appréhension.

— Ça signifie qu'elle possédera une bibliothèque digne de ce nom. Et une bibliothèque digne de ce nom possédera un almanach digne de ce nom ainsi qu'un atlas. Un atlas du monde.

— Et ?

Agacé, Dillon leva les yeux au ciel comme si ça tombait sous le sens.

— Et lorsque j'aurai vu ce que j'ai besoin de voir, je saurai où aller.

Il prit une longue inspiration pour se détendre et posa sa main sur la nuque de Deanna. Il avait la paume d'une moiteur désagréable et il se dégageait de sa personne une énergie très négative. C'était écœurant.

— Ne t'en fais pas. Tout va très bien se passer.

Un nouveau mensonge de sa part, sauf que cette fois, il y croyait dur comme fer.

— Une fois qu'on aura atteint notre destination, s'enquit Deanna, on passera à autre chose ? Tout sera enfin fini ?

Dillon acquiesça d'un hochement de tête.

— Oui. Une fois là-bas... tout sera fini.

Burton, dans l'Oregon. 3 255 habitants. Dans le centre-ville, un festival des moissons battait son plein sur fond de musique country. Le bluegrass résonnait jusque dans la grand-rue, où tout était désert. La bibliothèque était vide, à l'exception de Dillon et Deanna.

Dillon empilait les almanachs et les atlas sur la table. La bibliothécaire était ravie de voir un jeune homme s'impliquer autant dans ses études. Deanna, à la fois curieuse et nerveuse, l'aida à porter des livres contenant des descriptions des peuples et des lieux du monde entier. Il commença par examiner les cartes, la manière dont les routes se rejoignaient et reliaient les villes, les États et les nations. Puis il observa les chiffres – des listes à n'en plus finir de chiffres, de graphiques et de diagrammes. Études démographiques ; regroupements de populations selon divers critères : race, religion, économie, profession, partis politiques et toute autre variable possible.

— Tu cherches quoi ? demanda Deanna.

Mais Dillon était tellement absorbé par ses calculs qu'il ne l'entendit pas. Il était comme un ordinateur enregistrant des milliers de données pour les traiter via un programme interne.

Puis il referma les livres un à un. L'atlas consacré à l'Europe et celui sur l'Asie. Les bouquins sur l'Australie et l'Amérique du Sud. Les études sur l'Afrique, l'almanach américain… jusqu'à ce qu'il ne reste plus sur la table que la carte du nord-ouest des États-Unis. Il la contempla, focalisant son attention sur le nord-ouest, retraçant du doigt les minuscules capillarités des routes de campagne, jusqu'à ce qu'il s'arrête. Il avait trouvé la solution à son équation maîtresse.

— Voilà !

Son doigt s'était posé sur le sud-ouest de l'État de Washington.

— C'est là que nous devons nous rendre.

— Qu'est-ce qu'on y trouvera ?

— Quelqu'un.

— Quelqu'un qu'on connaît ?

Dillon secoua la tête.

— Quelqu'un qu'on *va* connaître. Quelqu'un d'important.

Ils quittèrent la bibliothèque sans prendre la peine de ranger les livres sur les étagères.

Pour sortir de la ville, ils durent traverser le festival des moissons. Ils n'avaient aucunement l'intention d'y faire une halte, mais le Rover était à sec. La station d'essence se trouvait juste en face du lieu des festivités, où la plupart des habitants de Burton s'étaient rassemblés pour la journée.

Dillon, qui avait pris le volant, descendit pour faire le plein pendant que Deanna fouillait la voiture à la recherche de quoi payer. Puis elle jeta un coup d'œil par la vitre, vit Dillon, et s'aperçut qu'un truc clochait. Tandis que la vieille pompe mécanique tournait, Dillon contemplait un homme tatoué et bedonnant qui remplissait le réservoir de sa vieille Pontiac. Son épouse se tenait à ses côtés. Une femme tout aussi peu attirante, vêtue d'un vieux pantalon moulant et chaussée de talons aiguilles.

Visiblement, Dillon avait capté l'attention de la femme ; elle le fixait, hypnotisée, l'œil vide. Dillon soutenait son regard. Elle enjamba le tuyau de la pompe et voulut s'avancer vers Dillon, mais son mari, sentant qu'il se passait un truc louche, la retint.

Il foudroya Dillon du regard.

— T'as un problème ?

Dillon détourna les yeux en secouant la tête, et l'épisode fut clos… mais s'attarda dans l'esprit de Deanna. Ensemble, ils avaient traversé beaucoup de tempêtes et connu maintes péripéties, mais dans un sens, ces incidents affichaient une certaine cohérence. Jusqu'à maintenant. Elle eut soudain le sentiment que tout était en train de partir en vrille. Elle reporta les yeux sur Dillon et remarqua des perles de sueur sur son front. Or elle savait ce que ça voulait dire. Une bouffée de panique l'envahit. Ce qui s'était passé à Boise aurait dû satisfaire son appétit pendant un bon moment. Il fallait qu'ils quittent la ville sans plus tarder, elle ne l'ignorait pas. Elle s'empressa donc de payer l'employé de station, lui tendant les quelques billets qu'elle avait glanés. Mais lorsqu'elle se retourna, Dillon avait disparu dans la foule du festival.

Le crépuscule était tombé. Les lumières s'étaient allumées sur la grande roue, et le manège des tasses rotatives faisait tournoyer ses joyeuses victimes sous les néons bleus et rouges.

Deanna eut beau chercher Dillon partout, dans chaque coin et recoin de la fête foraine, celui-ci s'était volatilisé dans la foule.

Elle finit par le repérer au milieu d'une allée. Il marchait… non, il errait tel un zombie le long du chemin bordé de bottes de foin. Il était trempé de sueur.

Deanna courut dans sa direction ; mais elle s'arrêta net en le voyant vriller son regard à une fille, comme à la femme, à la station-service. Celle-ci avait environ seize ans, peut-être dix-sept. Elle mangeait une barbe à papa tout en admirant les prouesses de son petit copain hyper musclé. Armé d'une masse, celui-ci frappait de toutes ses forces sur la base d'une colonne pour envoyer une grenouille en caoutchouc le plus haut possible dans les airs, en poussant des rugissements. Concentré sur sa tâche, il ne vit pas sa copine lâcher sa barbe à papa et se diriger lentement vers Dillon, puis, sans raison apparente, se pencher vers lui… et l'embrasser.

Deanna observa la scène, pétrifiée.

Il était évident que cette fille ne connaissait pas Dillon… et voilà qu'elle se jetait dans ses bras avec passion !

Dillon l'enlaça et la plaqua contre lui, s'emparant de ses lèvres avec une fougue dont il n'avait jamais fait montre envers Deanna. Ce n'était pas de l'amour, pas même du désir, c'était un élan de passion dépravée. C'était tout ce qu'un baiser ne devait pas être. Mais était-ce vraiment un baiser, en réalité ? Ça ressemblait davantage à une morsure.

Dillon l'étreignait si fort que les bras de la fille se vidèrent de leur sang. Elle s'abandonna entièrement à lui. Un déferlement d'émotions contradictoires balaya Deanna. La jalousie n'était pas des moindres.

Même si elle n'aurait jamais voulu qu'il l'embrasse de cette manière, elle n'avait aucune envie d'assister à ce spectacle.

Comment un baiser pouvait-il être aussi maléfique… et quel démon s'était emparé de la fille pour qu'elle y cède ? Ce n'était pas l'apparence physique de Dillon qui avait séduit la fille. Son joli minois était désormais boursouflé et infesté de pustules. Son regard sombre avait viré au turquoise surnaturel.

Il embrassait une autre fille juste sous ses yeux, et il s'en fichait ! Elle eut le sentiment d'être trahie ; c'était insupportable.

Dillon pressa le corps de la fille contre le sien et Deanna fut alors témoin d'un phénomène étrange ; son halo noir s'étira autour de sa proie et un flux invisible passa de la jeune fille à Dillon.

Le petit ami, qui venait de remporter un dinosaure rose, se tourna et regarda d'un œil hébété sa petite amie dans les bras d'un ado répugnant.

— Qu'est-ce que c'est que ce bordel ?

Dillon écarta enfin ses lèvres de celles de la fille, et elle plongea son regard dans le sien.

Le petit ami intervint ; il assena un crochet du droit à Dillon ; sa tête vola sur la gauche. Il s'en remit vite… mais pas le petit ami. Surpris, il observa sa main. Une crampe la parcourut, puis s'étendit à son avant-bras ; un spasme agita son membre du coude au poignet, et ses tendons ressortirent comme d'épaisses cordes sous son épiderme.

Le petit ami s'éloigna en chancelant, oubliant sa copine, les yeux rivés à son bras paralysé. Quant à la fille, elle le suivit, les yeux écarquillés. Deanna sentit qu'il lui manquait quelque chose… elle s'était fait voler une chose essentielle que jamais elle ne recouvrerait.

Dillon affichait un sourire idiot.

— Pourquoi tu as fait ça ? s'emporta Deanna, écœurée.

— Je ne sais pas...

— Tu as kiffé, hein ?

— Oui... non... je ne sais pas. (Il plaça les mains sur ses tempes comme pour empêcher sa tête d'éclater.) Deanna, qu'est-ce qui m'arrive ?

Leurs yeux se verrouillèrent sans qu'elle éprouve aucune compassion pour lui.

— Deanna, ne me regarde pas comme ça...

Elle sonda son regard comme elle le faisait toujours, cherchant la lueur dans les ténèbres. Elle examina tant qu'elle put le pourrissement fétide qui enveloppait son corps et son âme... Et elle comprit finalement que la lumière s'en était allée pour de bon. Cette partie de Dillon qui avait brillé d'un éclat si vif au milieu de toute la noirceur qui l'habitait, cet éclat, emmailloté dans des couches et des couches de mal, n'était plus visible.

À l'instant où elle en prit conscience, elle sut qu'il fallait qu'elle s'en aille le plus loin possible. Elle pivota sur elle-même sans réfléchir et abandonna la coquille vide qui avait naguère été Dillon Cole, s'élançant parmi la foule...

Dillon la poursuivit, désemparé.

— Deanna ! hurla-t-il. Reviens !

Elle ne put s'empêcher de jeter un coup d'œil derrière elle et ce qu'elle vit la fit accélérer.

Comme elle, Dillon se frayait un chemin parmi la multitude en jouant des coudes, et tous ceux qu'il effleurait s'écroulèrent, affectés par un mal atroce. Certains s'effondrèrent, paralysés, d'autres perdirent la tête, d'autres encore s'affaissèrent, comme si on leur avait enfoncé la cage thoracique. Puis il y eut ceux qui devinrent écarlates et tombèrent malades.

— Deanna ! s'écria-t-il sans même remarquer l'effet qu'il produisait sur son passage.

Elle s'extirpa de la foule et s'éloigna de la fête foraine pour rejoindre le sommet de la colline.

— Deanna ! Reviens !

Une fois sur la crête, elle lança un nouveau regard derrière elle. Dillon se tenait juste en marge de la fête foraine. Il la regarda un moment encore… puis il se rembrunit et lui tourna le dos. Il attrapa la première fille qui lui tomba sous la main. Elle l'accueillit comme s'il était un don du ciel, et d'un seul baiser il s'empara de son âme avant de replonger dans la foule.

Du haut de la colline, Deanna le suivit du regard, tandis qu'il s'en allait ; un voile de noirceur l'enveloppait comme une cape et laissait derrière lui une traînée sombre. Il se faufila jusqu'au centre de la fête foraine, près de l'orchestre de bluegrass. Il jeta des coups d'œil furtifs autour de lui jusqu'à ce qu'il trouve la personne qu'il fallait – une matrone qui battait des mains en cadence avec la musique. Dillon lui murmura quelque chose à l'oreille.

Et la foule explosa.

Depuis son promontoire, Deanna assista au déroulement des événements. Les gens s'agacèrent tout d'abord, puis l'agacement se mua en colère, la colère en furie, la furie en rage, jusqu'à ce que la foule se livre à une tarentelle chaotique baignée de cris – une danse de la destruction, sauvage et folle, se propageant du centre vers l'extérieur telle une onde de choc. La musique cessa, remplacée par des hurlements d'angoisse et de douleur.

En cinq minutes, les habitants de la ville s'étaient transformés en démons meurtriers, dénués de tout discernement, dépouillés de leur santé mentale par Dillon le Destructeur.

Deanna pivota sur elle-même et s'enfuit à toutes jambes dans les bois.

Les bois sont propices à alimenter les peurs, et celles de Deanna s'y épanouirent pleinement, abreuvées par les silhouettes sombres des arbres qui la cernaient. Elle avait refusé de se nourrir de la terreur que Dillon avait libérée ; à présent, chaque forme était un démon menaçant, chaque ombre une douleur à venir. Elle trébucha encore et encore, tandis qu'elle s'élançait à l'aveugle au travers de la forêt solitaire.

Elle parvint finalement à une route et s'écroula sur le gravier, s'écorchant les genoux à travers son jean. Elle se redressa sur l'asphalte désert, à bout de souffle, la voix éraillée par tous les cris qu'elle avait poussés.

Un pick-up ralentit finalement pour venir se garer à sa hauteur.

Un homme en sortit. Père de famille, la quarantaine. Il y avait un enfant à l'arrière du véhicule, un enfant déguisé en Indien.

Ils paraissaient normaux, et Deanna aurait voulu se fondre dans cette famille, puis tout oublier.

— Il faut que je me tire d'ici ! s'écria Deanna. Et vous aussi ! Fichez le camp de cette ville !

— Voyons, répondit l'homme d'une voix chaleureuse. Du calme. (Il la jaugea de bas en haut.) Tu as eu une frayeur, dit-il. Je sais exactement ce qu'il te faut.

— Pitié, implora Deanna. Vous ne comprenez pas…

— Attends une seconde, répliqua-t-il d'un ton apaisant. Je reviens tout de suite.

Il plongea la main dans la remorque de son pick-up et saisit un objet. Puis il se tourna face à elle en le brandissant. C'était un piquet de clôture à la pointe acérée.

C'est alors que Deanna remarqua le regard de l'homme. L'une de ses pupilles s'était totalement rétractée ; l'autre était complètement dilatée. Cet homme revenait de la fête foraine.

— On va bien s'occuper de toi, dit-il. On va te réparer, tu seras nickel, tu vas voir.

La pointe du piquet était poisseuse de sang.

À l'intérieur du pick-up, l'enfant chantait en boucle le vers d'une comptine comme un disque rayé, balançant la tête de droite à gauche d'un air nonchalant. Il regarda sans aucune réaction son père plaquer Deanna au sol.

— Tu ne sentiras presque rien, lâcha le fou en brandissant le piquet dans les airs.

Il en positionna la pointe au-dessus du cœur de Deanna.

Si elle n'avait pas eu la voix brisée, Deanna aurait hurlé.

13

Redevenir normal

À la frontière de l'Idaho et de l'Oregon, des taches blanches mouchetaient le ciel bleu de cobalt. Une faible armée de nuages qui ne bloquaient pas le soleil.

Michael ne se rappelait pas avoir connu un ciel si dégagé. Sans répit, les orages avaient tourmenté les cieux et, lorsque le temps se levait, un brouillard menaçant masquait le ciel d'un sempiternel voile gris.

Mais pas aujourd'hui.

Allongé sur un coteau broussailleux, Michael contemplait le ciel majestueux. En contrebas s'étendait Huntington, une ville de l'Oregon. Une distance d'à peine cent cinquante kilomètres les séparait de Boise. Michael avait toutefois l'impression que des millions de kilomètres s'étendaient désormais entre la ville en ruine et eux.

— Ils ressemblent à quoi ?

Tory l'avait rejoint.

— Tu cherchais des formes dans les nuages, non ? reprit-elle.

— Je les contemplais, c'est tout.

Michael redressa le buste et jeta un coup d'œil au bas de la colline, où s'étirait la ville. Les feuilles mordorées chatoyaient dans le soleil de l'après-midi, revêtant d'or la cité. L'air n'était ni chaud ni frais, mais tempéré. Agréable. Normal.

Ils avaient passé la nuit entière et la journée suivante à fouiller Boise et ses alentours, depuis l'épicentre du Chaos vers l'extérieur de la ville, dans l'espoir de mettre le grappin sur *les Autres*. Surtout sur le rouquin responsable du cauchemar. Ils avaient également perdu du temps à savourer leur nouvelle sensation de liberté, à présent que les monstres étaient partis. Ce ne fut que le lendemain matin qu'ils ressentirent une légère force d'attraction en direction du nord-ouest. Ils comprirent alors que le roux avait mis les voiles depuis longtemps.

Ils avaient pénétré sur le territoire de l'Oregon et, quelque part dans la ville en contrebas, Winston, infatigable, était à la recherche de signes de destruction. Mais il était le seul. En amont, sur la colline, Lourdes dormait, allongée sur le dos ; elle semblait recracher un peu de gras à chacune de ses expirations. Quant à Michael et Tory, ils observaient les nuages, tout simplement.

— Qu'est-ce qu'il y a ? demanda-t-elle.

— Tes cils ! Avant, je ne pouvais pas les voir.

Ce qu'il se garda de lui avouer, c'est qu'il n'avait jamais vraiment regardé son visage avant ce jour. Elle était tellement hideuse qu'il n'en avait pas eu le courage. Mais les lésions se refermaient les unes après les autres, et son visage désenflait progressivement.

Tory se palpa les joues avec précaution.

— Je vais avoir des cicatrices. L'acné laisse toujours des marques, tu sais ?

— Pas forcément, répliqua Michael, se demandant quelle sorte de stigmates il conserverait de sa propre maladie.

Il se rallongea et leva de nouveau les yeux vers les nuages, pour lesquels il imagina des formes. Un ange. Une licorne. Un immense voilier. Quand il était môme, il adorait jouer à ça. Il était d'ailleurs très doué à ce jeu.

— Je peux t'avouer un truc, Tory ?

— Balance !

— Je ne pense pas être aussi courageux que le reste d'entre vous.

— Qu'est-ce qui te fait dire ça ?

Michael garda les yeux rivés sur les nuages. Le vent parut gonfler les voiles du navire.

— Eh bien, regarde Winston, par exemple ; c'est plus fort que lui. Il faut qu'il retrouve ce mec à tout prix. Et toi… tu as toujours été la plus solide d'entre nous ; c'est grâce à toi qu'on a parcouru tout ce chemin… et sans Lourdes, il y a longtemps que j'aurais baissé les bras…

— J'ai bien failli jeter l'éponge à de nombreuses reprises, admit Tory.

— Et maintenant ? (Tory ne répondit pas.) J'ai vu les dégâts à Boise. Je sais de quoi ce mec est capable… Je sais de quoi j'étais capable moi aussi… mais ce cauchemar est fini pour moi, Tory. Peut-être qu'il y a une espèce de créature suceuse de sang qui pousse ce mec à faire toutes ces horreurs, mais celle qui m'habitait est partie ! Le problème, c'est que ça faisait tellement longtemps qu'elle vivait en moi que je ne me rappelle plus comment j'étais sans elle. Je ne sais plus quoi penser, quoi éprouver. Tu comprends ? (Il détourna les yeux.) Tory, je ne ressens plus les mêmes choses qu'avant. Vis-à-vis des filles, tu vois.

— Tu veux dire que…

— Je ne sais pas. Je ne sais plus *rien.* (Il respira un grand coup.) C'est comme si on avait enfermé toute ma personnalité dans un coffre-fort depuis mes onze ans et qu'aujourd'hui ce gamin de onze ans refaisait surface. Je vais devoir réapprendre à *sentir* les choses, tout reprendre à zéro, parce que pour l'instant, je n'éprouve plus rien du tout.

— Eh ben, je pense pas que ce soit un truc que tu puisses résoudre en une journée. Si on s'en sort, on aura toute notre vie pour gérer ça. Pour le moment, on a d'autres chats à fouetter, lui rappela Tory. Nos charmantes petites bébêtes de l'enfer courent toujours les rues... On n'est pas à l'abri d'une nouvelle attaque...

— À moins qu'elles aient trouvé un meilleur squat, fit remarquer Michael. Bref, je n'ai pas du tout envie de remuer ciel et terre pour les retrouver. Je veux juste rentrer chez moi, comprendre qui je suis, appréhender mes émotions... et ensuite, redevenir normal. Être comme tout le monde, tout simplement.

Tory chassa une larme de sa joue.

— Je ne crois pas qu'on puisse être normaux, répondit-elle. Nous sommes des éclats du Scorpion, ne l'oublie pas. (Elle lui prit la main.) Viens, je vais te montrer quelque chose. Un genre de... tour de magie.

Ils franchirent la crête et rejoignirent une sorte de campement qui avait brûlé. Un endroit souillé par des matelas déchirés et des cartons détrempés. Un lieu qui empestait l'urine et le moisi.

— Trouve-moi un truc bien crade, dit Tory. Le truc le plus dégueulasse possible.

Michael avait l'embarras du choix. Il jeta son dévolu sur un morceau de chiffon humide noir de saleté. Le tissu puait la mort. Il le ramassa du bout des doigts, frémissant de dégoût à son contact.

— Passe-le-moi, ordonna Tory.

Il s'exécuta.

— Tu vas en faire quoi ?

— Tu vas voir.

Elle saisit l'infect bout de tissu et, à la grande horreur de Michael, s'essuya les mains avec, puis, comme si ça ne suffisait pas, s'en badigeonna le visage. Écœuré, Michael détourna la tête. Une fois qu'elle eut fini, elle lui tendit à nouveau le chiffon.

— Prends-le.

Avec réticence, Michael saisit le tissu par le coin, veillant à le toucher le moins possible. Le chiffon était encore humide, mais sans plus. Un linge mouillé, parfaitement propre, comme s'il venait de sortir du lave-linge. L'odeur s'était volatilisée.

— Tue les germes au moindre contact ! déclara fièrement Tory. Je suis plus efficace qu'un flacon de Listerine.

Michel renifla le tissu avec émerveillement. Il le passa sur son visage et sentit son humidité stérile sur sa peau.

— Nous avons tous un talent caché, dit Tory. Je suppose que les nôtres sont un peu plus intéressants que la plupart. Nos talents sont moins… classiques.

Tory porta les yeux vers le ciel, où se déplaçaient les nuages.

— Un ange, remarqua-t-elle. Une licorne… et une goélette !

Michael leva à son tour le regard, surpris qu'elle y voie les mêmes formes qu'il avait lui aussi imaginées. En un éclair, tout devint limpide, Michael n'en revenait pas.

Les nuages étaient devenus de douces figurines blanches flottant dans les airs. Le vent avait minutieusement sculpté les nuages selon les pensées de Michael.

Tory esquissa un sourire.

— Tu fais de jolis nuages, dit-elle. Tout du moins quand tu as la tête sur les épaules.

Michael contempla sa création pendant une bonne dizaine de minutes ; les formes se déconstruisirent, dispersées par des vents de travers. Il essaya d'en créer de nouvelles, mais il n'était plus assez concentré. En les regardant se dissoudre, Michael se demanda combien d'orages il avait engendrés au fil de leur périple.

Pendant ce temps, Lourdes s'était réveillée et observait un écureuil mort… sauf qu'il ne l'était pas.

— Je lui parlais doucement, pour l'amadouer, apprit-elle à Michael. Puis il a soudain basculé et s'est endormi. Qu'est-ce qui lui a pris ?

Michael examina l'animal assoupi. C'était sans doute un des effets du « talent caché » de Lourdes. La bestiole rouvrit brusquement les yeux et déguerpit.

— C'est bizarre ! s'étonna Lourdes.

Michael pouffa de rire, imaginant Lourdes entourée d'animaux, un peu comme Blanche-Neige. Mais son don ne devait pas se limiter aux animaux… C'était juste un tour… comme Tory avec son chiffon ou Michael avec ses sculptures célestes. Le pouvoir complexe de Lourdes restait à découvrir, comme celui de chacun d'entre eux.

Rien que d'imaginer l'éventail de possibilités, Michael eut le tournis.

— Il faut qu'on parle, dit-il à Lourdes.

Elle s'inquiéta.

— À quel sujet ?

Michael lui décocha un sourire et lui effleura le bras. Elle avait encore perdu du poids depuis le matin.

— Que des trucs positifs, assura-t-il.

Au même instant, Winston apparut. Il remontait le coteau à toute vitesse.

— Le rouquin ne s'est pas arrêté ici, annonça-t-il, essoufflé. Il faut qu'on reprenne la route.

Michael remarqua que le pantalon de Winston, qu'ils avaient taillé à mesure qu'il rapetissait, lui arrivait maintenant à la cheville. Il avait recommencé à grandir dans le bon sens ! Il aperçut ensuite le revolver que Winston avait chipé au flic fou à Boise. Il le conservait dans la poche intérieure de son blouson.

Michael songea aux épreuves qui les attendaient dans les jours à venir, et le bonheur qu'il avait éprouvé quelques instants plus tôt se dissipa aussi vite que les nuages balayés par les vents. Ils allaient devoir stopper le Destructeur. Le stopper coûte que coûte avant qu'il ne… *avant qu'il ne quoi ?* Difficile d'imaginer pire scénario que celui auquel ils avaient assisté à Boise.

Tandis qu'ils rassemblaient leurs affaires, Tory vint trouver Michael.

— Tu envisages toujours de rentrer chez toi ?

Michael secoua la tête.

— Qu'est-ce que tu deviendrais sans moi ?

— Je serais au sec ? suggéra Tory. Je ne grelotterais pas ?

— Promis, dit Michael. Fini les orages.

Mais alors qu'ils s'en allaient, un vent frais se leva, la nature réagissant au frisson qui avait parcouru Michael.

14

La peur est un vent glacial

Sur l'autoroute 84 en direction de l'ouest, les paysages de l'Oregon défilèrent. Le maquis aride laissa progressivement place à des plaines verdoyantes, auxquelles succédèrent des forêts luxuriantes. Michael au volant, les quatre adolescents empruntèrent toutes les sorties, attentifs au moindre signe qui leur aurait indiqué le passage du Destructeur. Ce fut une tâche lente et pénible, qui eut au moins l'avantage de leur permettre de parler.

— Alors comme ça, vous êtes devenus Rain Man et Madame Propre ? dit Lourdes à Michael et à Tory. Je me demande ce que ça fait de moi… Squirrel Girl, la fille-écureuil, peut-être ?

— Ça semble peut-être ridicule, mais on va avoir besoin de tous nos pouvoirs réunis pour stopper ce fou furieux.

Tory jeta un coup d'œil timide à Winston, appréhendant sa réaction.

— Je sais que c'est difficile à avaler, dit-elle, mais ces dons existent pour de vrai – il faut que tu nous croies !

Winston se sentit insulté.

— Pourquoi est-ce que je ne vous croirais pas ? C'est parfaitement logique ! J'aimerais seulement savoir quel est mon superpouvoir à moi !

Michael s'esclaffa.

— Bel effort d'adaptation, Winston. Peut-être que tu es un élastique, en fait ! plaisanta Michael en tirant sur le bras de Winston comme s'il pouvait l'étirer.

Winston tomba de son siège.

— Hé ! Fais gaffe ! s'écria-t-il, furieux. Je vais bientôt avoir des dents et je pourrai alors te mordre !

Burton, dans l'Oregon, se trouvait à une dizaine de kilomètres de la sortie de l'autoroute, au cœur d'une vallée densément boisée. Ils s'engagèrent sur Old Burton Road et, moins de deux kilomètres plus loin, Michael freina à fond, et tous basculèrent en avant.

Un objet se dressait sur la route, un truc si bizarre qu'ils n'en crurent pas leurs yeux et le fixèrent sans comprendre. C'était énorme et bleu, à moitié sur le bas-côté. On eût dit un coton-tige géant tombé du ciel. Dans sa chute, il avait entraîné une dizaine d'arbres au sol.

— C'est un château d'eau ! dit Lourdes.

Tory déglutit avec peine.

— Je pense qu'on a enfin trouvé la ville où il s'est arrêté.

Le nom « Burton » était encore visible sur le bâtiment échoué. Son réservoir bulbeux s'était rompu, et son contenu se déversait dans la forêt alentour, transformant le sous-bois en marécages.

— La pancarte indique bien une population de plus de trois mille habitants, non ? dit Michael.

Il interrogea Tory du regard, mais cette dernière détourna la tête. Ils partageaient tous la même pensée. Le centre-ville de Boise qui avait été détruit ne s'étendait que sur un périmètre de quatre cents mètres... Or, si le

Destructeur avait jeté son dévolu sur une ville de plus grande envergure… Cela voulait dire que la portée de son pouvoir s'était étendue, et que les dégâts humains seraient incommensurables.

Même le minivan parut trembler sur ses roues.

Ils contournèrent lentement l'obstacle ; à sa base, un camion dix-huit roues calciné avec la grille avant enfoncée.

Sur le bord de la chaussée, dans les sous-bois inondés, une femme en guenilles était assise ; elle tricotait dans la boue.

Lourdes appuya sur un bouton, et les quatre portières se verrouillèrent dans un bruit sourd. Michael mit le pied au plancher et ils poursuivirent leur route avec prudence.

Les premières demeures apparurent bientôt, des propriétés isolées, éloignées de la route, construites à une centaine de mètres les unes des autres. Dans la première maison, une ombre se balançait d'avant en arrière à la fenêtre de l'étage. Sur la terrasse d'une autre, une femme dans un rocking-chair poussait des cris à glacer le sang.

— Et le centre-ville est encore à cinq kilomètres…, fit remarquer Tory.

Winston acquiesça.

— On n'est pas au bout de nos peines !

C'était peu dire. Une voiture avait enfoncé la baie vitrée d'un séjour. Plusieurs demeures n'étaient plus qu'un tas de décombres. Brusquement, Michael pila. Un adolescent de leur âge bondit sur la route, le visage ensanglanté, hurlant à pleins poumons, pourchassé par une bande de jeunes.

Ils suivirent du regard le groupe qui s'était engouffré dans les arbres.

— J'ai déjà fait des cauchemars où je me retrouvais exactement dans la même situation que ce mec, dit Tory. J'espère pour lui qu'il se réveillera…

Lourdes marmonna quelques mots en espagnol et lâcha un grognement de tristesse. Elle saisit la main de Michael, qui s'agrippa à l'épaule de Tory. Celle-ci se cramponna à la jambe de Winston. Il tendit le bras vers l'arrière et trouva le poignet de Lourdes, auquel il se raccrocha, bouclant ainsi le cercle des quatre. Ils respirèrent à l'unisson et bannirent les images sordides qu'ils voyaient défiler sous leurs yeux.

— Rien ne peut nous atteindre, dit Tory. Rien ne peut nous atteindre tant que nous sommes connectés.

Mais c'était faux. Ils avaient beau être plus forts, ils n'étaient pas invincibles. Et la somme des horreurs qui les encerclaient était bien plus grande que leur cercle de quatre.

— On ne devrait pas s'attarder sur ce qui s'est passé ici, déclara Lourdes. Il ne faut jamais poser les yeux sur le paysage quand on traverse l'enfer.

Michael crispa les mâchoires jusqu'à ce que son visage vire au cramoisi.

— Qu'est-ce que tu fais ? s'étonna Winston.

— Je fais tout pour que le ciel nous tombe sur la tête !

La couverture nuageuse se mit à onduler.

— Si je ressens le brouillard à l'intérieur, il se matérialisera à l'extérieur.

— Comment tu fais pour ressentir le brouillard ? demanda Winston.

— Le brouillard, c'est la confusion, expliqua Michael en serrant les dents. Tout comme l'orage exprime la colère, et le grésil le désespoir.

En quelques instants, un épais manteau nuageux recouvrit la vallée et un épais brouillard ensevelit la ville tout entière. Un vent glacial reflétant la peur de Michael se mit à souffler, chassant la brume devant le minivan et creusant dans le brouillard un tunnel qui les escorta jusqu'au cœur de la ville.

Le centre-ville de Burton s'était mué en une ville fantôme. Les fous s'étaient échappés dans les bois depuis belle lurette ; leurs cris désemparés résonnaient à travers la vallée comme un millier d'âmes expulsées de leur corps. Michael conduisit lentement jusqu'au centre du carnage. Mais le brouillard ne pouvait pas tout occulter. Dans la brume, les ombres des cadavres paraissaient s'étirer dans toutes les directions. Les éclats de verre brisé crissaient sous les pneus du véhicule.

À un moment donné, Winston se redressa sur les genoux et jeta un coup d'œil par la vitre. Il aperçut une station d'essence, à peine visible dans la brume.

— Arrête-toi ! s'écria-t-il.

Michael s'exécuta, et Winston colla le front contre le carreau sans oser le baisser – comme si l'air de la ville était empoisonné.

— Il est passé par ici, déclara-t-il au bout d'un moment. Il a traversé la rue… (Winston pointa une direction dans le brouillard.) Mais où est-il allé après ça ?

— On dirait qu'il a traversé la ville.

— Je partage le même ressenti, acquiesça Lourdes.

Ils se tournèrent vers Michael, mais celui-ci focalisait toute son attention sur le brouillard, ce qui ne laissait pas beaucoup de place au reste.

Moins de deux kilomètres plus loin, ils quittèrent la grand-rue ; Michael perdit le contrôle du brouillard. Le vent souffla la brume dans les bois, révélant devant eux une petite route de campagne. Ils poussèrent un soupir de soulagement collectif, songeant que le pire était derrière eux… Soudain la route imprima un virage traître et ils faillirent percuter de plein fouet un pick-up arrêté en plein milieu.

Michael freina, donna un coup de volant et le minivan dérapa dans un hurlement de pneus. Un peu plus et ils percutaient le pick-up de plein fouet.

À l'instant où le moteur s'éteignit, ils sentirent une présence si forte qu'un frisson les balaya, faisant se dresser les poils sur leur nuque.

— Il est toujours là ! s'écria Tory. Il est tout proche.

Ils déverrouillèrent les portières et descendirent.

Dehors, l'odeur âcre de la fumée était entêtante. Dans les bois s'élevaient toujours les cris lointains des fous errants, se pourchassant les uns les autres à travers le dédale d'arbres.

Droit devant, le pick-up leur barrait le chemin. À côté du véhicule gisait un homme, face contre terre ; de toute évidence, il était mort. Dans sa main, un piquet ensanglanté. Une flèche lui avait traversé la jugulaire.

Michael détourna la tête et alla s'appuyer contre un tronc, le souffle court.

— Je crois que je vais vomir.

— Non ! protesta Tory. On risquerait de se prendre une pluie de grêle sur la tête !

Ce fut Lourdes qui flaira une piste la première. Elle se tourna sur sa droite et pointa du doigt une maison, une centaine de mètres plus loin sur la route.

— Là-bas… Je crois que c'est là qu'il est.

Ils ne perdirent pas une minute. Lourdes s'élança vers la demeure à grandes enjambées, prête à se battre à mains nues. Une grimace aux lèvres, Tory récupéra le piquet des mains du cadavre.

— Peut-être que si je lui plante ça dans le cœur, je lui désinfecterai l'âme !

Michael trouva un pied-de-biche dans la remorque du pick-up.

— Peut-être que je peux m'en servir comme paratonnerre !

Winston, qui ignorait encore quel était son pouvoir, plongea la main sous sa veste et en tira le revolver dont il ôta la sécurité.

— Pas de « peut-être » pour ma part. Je sais précisément comment régler son sort à cet enfoiré !

La demeure paraissait étrangement calme et innocente. Une maison d'un étage, tout bêtement.

— Et s'il est également armé ? s'inquiéta Michael. S'il nous tire dessus ?

— Eh bien, on crèvera, répliqua Winston.

L'idée de mourir dans cette ville ne les emballait pas franchement. N'importe où ailleurs serait préférable.

La porte d'entrée était entrebâillée ; ils patientèrent quelques instants sous le porche avant de se décider à faire irruption à l'intérieur. Tory brandit son pieu dans les airs, Michael agrippa son pied-de-biche, le ciel orageux reflétant sa colère, et Winston se cramponna à la crosse de son arme des deux mains, prêt à faire feu au moindre mouvement suspect.

Dans le salon, une silhouette se tenait près d'une fenêtre, tenant quelque chose de manifestement lourd entre les bras.

Winston visa la tête de la personne en tremblant.

Cette dernière s'avança, et Tory et Michael se figèrent.

— Tire ! hurla Lourdes. Tire maintenant !

Winston posa son doigt sur la détente et faillit appuyer... mais il eut un instant d'hésitation... car une information lui revint en mémoire.

La silhouette sortit de l'ombre, laissant apparaître une fille aux longs cheveux noirs et aux yeux légèrement bridés.

Nous sommes six, songea Winston. *Six !... Et celle-ci n'est pas le Destructeur.*

Winston abaissa son arme. Michael lâcha son pied-de-biche qui atterrit dans un bruit métallique.

La fille tenait dans ses bras un jeune garçon d'environ sept ou huit ans. Il arborait un bandeau d'Indien sur la tête. En les apercevant, il s'accrocha à elle.

La fille posa les yeux sur le revolver de Winston sans qu'il parût l'intimider le moins du monde. En fait, aucun d'entre eux ne semblait l'effrayer.

— Est-ce que l'un de vous pourrait aller me chercher un torchon dans la cuisine ? demanda-t-elle calmement.

Une odeur infecte flottait dans la pièce. Ils comprirent que le petit garçon s'était souillé. Tory posa son pieu et partit illico à la recherche dudit torchon.

— Je vous attendais, reprit la fille. Dillon m'a dit que vous étiez morts, mais je savais qu'il mentait.

— Dillon ? C'est son nom ? s'enquit Winston. Le mec aux cheveux roux ?

— Oui. Et moi, je m'appelle Deanna.

Ils se présentèrent à tour de rôle. Tory revint avec un tissu. Deanna posa le garçon sur le canapé et le nettoya comme une mère se serait occupée de son bébé – avec tendresse et patience.

— À qui il est, ce môme ? demanda Michael.

— C'est un enfant d'ici, répondit Deanna. Il n'a pas l'air de connaître son prénom, du coup je l'appelle Carter. C'était écrit sur l'étiquette de son tee-shirt.

Lorsque le garçon leva la tête, il leur présenta une vision terrifiante. Il avait une pupille rétractée, l'autre dilatée, semblable à un trou noir.

— Ils sont tous comme ça une fois que Dillon en a fini avec eux, expliqua Deanna. On ne peut pas y faire grand-chose…

Elle leur décrivit sa rencontre avec Dillon et les choses qu'ils avaient faites ensemble. Elle leur raconta ensuite comment elle s'était libérée de son emprise, puis elle leur conta comment le père du petit avait voulu lui enfoncer un pieu dans le cœur, mais qu'au dernier moment, il avait reçu une flèche.

— Je l'ai eu ! s'écria le garçon. On jouait aux Indiens et aux cow-boys et c'est moi qu'ai gagné !

Deanna finit de nettoyer le garçon et lui fit enfiler un pantalon qu'elle avait déniché dans la maison ; il flottait dedans. Tory la débarrassa de la serviette souillée. Elle serra le linge au creux de sa paume et la puanteur se volatilisa en un rien de temps.

— Tu as cru que tu allais mourir, hein ? demanda Tory, tandis que Deanna se lavait les mains. Tu as cru que tu allais mourir, du coup la créature qui vivait en toi a paniqué et s'est enfuie. Il nous est arrivé la même chose – elles ont eu la trouille et elles ont fichu le camp !

— Je l'ai vue, répondit Deanna d'une voix calme. On aurait dit un serpent. Non... un ver géant.

Tous frémirent sauf Deanna, qui n'eut pas l'air troublée par le souvenir du monstre. Toute cette histoire ne semblait pas la chambouler.

— Quoi qu'il en soit, ce monstre a disparu dans les bois en direction de l'ouest.

Carter parcourut le salon et trouva son arc et son carquois. Il ôta l'embout en caoutchouc d'une des flèches et en affûta le bois avec un couteau de poche, comme il l'avait fait avec celle qui avait tué son père. Lourdes s'approcha de lui et contempla son ouvrage.

— Vous avez une voiture ? demanda Deanna.

— En bas de la rue, oui, répondit Michael.

— Il n'y a pas une minute à perdre... il faut se mettre en route. Je savais que vous viendriez, du coup j'ai stocké des réserves près de la porte. Je sais où Dillon se rend.

— Regardez ! s'exclama Tory.

Tous se retournèrent.

À l'autre bout de la pièce, Lourdes avait capté l'attention du garçon qui avait lâché son couteau et sa flèche. Ensemble, ils jouaient à une sorte de jeu, un jeu de miroir. Carter singeait tous les gestes de Lourdes.

— Lourdes, c'est pas le moment de faire joujou ! s'impatienta Winston.

— Chut ! dit Tory.

Lourdes maintenait le contact visuel avec le garçon. Elle leva un bras ; il fit de même. Elle haussa l'autre bras ; il l'imita. En réalité, ce n'était pas un jeu, et il ne cherchait pas à la copier. Ses gestes étaient trop précis, trop parfaits.

— Elle le contrôle comme une marionnette ! s'exclama Michael, en les observant d'un air ébahi. Elle dirige chaque mouvement de son corps !

Chacun des gestes de Lourdes était dupliqué. Elle remua les doigts ; lui aussi. Elle roula le cou ; lui aussi. Maîtrisait-elle seulement les muscles du garçonnet ? Ou son contrôle s'étendait-il plus en profondeur ? Pouvait-elle réguler les battements de son cœur ? Sa respiration ? Son métabolisme tout entier ? Jusqu'à la veille encore, elle ne pouvait même pas contrôler sa propre physiologie. Mais aujourd'hui, celle des autres semblait à sa portée !

Lourdes contempla le garçon, qui ferma lentement les yeux. Il s'était assoupi.

Elle se tourna vers ses camarades.

— Vous avez vu ça ? s'écria-t-elle, aussi surprise qu'eux. Je crois que c'est moi qui l'ai fait !

Ils observèrent l'enfant endormi avec émerveillement, prenant conscience que le titre de Fille-Écureuil serait un peu réducteur pour qualifier Lourdes.

— Ces créatures avaient transformé nos forces en faiblesses, comprit Tory.

La situation devenait de plus en plus claire. La capacité de Michael à affecter la nature avait été employée à saccager la nature des gens qui l'entouraient ; le pouvoir désinfectant de Tory avait été inversé, de sorte qu'à son contact on contractait des maladies. Quant au don de Lourdes, qui consistait à contrôler le métabolisme d'autrui, il avait été détourné et employé à mauvais escient, si bien qu'elle aspirait la chair des corps pour l'incorporer au sien.

— Ce qui veut dire qu'on peut deviner en quoi consiste ton pouvoir, Winston ! s'exclama Tory.

— J'ai déjà trouvé, répliqua-t-il d'un air embarrassé.

Il balaya la salle du regard, puis demanda à Michael de lui apporter une plante en pot posée sur une table basse. Il prit une grande inspiration, saisit la tige d'une main et se concentra. Sous le regard admiratif du groupe, la plante poussa jusqu'à doubler de taille ; les fleurs s'épanouirent. Winston eut l'air ravi. C'était la première fois que ses compagnons le voyaient vraiment sourire.

— On dirait qu'on a un hippie parmi nous ! plaisanta Michael. Qu'est-ce que tu as prévu de faire de ce don ? Vaincre Dillon avec un petit bouquet ?

Winston haussa les épaules.

— C'est pas mon problème si t'es trop aveugle pour voir le potentiel.

— Tu feras bon usage de ton pouvoir, j'en suis persuadée, intervint Deanna. Ne t'en fais pas.

Visiblement, elle n'était pas inquiète. Plus rien ne semblait l'alarmer. Son intrépidité était sa force, une force puissante. Elle les canalisait, leur permettait d'y voir plus clair. Elle leur raconta comment Dillon avait changé, vers la fin, ce qui ne fit que confirmer leurs doutes quant à l'endroit où s'étaient repliés leurs démons – et apparemment, celui de Deanna avait également trouvé refuge en Dillon.

— S'il peut survivre en abritant les six créatures à la fois, il est plus fort que nous cinq réunis, constata Tory.

— Tu as dit que tu savais où il allait ? s'enquit Michael.

Deanna hocha la tête. Elle prit Carter encore endormi dans ses bras, refusant de l'abandonner dans cette ville épouvantable et, ensemble, ils rejoignirent le minivan.

— On a encore le temps de le stopper. Mais on va devoir unir nos forces pour cela.

— Le stopper… c'est-à-dire ? demanda Lourdes.

— Vous ne savez donc pas ce qu'il a en tête ? demanda-t-elle en les observant tour à tour.

Elle fut la seule à avoir le courage de prononcer les mots à voix haute.

— Il va détruire le monde, comme il a détruit cette ville… et une fois qu'il aura commencé, on ne pourra plus l'arrêter.

15

Résonance

Un champ de troncs morts s'étendait à perte de vue dans la brume matinale. Des milliers et des milliers d'arbres qui couvraient naguère les contreforts escarpés d'une montagne qu'on devinait dans le lointain…

À présent, tous les arbres sans exception étaient morts.

Le vent, la pluie et la moisissure avaient lentement rongé leurs branches, si bien qu'il ne restait plus de la forêt qu'une vaste étendue de pics dressés vers le ciel sur un sol de tourbe et de cendre. Cette forêt était morte bien avant que Dillon Cole ne s'y hasarde, et la cause de cette mort était encore visible à l'horizon : elle crachait de la vapeur comme un dieu du feu assoupi.

Quelle puissance, songea Dillon en pénétrant sur ce terrain mortuaire, des kilomètres de bois dévastés entourant le versant nord du mont Saint Helens, volcan encore en activité.

Dans ce royaume de la désolation, l'odeur de décomposition se mêlait au parfum riche et sombre de la cendre volcanique, créant un arôme à la fois propre et infâme, comme l'odeur nauséabonde d'une source d'eau sulfureuse.

Tandis qu'il s'aventurait sur ce champ de ruines volcaniques, la peur s'agita dans son ventre, mais il la musela.

Au moment où il avait quitté la ville mourante de Burton, au volant du Range Rover, la terreur s'était lovée dans ses tripes comme un serpent et l'avait rendu à la fois parano et claustrophobe. Il avait combattu ce sentiment jusqu'à ce qu'il s'atténue et n'exerce plus sur lui qu'une moindre pression ; néanmoins, la peur revenait sans cesse. Elle le poussait à accélérer et à conduire dangereusement pour arriver plus vite à sa destination finale.

Les mains qui tenaient le volant n'étaient pas les siennes – du moins pas celles dont il se souvenait. Celles-ci étaient boursouflées et couvertes de furoncles rouges. Ce corps n'était pas le sien non plus. Son ventre bedonnant n'avait cessé de grossir, tant et si bien qu'il avait débordé de son pantalon en pleine nuit. Il avait été contraint de s'arrêter sur un parking pour s'approprier les vêtements plus larges d'un camionneur, lequel avait vu sa vie s'achever de manière brusque et inattendue. Dillon en était finalement venu à devoir faire des ourlets à son jean… il aurait juré qu'il avait perdu plus d'un centimètre depuis la veille. À l'intérieur de son corps, il sentait de nombreux appétits coexister de manière peu pacifique, tapis en lui ; chacun luttait pour prendre le dessus sur les autres, et tous réclamaient qu'on les nourrisse.

L'appétit destructeur hurlait le plus fort, cependant, et son festin final était tout ce qui importait, un festin si somptueux que lorsqu'il s'achèverait, il ne resterait plus rien à engloutir.

À la bibliothèque de Burton, il avait étudié une vaste somme de cartes, de diagrammes et de statistiques. Il avait effectué des calculs qu'un superordinateur aurait été incapable de résoudre et il en avait tiré une réponse, qu'il avait passée au crible d'un sixième sens. La réponse qu'il avait trouvée était la suivante : de tous les endroits sur terre où mettre en place la réaction en chaîne ultime, un seul se situait en Amérique du Nord. L'épicentre de destruction se trouvait dans l'État de Washington, niché dans l'ombre du mont Saint Helens. Là, en ce point secret d'équilibre de l'existence humaine, Dillon aurait à trouver un détonateur humain. Ce devrait être une personne sans aucun contact avec le monde extérieur, un être esseulé empli de colère, une personne indépendante et solitaire. Il faudrait que ce soit un ermite dont Dillon pourrait deviner la destinée avec la précision d'un sniper.

Même si les calculs qui l'avaient amené là avaient été complexes, le plan en lui-même était simple : Dillon trouverait son ermite, mettrait ensuite le doigt sur son point faible, et l'enverrait vers la ville la plus proche. Dans cette ville, il y aurait un lieu de rassemblement, un bar peut-être, où cet homme engendrerait une série d'événements qui ferait perdre la tête à toutes les personnes présentes. Les survivants emporteraient leur folie jusque chez eux.

Au moins l'un d'entre eux prendrait l'avion.

Au moins dix des personnes à bord de cet avion embarqueraient sur d'autres vols. Et de cette manière, la graine de la destruction se planterait dans l'esprit de milliers de voyageurs, s'éparpillant dans des centaines de directions différentes. En quelques jours, aux quatre coins du monde, des gens seraient confrontés à cette même série d'événements, qui leur ferait à leur tour perdre la tête. Des millions de destins s'effondrant comme un château de cartes !

Pour finir, ce ne serait pas un holocauste nucléaire qui anéantirait l'humanité. Ni une météorite coupant la terre en deux. Non, ce serait une simple pensée murmurée à l'oreille d'un homme solitaire. Une simple pensée entraînant une rage chaotique qui se propagerait à travers la planète via une réaction en chaîne inexorable.

Dillon se rappelait avoir vu un film où un pont métallique majestueux s'était violemment écroulé, du fait d'une simple résonance – les vibrations de l'air tout autour. La pensée de Dillon résonnerait et précipiterait l'effondrement de bien plus qu'un petit pont en acier. Il était le marteau qui fracturerait toutes les pensées de l'humanité, détruisant la civilisation jusqu'à ses fondations.

Dillon s'émerveilla du pouvoir de la suggestion. Une petite pensée poussée dans la bonne direction juste au bon moment…

Le concept de la roue, celui de l'écriture… de simples idées qui s'étaient répandues à travers la planète tel un raz de marée et qui avaient créé la civilisation. Comme c'était ironique de se dire qu'une seule pensée suffirait à anéantir cette même civilisation !

La puissance d'un tel acte ne serait surpassée que par l'énergie libérée par la chute – une énergie qui nourrirait l'appétit destructeur comme jamais. À cette pensée, Dillon ne put s'empêcher de saliver. Il avait tellement hâte que le grand processus se mette en marche.

Le visage de ses défunts parents lui apparut brièvement à l'esprit.

Chers parents, vous êtes fiers de moi maintenant ?

Il n'attendit pas de réponse. Il mit le pied au plancher et le rugissement puissant du moteur noya la question avant qu'elle ne puisse résonner dans sa tête.

Cinquième partie

ENTRE LES MURS

16

L'ermite

SLAYTON.

Il n'avait pas besoin de prénom.

La plupart du temps, il n'avait pas besoin de nom du tout. Une fois toutes les deux semaines environ, il descendait dans la ville de Cougar au volant de son vieux pick-up rouillé afin de se ravitailler ; il payait avec de vieux billets froissés avant de disparaître de nouveau le long d'un chemin de terre qui s'engouffrait dans la vallée morte, à l'ombre du volcan fumant.

Il avait quarante ans.

Sa peau commençait à se rider, ses cheveux à grisonner – mais à l'intérieur, ses pensées et ses idées, sa perception du monde n'avaient jamais dépassé l'âge de huit ou neuf ans.

Il était lent.

Pas seulement dans sa façon de penser, mais dans ses gestes. Il avait appris à s'accepter tel quel, et il n'était mal à l'aise que lorsqu'il se retrouvait au milieu d'un groupe qui réfléchissait et agissait plus vite que lui. Pour cette raison, il s'était écarté du reste du monde – la compagnie des gens l'épuisait et lui renvoyait une image négative de lui-même. Du coup, il les évitait et il s'était isolé, devenant le centre de son propre univers.

Il avait appris à être autonome à un jeune âge.

Il avait construit un abri en pleine forêt, et lorsque l'entreprise de bois de construction propriétaire de son terrain l'avait expulsé, il avait déménagé et s'était érigé une autre cabane ailleurs. Et une autre. Aujourd'hui, il pensait avoir enfin trouvé un endroit où on ne viendrait pas l'embêter : une forêt lugubre de bois mort, grise et morne, dont personne ne voulait. Ici, on lui ficherait enfin la paix.

Il buvait trop.

Une habitude qu'il avait héritée de son père, des années plus tôt. Lorsque le vent soufflait et que l'alcool embuait son esprit, il jurait apercevoir des fantômes dans les arbres, comme dans les histoires que lui racontait sa maman. Slayton croyait dur comme fer aux démons et fantômes. Aussi, il ne fut pas entièrement surpris lorsque le diable se présenta à sa porte, un soir d'octobre.

La porte s'ouvrit dans un grincement, et il apparut sur le seuil. Slayton ne bougea pas. Il resta assis à table, sa bouteille de whisky à moitié vide à la main. Il avait déjà englouti l'autre moitié. Sans que son visiteur eût besoin de se présenter, Slayton sut immédiatement à qui il avait affaire.

— Tu dois être Slayton.

— Comment vous connaissez mon nom ?

— On m'a parlé de toi en ville.

Le diable ne ressemblait pas vraiment à l'image que Slayton s'en faisait. Il était jeune et gros. Un adolescent poil de carotte au teint blafard.

— Je te cherchais, reprit le diable.

— Ça m'étonne pas !

Slayton invita le diable à entrer, et le suivit prudemment du regard. Un voile obscur l'enveloppait comme un trou noir. Une ombre oblongue flottait dans son sillage, ondulant derrière lui comme une cape sombre. La Mort en habits mortuaires.

Le diable referma la porte derrière lui, et Slayton fut soudain submergé d'un mélange de colère et de crainte qu'il réprima, résolu à affronter Satan comme un homme. Il prit un verre et y versa une rasade de whisky, tandis que le visiteur prenait place à sa table. Son manteau d'obscurité allait et venait devant lui comme les vagues léchant le rivage.

— Vous trinquez avec moi ? demanda Slayton.

Le diable-adolescent repoussa le verre en secouant la tête.

— Qu'est-ce qui cloche ? Z'avez pas l'âge légal ? rétorqua Slayton.

Il partit d'un ricanement rauque à l'idée que le diable soit trop jeune pour boire de l'alcool. Elle était bonne, celle-là !

— Pas le temps, répondit son invité en vrillant son regard à celui de son hôte pour explorer ses pensées. Je suis pressé.

Slayton remarqua alors que le diable-adolescent transpirait comme un bœuf. Il avait la respiration rapide et saccadée comme s'il était à court de souffle – comme s'il paniquait et qu'il essayait de le cacher.

— Vous cherchez quoi ? demanda Slayton.

— Comment ça ?

— Si vous êtes venu pour moi, pourquoi vous m'avez pas encore emmené ? Finissons-en. J'ai pas beaucoup de patience avec les gens comme vous !

Le diable-adolescent afficha un sourire vicieux, un sourire lépreux.

— Tu n'imagines pas à quel point tu es important. Pas question de toucher à un seul de tes cheveux.

— Dans ce cas, qu'est-ce que vous fichez ici ?

— Je viens souper, répondit le diable.

Slayton secoua la tête et le monde tournoya d'un côté puis de l'autre. Il prit une nouvelle gorgée de whisky et quitta la table pour aller voir ce qu'il avait en réserve dans sa cuisine. *Qu'est-ce que le diable mange ? Du bœuf séché ? Des crackers ?* Il revint dans le séjour en titubant et surprit son visiteur occupé à fouiller dans son armoire à munitions, qu'il avait pourtant verrouillée.

— Sortez vos sales pattes de là ! hurla Slayton.

Mais le gros diable-adolescent ne bougea pas.

— Tu collectionnes les armes ? s'enquit-il.

— C'est pas vos oignons !

Le diable-ado ouvrit la porte du placard en grand, révélant la planque de Slayton : un arsenal comprenant tous types d'armes à feu et d'armes blanches, du fusil au pistolet, et du couteau Bowie à l'arbalète. Toutes rutilantes.

— La plupart n'ont jamais servi, dit Slayton. Elles sont toutes chargées par contre. On sait jamais quand on va en avoir besoin.

— C'est un bel arsenal, fit remarquer le diable-ado.

Il s'intéressa ensuite aux nombreux bibelots disposés sur les étagères. De vieilles photos de famille. Des babioles venant d'un peu partout. Il fit courir son index sur l'étagère poussiéreuse et son regard navigua d'un objet à l'autre à la vitesse de l'éclair, tandis qu'il photographiait mentalement tous les éléments à sa disposition, sur l'étagère pour commencer, puis dans l'ensemble de la pièce. Ses yeux bougeaient si vite qu'il fila le tournis à Slayton. Ces yeux d'un bleu-vert atroce… ils s'immisçaient chez lui, en lui… ils violaient son intimité. Slayton ne supporta pas l'idée ; il s'empara d'une des nombreuses armes de son attirail, un fusil, et le pointa sur le diable.

— J'ai rien à manger pour vous. Vous feriez mieux de déguerpir maintenant !

Le diable-ado ignora Slayton. Il inclina légèrement la tête pour tendre l'oreille… puis il huma l'air… et puis ce fut comme si un déclic s'était produit. Il reporta son attention sur Slayton et planta son regard dans le sien.

— Tu aimais beaucoup ta maman, n'est-ce pas ? C'est dommage qu'elle soit morte si jeune.

— Que… qu'est-ce que vous en savez ?

— J'en sais suffisamment. Je sais que ton père travaillait dans le bois et qu'il s'absentait souvent. Je sais qu'il n'en a jamais rien eu à faire de toi. Je sais que tout le monde, y compris lui, te traitait de tous les noms… mais ta maman, elle, te défendait contre ces gens cruels, non ?

Slayton abaissa un peu son canon et hocha imperceptiblement la tête.

— Elle te donnait un petit nom affectueux. Un nom secret… c'était un secret entre vous. Qu'est-ce que c'était ?

Slayton déglutit avec peine et laissa tomber son fusil le long de son flanc. *Comment il sait ça ?*

— Petit Prince, dit-il. Comme le livre.

Le gros diable-ado afficha un rictus.

— À la mort de ta maman, ton papa t'a abandonné. Tu avais quel âge ? Quinze ans ?

— Je venais de les avoir, acquiesça Slayton. Et puis ensuite, il a bu jusqu'à en crever. Ça m'a fait bien plaisir, ça.

— Je sais.

Le diable fit un pas vers lui et Slayton ne put décrocher ses yeux des siens.

— C'est important, Slayton. Après le décès de ton père, tu as résidé en ville pendant un an ou deux, avant de retourner vivre dans les bois… Dis-moi le nom de cette ville.

Slayton se mordit la lèvre inférieure pour l'empêcher de trembler. *Le diable sait tout !*

— Allons, Slayton. Donne-moi le nom de la ville en question.

— Tacoma, répondit faiblement Slayton.

— Tacoma ! (Le diable parut soulagé.) Écoute-moi bien, Slayton. Je m'apprête à faire de toi l'homme le plus important du monde. Je ne te demande qu'une seule chose, c'est de bien m'écouter.

— Je vous écoute, dit-il, le regard perdu dans l'iris turquoise du diable.

Alors ce dernier s'approcha au plus près de Slayton et se pencha vers lui pour susurrer à son oreille. Sans le toucher. Il lui murmura d'une voix semblable à une caresse :

— *Il y a quelqu'un à Tacoma… qui t'est redevable.*

Slayton mit un instant à enregistrer l'information… Puis les mots s'imprimèrent dans son esprit et résonnèrent dans chacune de ses pensées. Jusqu'à ce qu'il ait l'impression que son cerveau allait éclater. Oui ! Il y avait quelqu'un à Tacoma qui lui était redevable ! Il ne savait pas de qui il s'agissait, mais qui que soit cette personne, Slayton la retrouverait et lui ferait payer !

Slayton lui-même sentit qu'il s'agissait du début d'une immense réaction en chaîne qui affecterait grandement sa vie et celle de beaucoup, beaucoup de gens.

Il était sur le point de se diriger vers son armoire à munitions.

Ce fut à cet instant que tout partit en vrille.

Winston avait tenu la crosse du revolver pendant si longtemps dans sa poche qu'elle s'était réchauffée au contact de sa main. Un indice trouvé dans la bourgade la plus proche les avait conduits jusqu'à cette cabane. Ils enfoncèrent la porte de guingois, et Winston dégaina son arme. Il la brandit devant lui, le doigt fébrile sur la détente. Chaque seconde était cruciale. Il n'y avait plus aucune place pour l'erreur.

Il jaillit dans une pièce sombre où on ne voyait pas grand-chose. Ses quatre partenaires suivirent Winston en file indienne, engendrant un certain remue-ménage et bloquant le passage.

Deux silhouettes se trouvaient dans la pièce, et Winston eut vite fait d'identifier celle qui appartenait à Dillon ; mais tandis que sa vision s'ajustait à la pénombre, il hésita. Ils eurent tous un instant d'hésitation, car ils ne pouvaient pas en croire leurs yeux.

— *Madre de Dios !* s'exclama Lourdes.

Dillon ne ressemblait quasiment plus à un humain – son corps avait gonflé comme un ballon, son visage était couvert de furoncles purulents. Ses yeux étaient deux saphirs vides incandescents.

Winston sentit la présence de la créature qui l'avait si longtemps parasité. Elle s'était réfugiée à l'intérieur de Dillon elle aussi. C'était donc vrai : tous leurs monstres avaient élu domicile dans le corps de Dillon !

— Non ! s'écria ce dernier.

Il voulut s'échapper mais ils se jetèrent tous les cinq sur lui, et le saisirent dans le filet de leurs dix mains. Il s'extirpa de leur étreinte et recula jusque dans un coin tel un animal acculé.

De l'autre côté de la pièce, le vieil ermite restait planté, bouche bée, près d'une armoire grande ouverte. Carter, le garçonnet, observait la scène depuis le seuil de la cabane, de ses yeux atrocement inexpressifs.

— Vas-y Winston ! ordonna Tory. Qu'est-ce que tu attends pour tirer ?

— C'est trop tard, hurla Dillon. Ça n'a plus aucune importance maintenant. Quoi que vous fassiez, c'est trop tard.

— La ferme !

— C'est trop tard, répéta Dillon en ricanant.

Winston fixa la créature tapie dans un coin de la pièce et brandit son revolver. *Le plan, le plan, suis le plan.*

Il agrippa la crosse des deux mains, maîtrisa ses tremblements, mit sa cible en joue et appuya sur la détente.

Le rugissement émis par les six créatures noya la détonation.

Un éclair de lumière – un éclair de ténèbres – des silhouettes spectrales bondissant dans six directions différentes – hurlant – des flammes bleues – des tentacules –

des crocs horribles ! Six ombres noires s'accrochant aux murs, poussant des cris perçants et des gémissements de rage…

… et de peur.

— Elles ont peur de nous ! s'écria Tory. Regardez-les !

Les bêtes s'éparpillèrent aux quatre coins de la pièce pour échapper aux adolescents, sautant, rampant, volant de mur en mur.

— Ne les laissez pas entrer en vous ! hurla Michael. Battez-vous, faites votre possible pour les garder à distance !

Même s'ils ne savaient pas comment s'y prendre, ils tinrent bon, résolus à résister aux monstres rugissants, qui, du coup, n'osèrent pas les approcher.

Sans hôte à infester, les créatures ne pouvaient pas survivre longtemps dans ce monde.

Elles décidèrent donc de le quitter.

Une réaction que le groupe n'avait pas anticipée…

Les six parasites hideux se réunirent au centre de la pièce et, dans un coup de tonnerre qui fit trembler la minuscule cabane sur ses fondations, elles créèrent un portail, une ouverture sur une autre dimension.

Un trou béant déchira le tissu de l'espace, et les créatures s'échappèrent par cette sortie de secours, disparaissant dans les ténèbres.

Le trou ! songea Winston avant même de comprendre ce qu'il représentait. *Nous sommes trop proches du…*

Le corps inanimé de Dillon fut aspiré par la brèche ; en voulant le rattraper, Deanna perdit l'équilibre. Winston tenta de la retenir… En un éclair, ils s'étaient tous raccrochés les uns aux autres et, déséquilibrés, ils glissèrent dans le vortex, passant de la lumière à l'obscurité.

L'espace d'un instant… un tout petit instant, un sentiment de plénitude les traversa :

La complétude.

Connectés tous les six.

Réunis et invincibles.

Perfection et joie.

Union absolue.

Mais cette sensation s'interrompit lorsqu'ils eurent traversé le rideau de ténèbres. Ils atterrirent brutalement sur un sol d'un autre monde et s'éparpillèrent tels des fragments de verre brisé.

Slayton assista à leur disparition.

Tout s'était passé si vite… il n'était pas vraiment sûr de ce qu'il avait vu… Mais alors il s'aperçut que ça n'avait pas d'importance parce que *quelqu'un à Tacoma lui était redevable.*

Plus rien d'autre ne comptait. Ni la disparition brutale du diable-adolescent et de ses disciples. Ni le trou noir encore en suspension au milieu de son salon. Rien ne comptait plus, car il était investi d'une mission.

Cinq minutes plus tard, il avait chargé la plupart de ses armes dans la remorque de son pick-up. Il n'avait pas remarqué le petit garçon qui, debout, l'observait en silence. Jusqu'à ce que ce dernier décide de s'exprimer.

— Monsieur, tu joues à un jeu ? demanda le petit, la tête inclinée de côté comme s'il était à moitié mort.

Slayton n'avait pas le temps de répondre à ses questions : rien ne devait entraver son chemin. Aussi, il attrapa un fusil chargé dans sa remorque.

— T'es un cow-boy ou un Indien ? demanda le petit.

Slayton braqua son arme sur le gosse. Personne ne viendrait se placer entre lui et Tacoma.

17

L'Im-monde

Dillon sentit son esprit, son corps et son âme se désintégrer, et une seconde plus tard il fut arraché au monde.

Il n'entendit pas le coup de feu retentir, mais une douleur fulgurante éclata à l'arrière de sa tête, à l'endroit où la balle avait dû ressortir.

À présent, tout était calme. Silencieux. Il sentit le sang dégouliner à l'arrière de son crâne, et il approcha sa main de son front, persuadé que ce geste serait son dernier avant la mort. Il toucherait son front en miettes et il mourrait.

Mais il ne trouva pas d'orifice d'entrée.

En se palpant l'arrière du crâne, il nota que la balle n'était pas ressortie non plus. Seule une entaille lui barrait le cuir chevelu, car il était tombé sur une pierre pointue, et de la blessure s'écoulait un mince filet de sang sur le sable couleur rouille.

La tête lui tournait. Il éprouva un vide insupportable. Un creux. Tout un tas de créatures s'étaient entassées dans son corps pour disparaître d'un seul coup, laissant derrière elles un vide à la fois étrange et déroutant. Les voix des autres – qui avaient voulu le tuer ! – résonnèrent autour de lui.

— Ils se font la malle !

— On peut encore les rattraper !

— Ne reste pas assis là ! Cours !

Il perçut des trottinements et entrevit le gamin noir qui lui avait tiré dessus.

— T'es mort ? dit-il en se penchant sur lui.

— Ouais, rugit Dillon.

— Tant mieux, répliqua le gamin avant de détaler pour rejoindre ses amis.

Dillon ferma de nouveau les yeux. Et tâcha de ressentir quelque chose… n'importe quoi. Il sentait le sang pulser dans ses mains et dans ses pieds, la douleur à l'arrière de son crâne, mais *à l'intérieur* il n'éprouvait rien. Les événements des dernières semaines lui revinrent peu à peu en mémoire, comme les détails d'un cauchemar… Il se rappela Boise, Idaho Falls et Burton, et tous ces autres lieux et personnes qu'il s'était savamment évertué à détruire. Mais ces souvenirs baignaient dans un brouillard engourdissant. Aucun scrupule. Aucun remords. Il n'éprouvait pas le moindre sentiment. Pas de cœur. Pas d'âme.

— Dillon ?

Il rouvrit les yeux et il vit Deanna, agenouillée près de lui. Elle l'aida à redresser le buste et, en bougeant, il sentit un objet dur au creux de ses reins et ramassa le revolver qui aurait dû le tuer. Deanna le lui prit doucement des mains et en ouvrit le barillet.

— Quatre chambres ; trois balles. On a tiré à blanc pour effrayer les créatures et les forcer à quitter ton corps. Si ce plan n'avait pas fonctionné, il nous restait encore les trois autres balles.

Dillon se sentait affaibli et fiévreux. Il s'aperçut qu'il n'avait pas mangé depuis des jours.

— On cst où ?

Sa vision s'était accommodée à l'étrange lumière crue, et il parcourut l'endroit des yeux. Le sable était rouge vermillon, le ciel d'un bleu glacial. Une brèche insignifiante, à trois mètres de haut dans les airs, indiquait le passage vers leur propre monde.

Et tout autour d'eux, le paysage du désespoir.

Avions crashés et navires échoués jonchaient le sable. Çà et là, des voitures rouillées contenant des squelettes qui s'effritaient. Le Grand Jardin de la Mort. Toutes les personnes et toutes les choses qui avaient disparu de manière inexpliquée se retrouvaient stockées dans cet endroit après être passées au travers de la trame spatio-temporelle. Et pourtant, ce n'était pas tout à fait un autre monde – c'était l'Im-monde – un lieu délaissé, invisible, et abandonné. Un entre-deux.

Dillon se retourna. Derrière eux, une montagne solitaire les surplombait ; elle n'était pas plus à sa place que le reste du décor. Sur son sommet se dressait une sorte de château troglodytique.

La créature de Dillon escaladait le flanc de la montagne. Ainsi que celle de Deanna. Les quatre autres adolescents s'étaient élancés dans diverses directions, pourchassant leurs propres démons. Pendant ce temps, ceux de Dillon et de Deanna se faisaient la malle.

Quand bien même. Dillon n'éprouva rien.

Il se tourna vers Deanna.

— Je veux que tu me regardes et que tu me dises ce que tu vois.

Deanna l'examina avec une grimace qu'elle tâcha de camoufler.

— C'est pas terrible mais tu as déjà perdu un peu de poids ; quant à ta peau…

— Non, l'interrompit Dillon. Tu ne m'as pas bien compris. (Il se cramponna à elle et plongea son regard dans le sien.) Qu'est-ce que tu vois… quand tu me regardes…

Deanna sonda ses yeux comme à son habitude. Il la sentait presque fouiller dans sa tête. Elle l'examina longuement, et une larme roula sur sa joue.

— Ils m'ont tué, n'est-ce pas ? devina Dillon. Ces monstres ont quitté mon corps et mon esprit, mais ils ont tué mon âme ?

— Non, bredouilla Deanna en affichant un sourire timide à travers ses larmes. (Dillon comprit qu'elle ne pleurait pas de chagrin mais de joie.) L'autre jour, j'ai cru que tu étais parti pour toujours, alors je me suis enfuie… Mais j'avais tort… Tu es encore en vie, Dillon. Corps *et* âme.

Deanna se pencha en avant et posa un baiser sur ses lèvres gonflées, ce qui fit renaître en lui une étincelle de sentiment.

Il porta le regard sur la brèche dans l'espace, juste hors de leur portée, et la gravité de leur situation lui revint à l'esprit.

— Slayton, murmura-t-il. Je l'ai envoyé se défouler à Tacoma…

Deanna l'aida calmement à se mettre debout.

— Chaque chose en son temps. Occupons-nous d'abord des parasites. Ils sont trop dangereux ; il faut les neutraliser.

Dillon ne put détacher son regard d'elle. Après tout ce qu'il avait fait, elle se souciait toujours de lui… et après toute la terreur qu'elle avait éprouvée, elle affrontait ce nouveau défi avec sérénité.

— Comment tu fais pour être si forte ?

Deanna lui répondit par un sourire.

Quel don merveilleux, songea-t-il. *Tant de courage et de bravoure…*

Il se mit debout, les jambes flageolantes, comme un défunt refusant de rendre l'âme ; et il puisa dans la volonté de Deanna pour se donner des forces. Ensemble, ils se dirigèrent vers la montagne pour affronter leurs démons.

Tory avait compris la première que ces bêtes pouvaient être éradiquées. Elle l'avait su à leur manière de se mouvoir. Elles se déplaçaient plus lentement que dans leur monde ; elles couraient, elles rampaient, elles ondulaient, comme des êtres de chair et de sang. Évidemment, dans cet Im-monde, les bêtes étaient des créatures de chair. Autrement dit, elles avaient leurs faiblesses et on pouvait les chasser ! Elles s'enfuirent dans diverses directions, et chacun d'entre eux se mit à pourchasser la créature qui était la sienne.

Dans cet univers, le parasite de Tory était une masse grise informe, aux contours fluctuants. Mais en se rapprochant, elle vit qu'il s'agissait en fait d'un essaim. Des millions de bactéries en mutation constante – une colonie d'épidémies sur pattes – qui bourdonnaient en se déplaçant d'un même mouvement, comme si elles n'étaient qu'une seule entité pourvue d'un million de minuscules corps évoluant à l'unisson, parfaitement coordonnés, suivant une seule et même directive.

Tel un essaim d'abeilles.

Quand cette image lui vint, elle sut comment s'y prendre pour tuer la créature.

L'essaim qui n'était plus qu'à une dizaine de mètres d'elle décolla, fondit sur les arbres dénudés et les navires abandonnés jusqu'à atteindre l'épave d'un vieil avion à hélice. Lorsqu'il disparut à l'intérieur de l'appareil, Tory se prépara à pénétrer dans une ruche.

La cabine était remplie de sièges détériorés et de squelettes de passagers morts depuis des lustres. À l'avant, la bête l'attendait de pied ferme ; une nuée vrombissante qui avait pris une forme humaine grossière, arborant une paire de bras et de jambes.

Tory s'avança avec prudence, et le bourdonnement augmenta ; la créature s'approcha à son tour et l'attaqua de front. Elle fut assaillie de tous côtés par des millions d'insectes hideux qui recouvrirent chaque millimètre de son corps. Ils la piquèrent et la mordirent, rongèrent sa peau et aspirèrent son sang, creusant dans sa chair. La douleur était insoutenable ; Tory poussa un cri d'épouvante. Ces choses étaient en train de la dévorer ! Elle allait mourir dans cette carlingue puante ! Le corps à vif, elle s'enfonça au cœur de la bête, priant pour mener à bien son plan avant que l'essaim ne l'achève. C'est alors que, au centre de la masse rugissante, elle trouva ce qu'elle cherchait. Une créature planant au beau milieu de la nuée ; d'à peine deux fois la taille de son poing, elle possédait un corps globuleux grotesque, des tentacules et des yeux exorbités, à mi-chemin entre le moustique et le mollusque. La chose la fixa, furieuse et effrayée, tandis que, tout autour, l'essaim continuait de la piquer, s'enfonçant sous sa peau, luttant pour faire d'elle sa nouvelle ruche.

La colonie d'insectes avait naguère trouvé refuge dans son corps. Mais il n'était pas question qu'elle s'y réinstalle. Surmontant son dégoût, Tory saisit la reine de l'essaim et transféra sa furie dans son poing, qu'elle serra de toutes ses forces, résolue à en finir. Cette chose avait perverti son don… mais maintenant qu'elle se trouvait *à l'extérieur* de son corps, elle ne pouvait plus se défendre contre le pouvoir désinfectant de Tory.

L'infecte créature gigota dans son poing, pendant que la maladie s'égouttait de son corps, sa chair passant du gris au translucide. Les insectes tombèrent progressivement par terre, crépitant sur le sable comme des gouttelettes de pluie, jusqu'à ce que leur reine soit seule et vulnérable. Sans ses gardiens et sans sa saleté, cette créature n'était plus rien… Tory la jeta par terre et l'écrabouilla sous son talon comme on écraserait un moucheron qui nous enquiquine.

Michael pourchassa sa créature, une bête cernée de flammes bleues, jusqu'au rivage d'une mer très agitée, où l'eau sombre, semblable à une marée noire, léchait le sable vermillon.

Il se jeta sur la bête et la plaqua à terre. Au même instant, il fut submergé par une tempête d'émotions si puissante qu'il crut bien y rester. Un incommensurable chagrin, une colère tailladante, un désir plus que bouillant… Des sensations si fortes qu'elles risquaient de l'anéantir. Il retourna la créature sur le dos pour lui faire face – mais elle ne possédait pas de visage ; rien que des yeux. Turquoise, hypnotiques. Ainsi que de nombreuses mains brûlantes.

Peu à peu, autour de ces yeux d'une profondeur vertigineuse, la créature fit pousser une tête. Le visage d'une très jolie fille – un mélange de toutes celles qu'il avait connues et désirées – et la myriade de mains ne le griffaient plus, elles le caressaient. Ces mains d'une douceur soyeuse effleurèrent son torse et ses jambes. Michael cessa d'étrangler la créature ; il plaça ses paumes sur ses épaules. Il sentit des mains se poser sur sa tête et l'attirer dans une étreinte puissante, et toutes ses émotions contradictoires furent englouties par un sentiment encore plus fort : cette bonne vieille sensation familière, la passion brutale qui dirigeait sa vie.

La sublime créature entraîna Michael dans un baiser endiablé.

Tu n'imagines même pas le plaisir que je pourrais te donner, l'entendit-il dire. *Toutes les joies possibles… juste à portée de main… si seulement tu cessais de résister… si seulement tu me nourrissais…*

Son ardeur se mêla à celle de Michael.

Reprends-moi, dit la créature. *Laisse-moi entrer.*

Elle tenta de se glisser sous sa peau et de se dissoudre dans son sang.

Te laisser entrer ? songea Michael. C'était comme ça que ça s'était passé la première fois ? Est-ce qu'il avait fallu inviter cette bête ?

Il songea à la fille de Baltimore, puis à celle d'Omaha. La créature était maintenant devenue si puissante que, d'un seul baiser, elle était capable de voler l'âme d'une personne. Allait-il l'inviter à se réfugier en lui et le posséder ?

Non ! Il fallait à tout prix l'en empêcher. Michael éteignit tout – et fut surpris de constater qu'il en avait le pouvoir. Il étouffa ses peurs, sa colère, son désir. Il recouvrit son sang-froid et devint étanche à l'emprise de cette créature sensuelle qui s'agrippait à lui.

Autour d'eux, l'air se refroidit et la neige tomba en bourrasque, mais nul vent glacial ne soufflait. Il n'avait pas peur.

La créature émit une longue plainte, ses mains redevinrent des griffes qui s'enfoncèrent en lui, son visage fondit ; il ne resta plus que son regard incandescent. La neige s'intensifia et les flocons l'attaquèrent comme des gouttelettes d'acide.

Michael comprit qu'il était en train de la tuer, mais il ne s'autorisa aucun mouvement de joie, pour ne pas perturber le processus.

Il demeura calme et impassible. La neige se mit à tomber de plus belle. Michael se pencha sur la créature ; elle était au supplice. Il n'éprouva rien face à sa détresse.

Pour tous les esprits qu'on a détruits, pour toutes les filles dont on a envahi ensemble l'âme, je t'abandonne ici, sur le sol glacé, sans le moindre scrupule. Je ne serai pas ton complice. Je ne serai pas ton esclave. Mon corps ne sera pas ton vaisseau. Et je m'éloignerai sans éprouver le moindre remords.

La neige avait recouvert la créature gémissante, qui tentait encore de se débattre… en vain. Ses mains d'où jaillissaient toujours des flammes bleutées gigotaient dans le vide. Sous le regard de Michael, elle s'enlisa dans le sol. La neige s'illumina de bleu pendant quelques instants, le temps que la créature se dissolve dans le sable, puis les eaux noires et chaudes de l'océan de l'Im-monde se brisèrent sur le tas rougeoyant et l'avalèrent. En quelques secondes, il ne resta plus rien qu'une fine pellicule d'écume bleue déchiquetée par les vagues sombres.

Pendant ce temps, Lourdes luttait contre sa propre créature, qui était énorme et se mouvait lentement. Lourdes avait beau s'être musclée sous toute sa graisse, cette bête était beaucoup plus puissante qu'elle. C'était comme une pieuvre ; une chose noire visqueuse et sans os, pourvue de tentacules aussi épais que ses cuisses, et d'un œil unique empli de haine.

Le pire, c'était sa bouche, une large gueule édentée et béante vers laquelle les tentacules tentaient d'attirer Lourdes. Elle tenta de se camper solidement dans le sable, en vain. La bête l'avala tout entière dans un rugissement assourdissant.

Lourdes inspira une dernière goulée d'air avant que la bouche se referme sur elle. Elle se retrouva dans un antre noir, humide et suffocant. Elle se débattit à coups de coude, griffant le gosier de la créature. Son cœur battait à tout rompre, tandis qu'elle usait la dernière goutte d'oxygène présente dans ses poumons… mais elle entendit le cœur de la bête s'emballer aussi. La situation s'était inversée, c'était elle qui se retrouvait à l'intérieur de la chose… et Lourdes prit conscience que cet élément changeait totalement la donne. Elle se concentra sur le cœur congestionné de la bête jusqu'à ce qu'il apparaisse dans son esprit. Réemployant le procédé qu'elle avait utilisé pour endormir Carter et l'écurcuil, elle s'immisça dans le système nerveux de la créature.

Et elle stoppa son cœur.

La chose se débattit, sentant son organe vital attaqué. Elle recracha violemment Lourdes. Humide et visqueuse, mais bien vivante, celle-ci reprit tant bien que mal son souffle. La tête avait beau lui tourner, elle maintint son ascendant sur la bête : les poings crispés, elle s'imagina comprimer son cœur au creux de sa paume jusqu'à ce que la chose s'écroule par terre en convulsant. Elle rendit son dernier souffle, la gueule béante. La haine présente dans son regard atroce s'évanouit, cédant la place au néant de la mort.

Winston pourchassa son parasite jusque dans l'ombre d'un bateau à vapeur, dangereusement incliné sur le sable. Sa coque rouillée était à peine calée entre deux rochers.

À sa grande surprise, la créature était petite – encore plus petite que lui. Elle courait à quatre pattes, les jambes courtes et les bras élancés. Winston l'aurait aisément rattrapée s'il ne s'était pas foulé la cheville lors de la chute. Mais il lui courut après en claudiquant, grimaçant à chaque pas.

Dans l'ombre du bateau, Winston rattrapa la bête et saisit une de ses pattes velues. Au lieu de résister, elle se retourna face à lui et plongea son regard dans le sien.

Ce n'était pas la créature que Winston avait imaginée. Elle avait les yeux larges et bienveillants. Elle avait la fourrure soyeuse ; le visage innocent, l'air curieux. On eût dit une grosse peluche ; un mélange de singe et d'ourson.

Lorsqu'il vrilla son regard au sien, Winston eut envie de la prendre dans ses bras. La créature enroula ses membres velus autour de lui.

C'était agréable. Confortable. Rassurant. Il désira se blottir contre elle. C'est alors qu'elle passa derrière lui, s'accrocha à son dos comme un koala, et lui enlaça le cou.

Son souffle lui caressa l'oreille. Son haleine était aussi propre et fraîche que celle d'un bébé.

Je peux faire en sorte que tout redevienne comme avant, murmura-t-elle. *Avant que ton père ne meure. Je peux tout rembobiner pour que tu te sentes comme avant.*

Son odeur parfumée et la douceur de sa fourrure suffirent à le réconforter. À paralyser ses craintes.

Les *paralyser* ?

Elle ouvrit la bouche en grand et planta ses crocs dans la nuque de Winston, engourdissant sa colonne vertébrale. Il sentit sa vie se rembobiner, son corps rapetisser. Winston rugit de colère. D'accord, ça lui était arrivé de souhaiter revenir en arrière, mais cette époque était révolue ! Il saisit la bête et la jeta contre la coque du bateau. La créature revint à la charge, toutes griffes dehors, alors que son regard demeurait innocent.

Elle bougeait bien plus vite que Winston et se fraya un chemin à travers les épines qui avaient poussé à l'ombre du navire géant.

Winston eut une idée. Que faire ? La terrasser avec un bouquet ? La vanne de Michael lui revint en mémoire et il comprit que c'était une option ! Sans perdre un instant, il s'empara de la tige noueuse du buisson, enroula les paumes autour de ses épines, et il lui insuffla son énergie.

Sous ses pieds, le sol se mit à gronder et onduler. Des lignes semblables à des tunnels se dessinèrent, et des racines jaillirent de la terre. La créature se prit la fourrure dans une branche. Bloquée, elle se mit à geindre. Elle bêla comme un agneau, alors que des fleurs de couleurs éclatantes s'épanouissaient sur les branches, dissimulant les épines pointues.

Winston s'engouffra au cœur du buisson où la créature était coincée. Il toucha la branche qui la retenait prisonnière et de nouvelles pousses en surgirent aussitôt. Elles s'entremêlèrent autour de la bête jusqu'à ce qu'elle fût prise au piège.

Autour d'eux, la terre continuait à onduler, tandis que, sous leurs pieds, les racines se frayaient un chemin en profondeur, se renforçant. Le navire incliné grinça sur son lit sablonneux précaire.

La créature hurla à la mort, luttant pour se dégager des barbelés végétaux qui lui déchiquetaient la peau.

— Tu peux pleurer toutes les larmes de ton corps. *Mais je grandis !*

Une racine de la taille d'un tronc surgit de la terre, juste en dessous du navire. Le bateau se souleva en émettant un gémissement inquiétant.

Winston s'extirpa du buisson, abandonnant la bête dans sa prison d'épines. Il se fraya un chemin parmi les branches jusqu'à ce qu'il sorte de l'ombre du navire.

Une nouvelle plainte métallique retentit, suivie d'un puissant fracas.

Winston se retourna : la quille du bateau perdit sa bataille contre la pesanteur. Le navire tout entier tomba lentement sur le flanc. Au-dessous, la bête épouvantée hurlait en se débattant. Le navire s'écroula de tout le poids sur la petite créature insignifiante qui fut réduite en bouillie sous les milliers de tonnes d'acier. La chute du navire provoqua un tremblement de terre.

Dillon et Deanna entendirent le navire s'effondrer. Quelques secondes plus tard, l'onde de choc atteignit la montagne. Les pierres délogées par la secousse ruisselèrent le long du flanc ; mais ils restèrent concentrés sur les deux créatures qu'ils pourchassaient et qui escaladaient le versant escarpé, une trentaine de mètres devant eux.

De dos, le parasite de Dillon paraissait presque humain, quoiqu'il se déplaçât avec une grâce surnaturelle. Il avait la peau lisse, le corps glabre et gris, les muscles saillants. Il était d'une répugnante beauté. Chaque fois qu'il le regardait, Dillon était pris d'un haut-le-cœur. La créature de Deanna était dépourvue de grâce. Elle n'avait ni bras ni jambes ; c'était une sorte de rampant, plat et segmenté comme un ver géant.

Ils atteignirent bientôt un plateau trop régulier pour être naturel. Il s'agissait en fait d'une cour en pierre majestueuse qui menait au château abandonné sculpté dans la roche. Les créatures disparurent dans les recoins sombres de cette acropole antique. Elles étaient de retour chez elles ; c'était leur antre, leur repaire.

— N'aie pas peur, dit Deanna. Nous allons les retrouver.

Sur ces mots, elle opta pour un couloir situé sur leur gauche ; Dillon emprunta celui de droite.

Deanna aurait dû avoir peur, mais ce n'était pas le cas. Elle gravit les marches de pierre sans perdre son sang-froid, enjambant les os effrités de très vieux squelettes humains, s'enfonçant peu à peu dans les ténèbres. La bête aurait pu se tapir dans n'importe quel renfoncement. Il se pouvait qu'elle l'attende en embuscade. Deanna savait qu'elle n'était pas loin, et qu'elle patientait, lovée comme un cobra, prête à bondir.

Son pied buta contre un objet. Une pierre ? Non… la chose remua. Un rat ? Y avait-il des rats dans ce monde désolé ? Elle se retourna mais l'obscurité la cernait de toutes parts. Elle se prit le visage dans des toiles d'araignées d'une résistance surnaturelle.

Une odeur âcre et humide de tourbe et de moisissure l'assaillit au moment même où la bête l'attaquait par la gauche. Elle se jeta sur son épaule, s'y cramponna à l'aide de ses puissantes mâchoires dépourvues de dents, semblables à un piège à ours. Deanna sentit une peau de serpent humide et froide s'enrouler autour d'elle et lui comprimer le buste, empêchant l'air et le sang de circuler. Elle perdit l'équilibre et dégringola une volée de marches.

Au pied de l'escalier, elle réussit à libérer sa main et en profita pour saisir la bête par le cou ; elle tira de toutes ses forces, éloignant les mâchoires de son épaule. Sa vue s'était faite à la pénombre et elle distinguait maintenant son adversaire. Son souffle était glacé et son haleine empestait ; quant à son visage, il était presque humain… sauf qu'il n'avait pas d'yeux.

Deanna comprit alors une chose. À sa manière de se déplacer, bondissant furtivement d'un côté puis de l'autre, sa façon de mordre fiévreusement dans le vide. Deanna ne connaissait que trop bien ce sentiment…

Tu es terrifié, n'est-ce pas ?

Le serpent resserra son étreinte autour de son torse.

Tu es terrifié à l'idée de mourir.

Il ne voulait pas la tuer. Deanna le savait. Il désirait simplement se réfugier en elle. Rentrer… chez lui.

Reprends-moi, semblait-il l'implorer. *Pitié ! Reprends-moi… J'ai tellement peur. Ne me force pas à te tuer.*

Ses menaces n'eurent aucun effet sur Deanna. Elle maintint calmement la tête à distance pour l'empêcher d'attaquer de nouveau. En revanche, elle commençait à manquer d'oxygène et faiblissait peu à peu.

Ta place n'est pas en moi, répondit-elle en silence. *Et tu ne me fais pas peur. Par conséquent, je pense que tu vas devoir me tuer.*

Le serpent, plus terrifié que jamais, resserra encore son étreinte, mais Deanna se leva tant bien que mal et enfonça les pouces dans le cou de la bête, l'empêchant à son tour de respirer. Ils titubèrent sur le sol rocailleux dans une danse létale, et il devint évident que la partie reviendrait à qui étranglerait l'autre le premier.

Dillon Cole, qui se sentait plus vide que jamais, arpentait lentement les couloirs du palais abandonné. Les bris de verre s'étaient depuis longtemps changés en grains de sable. Les os des morts tombaient en poussière sous ses pieds. Il se demanda si sa dépouille allait bientôt venir s'ajouter à celles des serviteurs de ce château oublié.

La créature était facile à pister ; ses grands pieds laissaient des empreintes nettes sur le sol poussiéreux. Dillon suivit sa trace jusqu'à une grande salle.

Entre deux colonnes se dressait un trône royal, et, sur ce trône, reposaient les restes d'un homme. Ses habits étaient intacts, mais les fils avaient moisi et s'étaient tellement détériorés que les broderies avaient disparu de la majestueuse robe. Le château – la montagne tout entière – avait chuté dans cet univers depuis un autre monde, et il ne restait de ses occupants que de vieux os friables.

À l'autre bout de la salle se tenait le monstre.

Une peau gris foncé sculptée de muscles puissants… arborant un visage familier.

Le visage de Dillon.

La créature ne prit pas la peine de s'enfuir. Elle s'approcha, imitant les gestes de Dillon, jusqu'à ce qu'ils ne soient plus séparés que d'un mètre. Elle n'attaqua pas Dillon, qui ne passa pas à l'offensive non plus. Il plongea son regard dans les yeux de la créature, tâchant d'y lire un schéma.

Ce ne fut pas une mince affaire, mais il réussit à retracer son passé. À l'origine, cet être était petit et insignifiant… un asticot à qui il avait ouvert son âme dans un moment de faiblesse. Une fois niché là, il avait grandi, évolué en un parasite plus grand, puis il avait pris davantage d'ampleur encore. À l'instant même, il semblait à deux doigts d'une nouvelle métamorphose. Au travers de sa peau translucide, Dillon voyait une nouvelle forme prendre vie, prête à émerger… dès qu'elle serait nourrie.

Dillon dégaina le revolver. Cette fois, les trois premières chambres étaient chargées.

Un rictus apparut sur le visage de la créature. Une version pervertie du sourire de Dillon.

Je peux te détruire d'une seule pensée. Tu seras mort avant que le chien ne percute l'amorce de la cartouche.

Dillon se cramponna davantage à son arme.

Le monstre insinua donc une pensée dans l'esprit de Dillon.

Assume le poids de tes actes, lui susurra-t-il, *ASSUME LE POIDS DE TES ACTES !*

Son index se figea sur la détente, et tous les sentiments enfouis au tréfonds de son être resurgirent d'un seul coup. Son âme corrompue sortit de sa planque, s'accompagnant d'un cri venu du creux de son ventre. Tous ses souvenirs dénués d'émotion prirent sens et déferlèrent dans son cerveau comme un jet de bile.

Remords !

Chagrin !

Honte, faute, et culpabilité résonnèrent à travers son esprit comme un bang supersonique. Jusqu'à ce qu'il se sente sur le point de sombrer dans le même chaos que celui qu'il avait créé tout autour de lui. Il tenta de nier les atrocités qu'il avait commises – tenta de nier qu'il avait choisi ce parcours, mais parmi ces nuances de gris, la vérité ressortait noir sur blanc : ç'avait été son choix de détruire. Ç'avait été son choix de nourrir la bête.

Le poids de ses crimes l'accabla avec une telle force qu'il en vint à souhaiter que Winston l'ait abattu pour de vrai un peu plus tôt.

Mais il était encore temps pour lui de rectifier cette erreur ! Les trois premières chambres étaient chargées. Il pouvait soulager sa douleur – cette horrible culpabilité.

Soudain, la créature debout face à lui n'eut plus aucune importance. Tout ce qui comptait pour lui, c'était d'abréger ses propres souffrances. Il retourna donc son arme contre lui-même et pressa le canon froid contre sa tempe.

Devant lui, le monstre plia les doigts dans un geste similaire au sien et prit une grande inspiration, attendant d'être nourri.

Nourri.

Dillon serra les dents et rassembla toutes ses forces pour empêcher son doigt d'appuyer sur la détente. Se détruire reviendrait à nourrir la créature. Il devint évident que la seule manière de ne pas satisfaire ce parasite était pour lui d'endurer la souffrance. Ce qu'il fit donc. Il accepta la responsabilité de la mort et de la folie qu'il avait semées sur son chemin. Un poids insupportable lui tomba sur les épaules… et ce fardeau, pesant sur lui comme des milliers de pierres, faillit le tuer sur place.

Mais il y survécut.

Il lui resta tout juste assez de forces pour retourner le revolver contre le monstre et presser la détente.

La balle le toucha à l'épaule. Surpris, il poussa un cri de douleur. Il saisit Dillon par le cou et le projeta à l'autre bout de la salle.

Dillon s'écrasa contre le trône, brisant ce qui restait de son ancien occupant. Des fragments d'os volèrent en éclats dans les airs et un nuage de poussière s'éleva du fauteuil où s'était affaissé Dillon.

La créature était blessée ; un filet de sang sombre et visqueux s'écoulait de sa plaie. Elle bondit vers Dillon, qui fit feu à nouveau.

La deuxième balle alla se ficher dans le ventre de la bête.

Elle se tordit de douleur.

Dillon se leva du trône et la créature se replia sur une terrasse en claudiquant, laissant dans son sillage une traînée de sang poisseux.

Dillon la suivit. Parvenue sur le seuil du balcon, la bête reporta les yeux sur lui.

Finis ce que tu as commencé, le défia-t-elle. *Tire, maintenant !*

Une petite voix mit Dillon en garde : il fallait qu'il examine le schéma, qu'il analyse la série d'issues possibles que ce coup de feu pouvait entraîner. Mais il fit taire la voix, brandit le revolver et donna libre cours à sa colère en tirant l'ultime balle.

La bête écarta la tête à la dernière seconde, et la balle lui effleura à peine l'oreille. À cet instant, Dillon se rendit compte qu'il s'était fait piéger… et que le poids qu'il devrait désormais porter serait d'une lourdeur insoutenable.

Derrière la créature, sur la terrasse, Deanna se débattait contre le serpent, qui, enroulé autour d'elle, l'étranglait. Elle s'affaissa brutalement et ses bras se relâchèrent le long de son corps. La balle qui avait frôlé la bête... l'avait frappée en plein cœur.

— Non ! hurla Dillon.

Il se précipita auprès d'elle.

Le serpent se déroula dans un petit cri et alla se réfugier dans un coin en tremblant. Dillon rattrapa Deanna avant qu'elle ne s'écroule par terre.

L'esprit noir lâcha un puissant ricanement. Ses muscles se contractèrent, tandis qu'il se repaissait de cet acte de destruction. Il se nourrit des soupirs agonisants de Deanna.

À court de souffle, elle haletait dans les bras de Dillon.

— Je suis désolé, dit-il. Je suis désolé, je suis désolé, je suis désolé.

Mais ses paroles étaient impuissantes, vaines. Elle voulut parler mais c'était un trop gros effort. Dillon sentit la blessure dans sa poitrine d'où se déversait un flot abondant de sang, et il vit la lumière déserter ses yeux.

Deanna posa sur lui un regard alangui. Ses paupières se fermaient peu à peu.

— Je n'ai pas peur. Je n'ai pas peur...

Dillon vit le schéma se dessiner. Il vit l'âme de Deanna imploser ; il sentit la mort investir son corps et le détruire. Il la sentit s'éloigner le long d'un tunnel.

Soudain, il comprit qu'il avait le pouvoir de stopper le processus.

Il se concentra sur la blessure. Il y focalisa toute son attention. Son don ne consistait pas seulement à *voir* les schémas mais aussi à les *modifier*. Pouvait-il refermer une blessure comme il pouvait résoudre un Rubik's Cube ?

Pouvait-il inverser le schéma du chaos et de la mort comme il pouvait le créer ?

Il plaça sa main sur la blessure de Deanna, qui avait cessé de saigner. Il discerna la présence de la plaie, qui se refermait imperceptiblement.

C'est alors qu'il sentit l'âme de Deanna s'effondrer et reporta son attention dessus, pour l'empêcher de succomber à la mort.

Au même moment, ses cellules commencèrent à se détériorer, aussi se concentra-t-il sur son corps pour le retenir de glisser vers le néant.

Entre-temps la plaie se remit à saigner… et il dut y réinjecter toute son attention.

Dillon laissa échapper un cri de frustration ; les larmes lui emplirent les yeux. La tâche était impossible ! Il ne maîtrisait pas encore assez bien son don pour empêcher la mort de Deanna. Il la prit dans ses bras tremblants, tandis que sa lumière éblouissante disparaissait dans l'éternité.

À quelques mètres de là, la créature de Dillon se repaissait de la mort de Deanna, achevant sa métamorphose. Son enveloppe extérieure se craquela, révélant un réseau de veines et d'osselets. Ils se déployèrent en deux immenses ailes plus noires que noires, qui projetèrent leur ombre sur Deanna et Dillon.

La créature saignait encore… elle était blessée mais vivante.

Assume le poids de tes actes, Dillon, répéta-t-elle. *Et plus tu souffriras, plus je deviendrai fort.*

Puis elle se retourna et s'envola dans les airs, portée par ses immenses ailes noires, laissant un voile de ténèbres dans son sillage. Le serpent de Deanna la suivit en rampant.

Dillon se pencha sur la dépouille de Deanna et pleura toutes les larmes de son corps, mais ses larmes ne le soulagèrent pas. Et lorsqu'elles se furent taries, il la recueillit dans ses bras et l'emporta sur le trône. Il chassa la poussière et les fragments de squelette et la posa délicatement sur l'assise. Puis il saisit la robe moisie… et tandis qu'il tenait l'habit royal, il vit les motifs réapparaître sur le tissu. Une broderie simple. En quelques instants, le vêtement redevint une magnifique robe de soie bleu royal.

L'ordre était né du chaos.

Comment avait-il pu être aveugle au point d'employer son don à détruire plutôt qu'à créer ?

Il garda le tissu encore quelques instants dans sa main jusqu'à ce qu'il redevienne aussi impeccable que le jour où il avait été tissé. Il finit d'en draper le corps de Deanna et lui ferma les yeux.

Il déposa un baiser sur sa joue froide.

— Je reviendrai te chercher, Deanna, promit-il. Je te ramènerai parmi nous.

Était-ce possible ? Avait-il le pouvoir de ramener les morts à la vie ? Pourrait-il perfectionner son don ? L'employer à tisser la tapisserie défaite de la vie comme il venait de le faire avec l'habit du roi déchu ?

Il embrassa encore Deanna avant de se résigner à la lâcher. Elle semblait paisiblement allongée sur le trône, comme une reine au repos.

— Je t'aime, murmura-t-il.

Il s'avança sur la terrasse. Accablé par le chagrin, il dut se tenir à la pierre pour ne pas flancher. Loin en contrebas, il aperçut les autres qui s'efforçaient de grimper jusqu'au portail pour regagner leur monde. À l'horizon, l'Esprit ailé de la Destruction s'élevait dans le ciel de glace, pendant que l'Esprit serpentin de la Peur rampait dans son ombre, telle la foudre après l'éclair.

Dans la chaleur du désert vermillon, ils ne discutèrent pas de la manière dont ils avaient vaincu leurs ennemis, concentrés qu'ils étaient sur leur tâche présente. Le trou à quatre mètres du sol se refermait rapidement. Ils poussèrent la carcasse d'un véhicule sous la brèche avant d'empiler tout ce qui leur passait sous la main : cailloux, sièges d'avion, cadres de vélo rouillés. Une fois l'amoncellement à la bonne hauteur, Winston plaça ses mains sur un pied de vigne et le fit pousser autour de la pyramide d'objets pour la consolider.

Ils ne s'arrêtèrent qu'une seule fois pendant leur ouvrage : lorsqu'ils sentirent que l'un d'entre eux avait péri. Ils prirent ensuite une grande inspiration et continuèrent à entasser sans oser en parler.

Ils avaient déjà entamé leur ascension vers le portail lorsqu'ils aperçurent Dillon.

— Ils se sont enfuis, dit Dillon. Et… Deanna est morte.

Le quatuor hésita. Personne ne voulait s'approcher de lui. Finalement, ce fut Tory qui descendit.

— Il faut que tu nous dises quoi faire avec l'ermite, de l'autre côté du portail.

Slayton ! Il lui était complètement sorti de la tête ! À l'heure actuelle, il était quelque part à Tacoma, initiant le processus de réaction en chaîne qui allait provoquer la fin du monde.

— Je ne pense pas qu'on puisse l'arrêter, dit tristement Dillon. Vous auriez dû me tuer.

Tory lui tendit la main.

— Dépêche, le trou s'est presque refermé.

Michael et Lourdes s'étaient déjà insinués par la brèche, à peine plus grande qu'un ballon de basket à présent.

— Tu vas le laisser venir avec nous ? s'écria Winston depuis le sommet de la butte. Après tout ce qu'il nous a fait subir ? Alors que son parasite est encore dans les parages ?

— Dillon est l'un des nôtres, répliqua Tory, coupant court à la discussion.

Winston décocha un regard noir à Dillon avant de se jeter dans le trou, où il disparut. Une fois Tory parvenue en haut, elle prit un instant pour embrasser le paysage désolé du regard, cet infini « Entre-Deux ». Puis elle s'élança dans le trou qui s'étira autour d'elle comme un élastique tendu, jusqu'à ce qu'elle fût à son tour avalée par l'obscurité.

Dillon hésita. Si le monde de l'autre côté de cette brèche commençait déjà à se fracturer, ce serait bientôt davantage l'enfer que cet endroit. C'était pourtant *son* monde, et *sa* responsabilité d'affronter les conséquences de ses actes. Il inspira à fond, s'agrippa au rebord du trou des deux mains, écartant la brèche le plus possible. Puis il traversa une couche froide et ténébreuse avant de rejoindre finalement le tunnel qui le reconduisit de l'autre côté, dans le monde des vivants.

L'armoire à fusils de Slayton était vide.

Quand Dillon atterrit sur le plancher froid de la cabane, ce fut le premier détail qu'il remarqua.

L'armoire était vide, et Slayton était parti.

Dillon ferma les yeux. Si seulement il pouvait disparaître en lui-même… mais c'était impossible.

— Vous n'imaginez pas à quel point ça va être moche, dit-il aux autres. Vous n'imaginez pas à quoi ressemblera le monde demain…

Ils s'étaient tous consultés du regard avant de répondre à Dillon.

— Viens voir, dit Lourdes en le conduisant à l'extérieur.

Il faisait jour, et le pick-up du vieil ermite était encore là, les phares allumés. Le moteur avait surchauffé, de la vapeur s'en échappait et une flaque de liquide de refroidissement s'était formée sous le véhicule.

Dans le pinceau des phares, deux silhouettes : un petit garçon s'amusant à creuser des rivières dans la boue, et Slayton, assis contre la grille avant de la camionnette. Apparemment, Tacoma ne l'intéressait plus.

— Ça faisait partie du plan ? demanda Michael.

Certainement pas.

— Tu étais très fort, fit remarquer Tory. Mais il y a certaines choses que même toi, tu ne peux pas prédire.

Lourdes prit Carter dans ses bras. Tous les cinq, ils observèrent Slayton en silence ; immobile, il tenait encore son fusil chargé.

Le radiateur fuyait, transpercé par une flèche en acier. La même flèche qui clouait le cadavre de Slayton à la grille de l'automobile.

— On jouait aux cow-boys et aux Indiens, dit Carter qui s'agrippait à l'arbalète de Slayton. J'ai gagné.

Dans la cabane de l'ermite, le trou ouvrant sur l'Immonde finissait de cicatriser pour s'évanouir dans une dernière étincelle.

18

Le Cinq de Bâton

Ils enterrèrent Slayton près de sa cabane. Il avait vécu seul en marge du monde, mais on l'avait mis en terre avec plus d'égards qu'il n'en avait connu durant sa vie. Ils enfouirent ses armes avec sa dépouille et, à chaque pelletée, ils ensevelirent non seulement l'ermite, mais aussi le cauchemar qu'ils avaient vécu pendant si longtemps.

Ils achevèrent leur tâche au lever du jour et la forêt, qui leur avait semblé si triste la veille encore, parut entamer son lent rétablissement avec l'apparition du soleil. Entre les arbres gris sans vie, des touffes d'herbe et de fleurs sauvages avaient jailli de la terre, tapissant le sous-bois et relançant le cycle de la vie.

Winston en cueillit un bouquet, l'éparpilla sur la tombe de Slayton et passa sa main dessus jusqu'à ce que la terre se couvre d'un tapis de fleurs colorées.

Puis ils rassemblèrent du petit bois et allumèrent un feu pour se réchauffer. Assis en cercle autour, ils bavardèrent de choses et d'autres, luxe qu'ils ne s'étaient jamais autorisé jusqu'à ce jour.

Pendant ce temps, Dillon demeura en retrait. Il ne s'était pas encore intégré au reste du groupe.

C'est lui qui avait pris l'initiative de creuser la sépulture et de ramasser du bois, mais lorsqu'il n'eut plus rien à faire, il s'exclut de lui-même du groupe, sentant que sa présence mettait tout le monde mal à l'aise.

— Quelqu'un devrait aller lui dire quelque chose, suggéra Tory.

Winston rongeait un morceau de bœuf séché du bout des dents. Elles n'avaient pas fini de pousser.

— J'ai rien à dire à ce mec, déclara-t-il froidement.

Ils jetèrent des coups d'œil furtifs en direction de Dillon, qui s'était assis près de la tombe de l'ermite, battant vainement un vieux jeu de cartes trouvé dans la cabane. Il avait minci et n'avait quasiment plus de boutons. En revanche, son visage affichait une peine si profonde que personne n'osait le regarder.

— Je ne vois pas ce que ça changerait qu'on dise quelque chose, commenta Lourdes.

Elle posa les yeux sur Carter qui s'amusait maintenant à dissoudre des morceaux de sucre dans un seau d'eau de pluie avec la même indifférence, probablement, que lorsqu'il avait abattu l'ermite d'une flèche. Ce garçon était la preuve vivante des dégâts que Dillon avait causés, et rien de ce qu'ils auraient pu dire ne changerait ça.

— On aurait tous pu terminer comme Dillon, dit Michael. Moi, j'ai bien failli !

Michael quitta la chaleur du feu ; il fut le premier à braver la distance qui les séparait du garçon qu'ils ne connaissaient que comme étant le Destructeur.

— Solitaire ? demanda Michael en s'approchant de Dillon.

Ce dernier continua à battre ses cartes sans s'interrompre.

— Tour de magie, répliqua-t-il.

— Je peux voir ?

Dillon hésita un instant avant de lui tendre les cartes.

— Mélange-les et pose-les, face visible vers nous.

Michael s'assit, battit le jeu, et les étala. Cinquante-deux cartes, pêle-mêle.

Dillon ramassa le jeu et le mélangea à son tour.

— J'ai toujours détesté jouer aux cartes, reprit Dillon. J'avais beau mélanger le jeu, je retournais toujours la même en premier. L'as de pique. La carte de la mort.

— Ce n'est pas la carte de la mort, intervint Tory en se joignant à eux. Crois-moi, j'ai vu la carte qui symbolise la mort, et ce n'est pas l'as de pique.

Lourdes s'incrusta à son tour. Toujours réticent à parler à Dillon, Winston se retrouva seul. Curieux, ils observèrent Dillon battre les cartes. Une fois qu'il eut fini, il tendit le jeu à Tory.

— Retourne la carte du dessus du paquet.

Elle s'exécuta. Il s'agissait de l'as de pique.

— Sympa comme tour, dit Michael.

Lourdes comprit que ce n'était pas fini.

— Pourquoi tu ne retournes pas la seconde carte ? suggéra-t-elle.

Tory ne se fit pas prier. Le deux de pique apparut.

— Alors ? dit Michael.

Tory retourna une troisième carte ; le trois de pique, suivi du quatre de pique, puis du cinq. Elle coula un regard méfiant à Dillon. Elle retourna ensuite le jeu tout entier et étala les cartes.

Elles étaient dans l'ordre ; de l'as au roi, du pique au carreau ! Ils fixèrent le jeu, à la fois amusés et bluffés.

— Pas mal, hein ? dit Dillon.

Son regard le trahit. C'était bien plus qu'un simple tour.

— Et donc ? demanda Michael en examinant le paquet.

— L'entropie, dit Tory.

— L'entro-quoi ?

— L'entropie, répéta-t-elle. C'est Newton qui est à l'origine de cette théorie – une des bases des lois de l'univers, au même titre que la gravité.

— Comment ça ? s'impatienta Michael.

Tory leva les yeux au ciel.

— *De l'ordre naît le désordre.* Tu comprends ? Les montagnes s'érodent, le verre se brise, la nourriture pourrit…

— Les cartes se mélangent, ajouta Lourdes.

— Voilà, acquiesça Tory. Mais ici, Dillon… rompt cette loi.

Il se retrouva au centre des regards.

— C'est vrai ? s'enquit Lourdes.

Dillon tressaillit.

— Allez directement en prison, ne passez pas par la case départ.

Pendant que Michael gloussait nerveusement et que Lourdes scrutait les cartes, Tory ratissa les lieux pour trouver un moyen de mettre sa théorie à l'épreuve. Elle s'approcha de Carter, qui avait fini de noyer ses morceaux de sucre depuis longtemps et fixait le vide. Elle lui prit le seau des mains sans qu'il réagisse.

— D'après la loi entropique, le sucre se dissout dans l'eau, expliqua Tory en revenant parmi eux.

Tout le monde regarda dans le seau. L'eau était limpide ; pas un seul granule de sucre visible.

— Dillon, tends les mains, ordonna Tory.

Dillon s'exécuta et Tory lui versa le contenu du seau sur les paumes.

Ce qu'ils virent ne leur parut pas spectaculaire… de prime abord… ça leur sembla juste… étrange. Dès que Tory se mit à verser l'eau, des granules de sucre apparurent dans les mains de Dillon. Tandis que l'eau ruisselait entre ses doigts, ses paumes se remplissaient de poudre blanche… mais ce ne fut pas tout. Les grains se réunirent, tandis que Dillon se concentrait, et une fois le seau vide, Dillon se retrouva non seulement avec une poignée de sucre… mais une poignée de morceaux de sucre !

Stupéfiés, tous fixèrent le résultat les yeux écarquillés.

— C'est génial ! s'écria Michael. C'est comme inverser le temps !

— Non, c'est encore mieux, rétorqua Lourdes. C'est comme inverser l'espace !

Dillon déposa les sucres par terre ; ils fondirent lentement dans la boue.

— Comment mettre ce don à profit ? réfléchit Michael. Qu'est-ce que tu peux en faire ?

— On peut tout en faire ! s'exclama Tory. C'est de loin supérieur à nos quatre dons réunis… c'est… le pouvoir de la *création.*

Michael devint pâle comme un linge. Un vent frais souffla et, au loin, un petit nuage sombre se forma.

— Ne fais pas attention à Michael, Dillon, dit Tory. Il est de mauvaise humeur.

En réalité, Michael était soucieux.

— Qu'est-ce qu'on fait maintenant ? demanda-t-il.

La question était restée en suspens depuis le lever du jour, sans que personne n'ose la formuler à voix haute. *Et maintenant, on fait quoi ?* Le désir d'union et de partage s'était estompé depuis longtemps, de même que la lumière de la supernova avait diminué dans le ciel. À présent, ils ressentaient plutôt l'envie pressante de se séparer. Ils se tournèrent tous vers Dillon, dans l'attente d'une réponse. Comme s'il était celui qui les cimentait ensemble, tel du sucre cristal, et qu'il leur fallait sa permission pour reprendre chacun sa route.

— On fait… ce qu'on veut, répondit Dillon.

Ce fut une déclaration d'indépendance tacite ; l'instant était aussi sacré que lors de la première apparition de la nova dans le ciel nocturne.

— Je veux rentrer chez moi, avoua Winston.

Debout derrière eux, il avait grandi d'une fraction de centimètre en quelques minutes.

— Il faut que j'arrange la situation… que je modifie certaines choses, que j'avance dans ma vie, déclara-t-il en séchant une larme qui allait rouler sur sa joue. En plus, ma mère et mon frère me manquent.

Tous s'évitèrent du regard. L'image du foyer familial dont ils s'étaient vus privés du jour au lendemain resurgit avec force dans leurs esprits.

— Le temps que je rentre chez moi, plus personne ne me reconnaîtra, songea Lourdes. Tout sera différent…

Le vent changeant souffla encore. L'air était frais.

— Et si on ne rentre pas chez nous ? murmura Michael.

— Tu rentreras chez toi, rétorqua Dillon.

Winston croisa les bras

— Qu'est-ce que t'en sais ?

Dillon haussa les épaules.

— Je vois le schéma se dessiner.

Il les observa longuement tous les quatre. Le mouvement de leurs yeux, leur respiration, leur façon de danser d'un pied sur l'autre par nervosité.

— Lorsque vous quitterez cet endroit, vous ne serez sûrs de rien, leur apprit-il. Mais plus vous vous éloignerez d'ici, plus ça deviendra clair dans votre tête. Et dans chacun des lieux où vous ferez halte, on viendra vous parler, attiré par votre compagnie sans même savoir pourquoi. Les serveurs déchireront votre addition, les habitants vous offriront le couvert et le logis. Et chaque personne dont vous croiserez le chemin tirera quelque chose de votre rencontre – quelque chose de pur, de joyeux, de calme et de positif. Au moins l'une de ces personnes montera à bord d'un avion. Ensuite, cette bienveillance se propagera jusque dans des lieux dont vous ignorez même l'existence.

Ils le fixaient sans rien dire, suspendus à ses lèvres. Michael dévisagea Dillon.

— Tu peux voir tout ça ?

Dillon perdit son sérieux et afficha un grand sourire.

— Espèce de pigeon ! Je vous ai bien eus !

Tory s'esclaffa, soulagée, et tous l'imitèrent bientôt, charriant Michael, comme s'ils n'étaient pas eux-mêmes tombés dans le panneau.

Le sourire de Dillon s'effaça vite, laissant de nouveau place à la mélancolie.

— Vous feriez mieux d'y aller. Vous avez tout le pays à retraverser. (Il jeta un coup d'œil à Carter.) Vous pouvez me le confier.

D'une certaine manière, les adieux ne semblaient pas appropriés. Tory tendit la main à Dillon et se présenta.

— Je m'appelle Tory. Tory Smythe.

Dillon esquissa un sourire et lui serra la main.

— Dillon Benjamin Cole.

Les autres les imitèrent ensuite.

— Michael Lipranski.

— Lourdes Maria Hidalgo-Ruiz.

Winston gardait ses mains fourrées dans ses poches. Il refusa de serrer celle de Dillon.

— Winston Marcus Pell, bougonna-t-il.

Puis le quatuor s'éloigna pour se diriger vers le minivan de Michael, se séparant de Dillon comme ils se sépareraient bientôt les uns des autres.

Winston fut le dernier à partir. Il s'attarda un instant encore, à quelques pas de Dillon, le visage renfrogné. Il toisa son camarade de haut en bas.

— Tu sais que tu ne seras jamais pardonné pour ce que tu as fait. Il n'y a pas assez de grâce dans le monde pour te purifier de tous tes péchés.

— Tu as probablement raison, acquiesça Dillon.

Winston l'observa pendant un petit moment encore, puis son expression s'adoucit. Il secoua la tête.

— Je n'aimerais pas être à ta place.

Derrière eux, les autres grimpèrent dans le minivan. Winston recula d'un pas, mais avant de se retourner, il donna une petite tape à Dillon sur le bras. C'était le geste le plus amical qu'il avait réussi à faire.

— Protège-toi, dit-il. N'ouvre plus ta porte aux parasites.

Dillon hocha la tête et Winston alla rejoindre les autres en courant. Des éclats de joie s'élevèrent. Michael mit le contact et les quatre âmes lumineuses s'en allèrent sous un soleil matinal rayonnant, prêtes à embrasser leur nouvelle vie.

Ce ne fut qu'à l'heure du déjeuner qu'ils accordèrent une pensée à Dillon, lorsque la serveuse du café leur apprit que leur déjeuner leur était offert par la maison.

Dillon suivit le véhicule du regard, tandis qu'il s'éloignait le long du chemin de terre. La stéréo était à fond ; ils s'envolaient déjà vers un monde plein d'amour et de vie – un lieu encore interdit à Dillon. Le bruit du moteur s'estompa peu à peu, et Dillon alla retrouver Carter.

L'enfant était toujours assis près de la tombe de Slayton. Il ne faisait rien, il ne pensait à rien. Dillon s'assit face à lui et sonda son regard ; la pupille dilatée de son œil gauche, le minuscule point noir rétracté au centre de son œil droit.

Dillon se concentra au maximum, chassant ses appréhensions. Il plaça ses mains sur les épaules du petit et plongea son regard dans ces yeux vides jusqu'à ce qu'il y voie un puzzle… l'absence de schéma, un esprit éclaté, irréparable, et pourtant Dillon s'attela à le rafistoler.

Il resta assis là dix, vingt minutes, une heure, explorant le chaos qu'était devenu l'esprit de l'enfant, s'évertuant à y tisser un schéma de vie, de pensées et sens. C'était moins facile que de détruire ; en fait, c'était un millier de fois plus complexe de recréer ce qui n'était plus ; mais il s'y acharna.

Une fois qu'il eut fini, il était épuisé, à bout de forces. Mais lorsqu'il sonda de nouveau le regard de Carter, ses yeux lui parurent normaux. Et ils s'emplirent de larmes.

— J'ai été vilain, pleurnicha le gamin qui avait recouvré ses esprits. J'ai tué des gens. J'ai fait des bêtises.

— Ce n'était pas toi, dit Dillon. C'était moi.

Dillon prit le petit dans ses bras et, ensemble, ils sanglotèrent dans la forêt abandonnée. Dillon pleura toutes les âmes qu'il avait détruites, toute la peine qu'il avait infligée...

Et il pleura Deanna. Sa disparition était insoutenable. Si elle avait été présente, elle aurait réconforté le petit ; elle lui aurait transmis sa force et sa foi. Elle aurait pansé son cœur comme Dillon avait soigné son âme. Le monde aurait été merveilleux si seulement Deanna en avait fait encore partie.

Ils pleurèrent longtemps, et lorsqu'ils n'eurent plus une larme à verser, Dillon installa le petit dans le Range Rover et se mit au volant.

L'enfant l'observa en reniflant.

— T'es assez vieux pour conduire ?

Dillon haussa les épaules.

— Pas vraiment.

Carter boucla sa ceinture, et Dillon démarra le moteur. L'enfant ne lui demanda pas où ils allaient. Il ne voulait peut-être pas y songer. Ou alors il l'avait deviné.

L'autoroute 84 traversait l'État de Washington, puis suivait le Columbia, longeant la frontière de l'Oregon.

Juste avant la tombée de la nuit, ils s'engagèrent sur une petite route de campagne qui serpentait au cœur d'une forêt dense. Environ un kilomètre plus loin, la route était bloquée par un barrage de police. Il serait difficile d'approcher la ville de Burton pendant un très long moment. Seuls les plus résolus y parviendraient.

Dillon s'arrêta et prit une profonde inspiration, les yeux rivés au barrage. Des hurlements déments résonnaient dans les bois au loin ; ils étaient si nombreux... Dillon aurait voulu prendre ses jambes à son cou et crier lui-même pour couvrir les cris de ses victimes. Mais il songea alors à Deanna et au courage dont elle avait fait preuve à la fin. Dillon pouvait certainement réunir une fraction de cette bravoure pour affronter ses responsabilités.

Ils descendirent de voiture. Carter regarda Dillon d'un air confiant, comme si ce dernier possédait toutes les réponses de l'univers.

— Tu vas tout arranger ? demanda le garçon.

En était-il capable ? Cette fois, aucun schéma ne put lui apporter de réponse ; il n'avait que sa détermination, l'espoir de l'enfant, et la foi que Deanna avait placée en lui. Mais peut-être était-ce tout ce dont il avait besoin pour entamer sa pénitence.

— Je ne sais pas, dit Dillon. On verra bien.

Il prit l'enfant par la main et, ensemble, ils marchèrent vers le barrage bloquant la ville anéantie.

REMERCIEMENTS

Au commencement, *Éclats d'étoile* n'était qu'une ébauche d'idée qui s'est rapidement transformée en une trilogie, ce livre étant le premier de la série. Au fil du voyage, de nombreuses personnes ont contribué par leur soutien et leur expertise à la naissance de cette œuvre.

Je souhaite tout d'abord remercier les experts régionaux et scientifiques avec qui j'ai échangé en ligne via Prodigy, qui ont apporté un aspect authentique à l'histoire. En Alabama, Matt Dakin, David Camp, Louis Davis, ainsi que R. D. McCollum. Dans le Midwest, Vicki Erwin et Tammy Hallberg. À Boise, Marilyn Friedrichsmeyer et Bradford Hill. Dans le Nord-Ouest, Rick Reynolds, Kim Guymon, Carol Hunter, et Jerry Morelan. Merci aussi aux experts scientifiques et astronomiques John Winegar, Laura L. Metlack, Frank Sheldon, Charles Mielke, Stephen Kelly, et Paul Erikson.

Merci également à Kathy Wareham, Diane Adams, et Scott Sorrentino pour leurs remarques lors des premiers jets de ce livre, qui m'ont aidé à modeler le récit.

Ma plus vive reconnaissance et admiration à Kathleen Doherty, qui a cru en ce livre et l'a fait naître dans sa forme initiale, chez Tor Books ; à mes fils, Brendan et Jarrod, qui, enfants, m'ont fabriqué une boîte entière de scorpions à coller sur les exemplaires du livre ; et merci à leur mère, Elaine, qui m'a beaucoup soutenu et encouragé pendant l'écriture de cette histoire.

La nouvelle version améliorée des *Éclats d'étoile* n'aurait pas vu le jour sans le soutien de mon agent, Andrea Brown, ainsi que celui de David Gale et Justin Chanda de Simon & Schuster, qui sont des âmes lumineuses géniales, et qui ont jugé bon d'insuffler une nouvelle vie à ces livres, qui font partie depuis toujours de mes grands favoris. Je suis ravi que Simon & Schuster les ait rendus accessibles à un nouveau lectorat !

L'étoile Mentarsus-H n'existe pas, mais si c'était le cas, cette histoire pourrait bien être vraie.

LA FAUCHEUSE

de Neal Shusterman

Tome 1

Priez qu'elle ne vienne pas pour vous !

MidMerica, milieu du 3e millénaire. Dans un monde où la maladie a été éradiquée, on ne peut plus guère mourir qu'en étant tué aléatoirement (« glané ») par un faucheur professionnel. Citra et Rowan sont deux adolescents qui ont été sélectionnés pour devenir apprentis Faucheurs ; et, bien qu'ils aient cette vocation en horreur, ils vont devoir apprendre l'art de tuer et comprendre en quoi cette mission est bel et bien une nécessité.

Mais seul l'un des deux adolescents sera choisi comme apprenti à part entière, et lorsqu'il devient clair que la première tâche du vainqueur sera de glaner la vie du perdant, Citra et Rowan se retrouvent dressés l'un contre l'autre bien malgré eux...

Tome 2 : *Thunderhead*
Tome 3 : *Le Glas*

LES 100

de Kass Morgan

Tome 1

Depuis des siècles, plus personne n'a posé le pied sur Terre.
Le compte à rebours a commencé...

2:48... 2:47... 2:46...
Ils sont 100, tous mineurs, tous accusés de crimes
passibles de la peine de mort.

1:32...1:31... 1:30...
Après des centaines d'années d'exil dans l'espace,
le Conseil leur accorde une seconde chance
qu'ils n'ont pas le droit de refuser : retourner sur Terre.

0:45... 0:44... 0:43...
Seulement, là-bas,
l'atmosphère est toujours potentiellement radioactive
et à peine débarqués les 100 risquent de mourir.

0:03... 0:02... 0:01...
Amours, haines, secrets enfouis et trahisons.
Comment se racheter une conduite
quand on n'a plus que quelques heures à vivre ?

Découvrez sur SyFy, France 4 et Netflix
la série télé adaptée du roman
par les producteurs de *The Vampire Diaries et Gossip Girl*

Tome 2 : *21e Jour*

Tome 3 : *Retour*

Tome 4 : *Rébellion*

Découvrez la saga spatiale de Victor Dixen,
une série incontournable de cinq tomes

PHOBOS

de Victor Dixen

**SIX PRÉTENDANTES.
SIX PRÉTENDANTS.
SIX MINUTES POUR SE RENCONTRER.
L'ÉTERNITÉ POUR S'AIMER.**

**ILS VEULENT MARQUER
L'HISTOIRE AVEC UN GRAND H.**

Ils sont six filles et six garçons, dans les deux compartiments séparés d'un même vaisseau spatial. Ils ont six minutes chaque semaine pour se séduire et se choisir, sous l'oeil des caméras embarquées. Ils sont les prétendants du programme Genesis, l'émission de speed-dating la plus folle de l'Histoire, destinée à créer la première colonie humaine sur Mars.

**ELLE VEUT TROUVER L'AMOUR
AVEC UN GRAND A.**

Léonor, orpheline de dix-huit ans, est l'une des six élues. Elle a signé pour la gloire. Elle a signé pour l'amour. Elle a signé pour un aller sans retour...

**MÊME SI LE RÊVE VIRE AU CAUCHEMAR,
IL EST TROP TARD POUR REGRETTER.**

Relevez le défi de l'intelligence artificielle

COGITO

de Victor Dixen

UN DON DU CIEL...

Roxane, dix-huit ans, a plongé dans la délinquance quand ses parents ont perdu leur emploi, remplacés par des robots.
Sa dernière chance de décrocher le Brevet d'Accès aux Corporations : un stage de programmation neuronale, une nouvelle technologie promettant de transformer n'importe qui en génie.

...OU UN PACTE AVEC LE DIABLE ?

Pour les vacances de printemps, Roxane s'envole pour les îles Fortunées, un archipel tropical futuriste entièrement dédié au cyber-bachotage. Mais cette méthode expérimentale qui utilise l'intelligence artificielle pour « améliorer » la substance même de l'esprit humain est-elle vraiment sûre ?
En offrant son cerveau à la science, Roxane a-t-elle vendu son âme au diable ?

**DEMAIN, L'INTELLIGENCE ARTIFICIELLE
ENVAHIRA TOUTES LES STRATES DE LA SOCIÉTÉ.
L'ULTIME FRONTIÈRE SERA NOTRE CERVEAU.**

Relevez le défi de la crise écologique

EXTINCTA

de Victor Dixen

L'ESPÈCE HUMAINE DISPARAÎTRA DANS 255 HEURES.

Les pires prédictions climatiques se sont réalisées, le Grand Effondrement a eu lieu et presque toutes les espèces animales se sont éteintes. Les Derniers Humains se sont réfugiés dans les Dernières Terres : un archipel rocailleux surgi des glaces, où ils survivent dans des cités-royaumes éparses. Accaparés par la lutte pour les maigres ressources, ils ignorent que l'ultime cataclysme est sur le point de balayer ce qu'il reste de l'espèce Homo sapiens.

LA DERNIÈRE HISTOIRE D'AMOUR S'ÉCRIRA EN LETTRES DE FEU.

Née dans les bas-fonds de Viridienne, la cité-royaume pourrissante envahie d'algues, Astréa rêvait de se consacrer tout entière au culte de Terra. Mais sa foi vacille le jour où son frère est accusé de sacrilège et condamné à mort.
Élevé derrière les remparts du castel, le prince Océrian était né pour régner. Mais un mystérieux accident lui arrache sa jambe et son honneur, l'écartant à jamais de la ligne de succession.
Le destin va jeter ces assoiffés de justice l'un contre l'autre, embrasant leurs cœurs avant de consumer le monde.

LA FLAMME BRÛLE PLUS FORT JUSTE AVANT DE S'ÉTEINDRE.

Imprimé en France par CPI
en janvier 2021

Composition réalisée par Nord Compo à Villeneuve-d'Ascq

N° d'édition : 61157/01 – N° d'impression : 3041709

FSC
www.fsc.org
MIXTE
Papier issu de sources responsables
FSC® C003309

L'éditeur de cet ouvrage s'engage dans une démarche de certification FSC® qui contribue à la préservation des forêts pour les générations futures.

Pour en savoir plus :
www.editis.com/engagement-rse/